GIPH

Ronald Giphart

GIPH

Roman

Nijgh & Van Ditmar
Amsterdam 1995

Eerste druk 1993
Vijfde druk 1995

Omslagontwerp Ron van Roon, Amsterdam
Foto omslag Alan David-Tu
Typografie Josepha Hulskes
Foto auteur Johan de Boer
NUGI 300 / ISBN 90 388 2710 5 / CIP

INHOUD

JONGE-MEISJES-HARTEN

Utrecht, 31 december 1990
Ik schreef eens: als ik een homo was, zou ik jou in mijn bed willen. Toen vond ik dat de hoogste vorm van vriendschap. Ik ben echter bereid verder te gaan: de vriendschap, de echte vriendschap tussen twee heteroseksuele, hyperintelligente, mega-intellectuele, welgestelde, en halfwassen mannen is de hoogste vorm van liefde, pure liefde. Ik hou van je, echt waar. Als ik een necrofiel was, zou ik jou in mijn graf willen.

Maar genoeg over mijn geheime pollutiedromen. Laat ik nu eens met mezelf afspreken dat ik een tijdlang niet over seks schrijf. Het schijnt namelijk dat je met Giph de laatste tijd alleen maar over seks kunt praten. Céline zei onlangs tamelijk boos: 'Het gaat met jou altijd over, iedereen heeft het met jou alleen maar over seks. Mij kan het niet schelen, maar ik vind wel dat iemand je het moet zeggen. Weet je hoe ze je noemen?' 'Nee,' zei ik (zo geil mogelijk). 'Seksgiph, zo noemen we je.'

Seksgiph. Leuk om te weten dat je gewaardeerd wordt binnen je vriendenkring. Ik heb met mezelf afgesproken dat ik (voor straf) de komende tijd alleen maar over literatuur zal praten, dat zal ze leren. Ze zullen me moeten smeken. 'Nee, Giph. Nee, genoeg. Niet meer over literatuur.' Maar ik zal niet stoppen. Met de billen bloot zullen ze. Pas als ik ze smekend op hun knieën heb, zal ik me misschien verwaardigen het weer eens over pijpen te hebben, maar eerder niet. Zeker niet!

Het zijn overigens de allermistroostigste Reve-dagen die je je kunt voorstellen. Bij mij in huis zijn er zeker drie die iedere dag het corresponderende hoofdstuk in *De avonden* herlezen. Wat is er toch een hoop kinderachtigheid, vind je niet? Wat aapt iedereen elkaar toch na! Ik zweer bij deze dat ik volgend jaar, heel ostentatief, *De avonden* in juli ga herlezen. Ik word zo moe van al die mensen.

Het 'algemeen gevoel van onbehagen': ik ken het, I've been there. Het is het overbodige dat je om je heen ziet, het talentloze van televisiemakers en journalisten, het is het serieuze literaire geëmmer in bijlagen en tijdschriften – en het is tevens de incompetentie van het niet kunnen laten zien hoe het allemaal wel moet. Niet zozeer dat ik een misantroop ben, helemaal niet, ik heb gewoon een hekel aan mensen. Mijn grondhouding is *chagrin* (hoor ik van iedereen). Ik vind mezelf grenzeloos tragisch. Ik voel een allesvervullende liefde voor alles en iedereen in mijn omgeving, en toch kan ik niemand en niets uitstaan. Zelfs als Monk (na jou mijn liefste truffel) op mijn kamer gedachteloos een cracker eet, dan wens ik hem dood, eerlijk. Dat nutteloze gemaal van die nutteloze kaken.

Onbehagen: alles blijft al jaren één doffe ellende. Ook dit jaar ben ik met Monk en Thijm naar Zandvoort geweest (gisteren). Na een vrijwillige marteling van gurende wind, striemend zand en een meedogenloze regen kwamen de drie gezworen vrienden ook dit jaar tot de opwekkende conclusie dat het er in het afgelopen Turbulente Jaar weer niet veel beter op geworden is: minder liefdes, minder geld, minder haar, minder de kans op een van alles verlossende literaire doorbraak. En net als de vijf voorgaande jaren spraken zij ook nu weer de bezwerende spreuk: 'Volgend jaar zal alles anders zijn.'

(Dat is iets wat ik mezelf namelijk altijd voorhoud. Heden ten dage verkanker ik mijn leven met nutteloosheid, luiheid, televisie kijken en een ongeremd rukken aan mijn halfslappe geslachtspilaar; morgen echter verandert dat. Morgen zal ik me laven met oliebollen, sneeuwpret, humor, gezelligheid, vrienden, neuken, noem maar op. Morgen ga ik echt beginnen. Morgen kan ik schrijven. Morgen versier ik Noëlle. Morgen wordt hij echt stijf en wordt het echt lekker.)

Maar goed, toen we in Zandvoort dus echt werkelijk doodgingen van de kou, zijn we terug naar Utrecht gereden om in De Wingerd op het komende jaar te drinken. Het was een behoorlijk zielige bedoening, want aan de bar gingen mensen met ons meetoosten, en toen begon Thijm die jongens af te zeiken en werd het toch nog even onaangenaam. Steven en Pier moesten de zaak sussen en plotseling had iedereen het over de kerstgedachte en de honger in de Derde Wereld.

Later werd het gelukkig wel weer Vreselijk Gezellig. We troonden een bij de sigarettenautomaat vandaan geplukt groepje scholieren mee naar ons huis (allemaal meisjes), en gezeten tussen de feestartikelen en nog ongeopende dozen met glazen vermaakten we hen met de verhalen van het nog net niet verstreken jaar. De meisjes luisterden ademloos naar onze belevenissen, dronken intussen van onze enorme hoeveelheden wijn en aten van de onmenselijke hoeveelheid zoutjes, oliebollen en andere lekkernijen. Bij het afscheid in het ochtendgloren overrompelden ze ons alle drie door te willen blijven slapen. Zo gaat dat. Hun namen waren Bettina, Francis en Asja, en het vermoeden is gerechtvaardigd dat we ze nooit meer zullen zien.

Het mooiste aan Asja vond ik haar panty, een vaalblauwe, die ze zelf had beschilderd met palmbomen, vogels, wolken en de zon. Asja was een typisch gymnasiummeisje: tenger, knap, grote mond en nog heel erg zeventien jaar. Alles vond ze gaaf en tegelijkertijd keurde ze alles af. Haar donkere haar was opgeschoren en ze rook naar een jongemeisjesgeur als Anaïs Anaïs of Paris (ik moet eerlijk zeggen: ik hou verschrikkelijk veel van gymnasiummeisjes, sterker nog, als de wereld louter en alleen uit gymnasiummeisjes zou bestaan, waren er heel wat minder problemen, dat meen ik). Asja werkte bij De Wingerd. Ze moest nieuw zijn, want ik kende haar helemaal niet. Nog meer dan ik hou van gymnasiummeisjes hou ik van nieuwe serveersters. Die breekbare schoonheid, die fragiele motoriek, dat dartele onvermogen, wie is daar niet gevoelig voor? Ik wel dus. Toen Asja en ik alleen op mijn kamer overbleven, gingen we eerst een half uurtje lullen over wie ik (eigenlijk) was en zij (eigenlijk) en wat ik wist over wie en zij niet en andersom. Daarna rende Asja heen en weer tussen mijn klerenkast en mijn spiegel om (heel stoer) al mijn colberts aan te passen. Mijn zalmgroene feestblazer vond ze het mooist en die hield ze aan. Ze plofte naast me en begon uitgelaten te vertellen over haar school, haar vriendinnen en haar toekomstige studie (Algemene Letteren, ook dat nog), toen ze plotseling heel ernstig opmerkte: 'Op een eerste avond hoef je meestal niet alles al te doen, vind je ook niet?' Ik zei ja, terwijl ik de palmen op haar benen streelde. Asja knikte en vertelde verder over De Wingerd. Later vroeg ze me abrupt (ik volgde met mijn vingers de vlucht van de vogels): 'Ja maar, wát schrijf je dan?'

'Verhalen,' zei ik, 'romanconcepten, dingen over literatuur.'

Asja zweeg even en vroeg toen: 'Als ik nou straks met jou blijf slapen, ga je dan over me schrijven?'

'Natuurlijk,' zei ik, in de wolken.

Vond ze: 'Gaaf.'

Maar goed. Vanmiddag ('de middag na de ochtend ervoor') zat ik met mijn beide literatuurprinsjes aan een ontbijt van oliebollen en gemengde salades. Nogal truttig snaaiden onze logées ook een enkel bolletje, en ze vertrokken. Natuurlijk nodigden we ze uit voor het feest, maar ze kwamen met allerlei laffe smoesjes over 'andere dingen' die ze al 'eerder' hadden 'afgesproken'. Eerlijk gezegd hoeft het van mij dan al niet meer. Bij het afscheid stak Asja haar arm op en ze tikte met haar vingers een paar keer tegen haar duim. Als een eend, zeg maar. Zo gaat dat dus. Je hebt intense gevoelvolle liefde, je fluistert elkaar lieve en tedere woorden toe; de volgende ochtend doe je even flapflap met je handen en alles is weer voorbij.

Enfin, toen de meisjes eindelijk weg waren, zaten we op de kamer van Thijm wat verlaten bij elkaar. We dronken Ruby Port en we verbliezen de geur van Bettina met de rook van onze sigaren. Monk vertelde over Francis: 'We hadden rustig met elkaar gebabbeld, toen we besloten dat het nu echt tijd werd om te gaan slapen. We stonden bij m'n bed en achteloos merkte ze op: "Monk...?" Ik zei ja. "Wil je een one night stand?" Heel casual vroeg ze dat. "Monk...?" "Eh... Ja?" "Wil je een one night stand?"'

'Wat heb je gezegd?' vroeg ik.

'Ik geloof dat ik ja gezegd heb.'

Thijm moest hier enorm om lachen en vulde de glazen bij.

'Monk?' vroeg hij.
'Ja?'
'Wil je nog een oliebol?'

Na het ontbijt werd het tijd voor serieuze gezelligheid. Monk en Thijm hadden (met de andere huisgenoten) besloten dat het huis versierd moest worden. Godallemachtig! Als je bedenkt dat er mensen zijn die geen hap door hun keel krijgen als ze niet in een door een marketingbureau uitgedacht restaurantconcept eten ('*Cajun* is een mengelmoes van de Indiaanse, Mexicaanse en Eskimose keuken...'), dat er viezeriken zijn die alleen kunnen klaarkomen als ze zijn ingesnoerd in leren riemen of slipjes dragen met roze konijneoortjes, dat een relatie pas een goede relatie is als er niet buiten de deur wordt geneukt, dat een biertje per se niet Heineken mag heten of juist per se wel, dat een feest geen feest is als er geen ballonnen aan de muur hangen, en lampions, en slingers, en stukken zalmgeel landbouwplastic, dan moet je wel tot de almaar terugkerende droevige conclusie komen dat de mens een kinderachtig wezen is, dat uitsluitend bedondert en bedonderd wil worden. '"Alles is schijn," zeg ik altijd maar,' zeg ik altijd maar.

En het versieren van het huis zou tenminste nog draaglijk zijn geweest, als Thijm en Monk niet almaar over literatuur hadden willen praten. Thijm en Monk zitten nog steeds in die leuke en aandoenlijke, enthousiaste beginnersfase: Thijm en Monk vinden het nog steeds leuk om over literatuur te praten. Niet zomaar discussiëren, of iemand gemeen onderuithalen, of iemand onredelijk afbranden op z'n voorkeuren, nee, écht praten bedoel ik. Zo van dat Thijm iets zegt en dat Monk dan ook iets zegt en dat ze daar dan samen over gaan nadenken. Het zijn zulke lieve jongens. Ze hebben het er bij voorbeeld heel ernstig over of proza nu (eigenlijk) te verkiezen is boven poëzie of andersom. Vaak zit ik er dan maar een beetje bij om af en toe een gesprek te torpederen met een Heel Erg Grappige Opmerking of, in onderhavig voorbeeld, heel hard 'PROZA! PROZA! PROZA!' te roepen. Vroeger werd Monk tenminste nog wel eens gezellig boos als hij en Thijm (op hun eigen koddige niveau) lulden over 'het waarom van het schrijven' en 'de vraag wat (goede) literatuur is' en ik er maar een beetje bij zat te zieken, maar dat is er tegenwoordig ook al niet meer bij (waarmee maar weer bewezen is dat al het goede altijd vervliedt en niets blijft wat is).

Hoe lullig de vraag naar 'het waarom van het schrijven' ook is, ik begrijp niet waarom die vraag niet legitiem is. Het is een toop dat leerlingen en bescheten huismoedertjes die vraag altijd stellen op voorleesmiddagen en signeersessies (ook al zo'n inteeltwoord). Ik vind het echt van een ultieme geborneerdheid getuigen als een schrijver op een voorleesmiddag eerst even die argeloze leerlingen en moedertjes noemt, daar dan lacherig over doet, en vervolgens die vraag nog een beetje gaat zitten beantwoorden ook. Helemaal moe word ik als schrijvers deze volkomen argeloze en oprechte vraag minachtend aanhalen, maar er wel weer een paginaatje over vol ouwehoeren. Lekker makkelijk. En wij maar betalen, want daar komt het dan weer wel op neer! W.F. Hermans pakt het helemaal rigoureus aan, die babbelt zo'n lekkergemakkelijkgeldklopboekje vol: *Waarom schrijven?* (De Harmonie). De vraag waarom een schrijver schrijft schijnt niet gesteld te mogen worden omdat groenteboeren per slot van rekening ook niet gevraagd wordt waarom zij groenteboeren, dat soort redeneringen.

Even geheel terzijde: voor mij heeft Rudy Kousbroek de vraag naar het waarom van het schrijven afdoende beantwoord. Kousbroek zegt dat hij schrijft om 'jonge-meisjesharten sneller te laten kloppen'. (Een erg mooie uitspraak, al kan ik me bij Kousbroek in relatie tot jonge meisjes nauwelijks iets voorstellen.)

Dit laatste doet me overigens denken aan een verhaal waarvan ik zeker weet dat ik het je nog niet verteld heb. Het gaat over de memorabele dag (nacht) dat ik besloot schrijver te worden. Bij de meeste schrijvers ligt de kiem van hun schrijverschap in een ongelukkige jeugd, bij mij echter in de 27ste april 1988, 's avonds vanaf een uur of acht. De Utrechtse Vereniging van Studenten Nederlands (STAV) had een publiekelijk interview georganiseerd met de jonge schrijver Joost Zwagerman, die toen de allerjongste schrijver van Nederland was en ook nog ons grote voorbeeld. Ik ben een tijdje verschrikkelijk geil geweest op debutanten en jonge schrijvers, maar dat is dus enorm frustrerend in dit land, want er is hier, Amerikaanse lezers, jarenlang een wet geweest dat debutanten ouder moesten zijn dan vijfendertig jaar en debuten uitsluitend over kinderjaren mochten gaan, of over de tijd dat schrijvers nog wel konden klaarkomen. Met Joost Zwagerman kwam hier een einde aan. Die kwam nog gewoon uit zichzelf klaar. Wij (Monk, Thijm en ik) waren verliefd op Joost Zwagerman, eerlijk, wij verdedigden hem en zijn werk tegenover generaties versufte neerlandici en NRC-lezers. (Net als we overigens Herman Brusselmans en Tom Lanoye verdedigden, maar dit terzijde.) (Net als we overigens Jeroen Brouwers verdedigden, maar dit helemaal terzijde.) Joost Zwagerman werd geïnterviewd door Mariëlle Osté (die later over gigolo's ging schrijven). De ambiance was Café Zeezicht en er waren ongeveer vijftig studenten. We hadden ons er veel van voorgesteld, van het publiek bedoel ik. We waren van plan na afloop van het interview alle jonge literatuur-*die-hards* te verzamelen en Een Nieuwe Stroming op te richten. Dat viel vies tegen. Zoals je aan sommige meisjes gewoon kunt zien dat ze lekker kunnen vrijen, zo kun je aan sommige mensen gewoon zien dat ze niets van literatuur begrijpen, laat staan dat ze kunnen schrijven. We vonden niemand voor onze stroming, maar dat hoefde op een gegeven moment trouwens ook helemaal niet meer:

Zij kwam binnen. Zij, die in onze persoonlijke mythologisering van de werkelijkheid voortleeft als het Zigeunerinnemeisje. De wereld veranderde. Ademloos zaten wij alle drie naar het meisje te kijken. Ze had ravezwart, wild krullend haar, grote lichtloenzende ogen, ze droeg een baseballjack en een strakke spijkerbroek met gaten. Nu is het zo dat literaire avonden per definitie nooit bezocht worden door de vrouwen die de literatuur zo hebben geïnspireerd, en dat maakte de mythe van dit meisje alleen maar mooier.

De avond begon en Joost was weergaloos. Je denkt misschien dat ik dit niet meen omdat schrijvers elkaar in de Nederlandse Literatuur nu eenmaal alleen maar uiterst kinderachtig horen te bevechten, beschimpen of te beroddelen, maar ik was echt onder de indruk. Zoveel Vuur! Zoveel Oprechte Boosheid! Zoveel Jongehonderige Energie! In de pauze gebeurde waar we de nachten daarvoor van in ons bed hadden geplast. We gingen zo dicht mogelijk in de buurt van Joost staan, en Joost (die met iedereen had kunnen praten) deed niet lullig en praatte met ons. Hij had het over een nieuwe dichtersstroming die op het punt stond Nederland te veroveren: de Maximalen (onmiddellijk waren wij 'Maximaal'), hij vertelde over jonge Amerikaanse schrijvers: de Bratpack-generatie (onmiddellijk waren wij 'jonge Amerikaanse schrijver') en toen het college Joost begon te vervelen, bestelde hij ons iets te drinken ('deze glazen zullen we nooit meer wassen!'). Aan de bar zat het Zigeunerinnemeisje. Joost en zij keken elkaar aan, alleen maar aan.

Meteen na de pauze mocht het publiek zich mengen in het gesprek. De vragen werden er niet beter op. Ook het Zigeunerinnemeisje waagde het een vraag te stellen. Ik hoorde wat ze vroeg, maar de inhoud ging gelukkig langs me heen: ze had een hese stem. Joost beantwoordde de vraag, maar het Zigeunerinnemeisje was het niet eens met wat hij zei. Joost ging hier op in, wild-erotisch aan zijn sigaret zuigend, en het Zigeunerinnemeisje koos de aanval. Er ontstond een pittige discussie. Monk boog zich naar me toe en fluisterde: 'Je hoeft geen mensenkenner te zijn om te zien dat dit neuken wordt.' Maar dat was natuurlijk een grapje. Na afloop geschiedde wat iedereen had gehoopt: de held van de avond bleef nog even hangen. Als discipelen schaarden wij ons aan zijn zijde. Joost schold op de dichter Tom van Deel en vertelde dat hij die eens in de verte had zien lopen en toen maar achter een boom was gaan staan om Tom niet in elkaar te slaan. Wij stonden perplex. Nog nooit hadden wij iemand zo over literatuur horen praten. Iemand in elkaar slaan. Wij wisten helemaal niet dat dat kon, in de literatuur.

Maar goed, intussen voelde ik voor het Zigeunerinnemeisje een grote genegenheid opbloeien (zo noem ik dat altijd). Het Zigeunerinnemeisje zat aan de bar met haar begeleidster, die voor de verandering nu eens niet lelijk was. Dat meisje had kort grappig haar en ze werd Piño genoemd.

Thijm, Monk en ik probeerden zo dicht mogelijk bij de meisjes te gaan staan, terwijl Mariëlle Osté afscheid van Joost nam. Ik raakte in gesprek met het Zigeunerinnemeisje. Ze heette Charlie. Een beetje fataal was ze, maar toch ook wel erg lief. Toen maakte ik een beginnersfout: ik ging naar de wc.

Naar de wc gaan is een beetje sterven. Het blijkt iedere keer weer, en overal, dat het zonder jou ook gewoon gezellig is. Toen ik terugkwam, hadden de jongens van de organisatie zich over Piño ontfermd, praatten Monk en Thijm (alsof ze dat ooit eerder gedaan hadden) over Nederlandse dichters en zat Charlie in een uiterst intiem gesprek met Joost. Met Joost? Met Joost. Aan de bar, zij aan zij, been tegen been. Ik stond erbij, ik keek ernaar. Het gesprek ging niet over literatuur.

En plotseling was alles afgelopen. Iemand draaide de lichten feller en een barman haalde een natte spons over de bar. Het was Joost die een stelling poneerde, de stelling waar hij zou blijven slapen die avond. De jongens van de organisatie begonnen om het hardst te roepen dat 'everything had been taken care of', maar Charlie nam Joost even apart en na een korte groetronde verdwenen ze samen. Joost ging weg met onze Charlie aan zijn zijde. Dat was even slikken.

Later zaten we op de kamer bij Thijm, bedroefd ende verslagen. We dronken Chivas. Die Amsterdammer ging weg met Charlie. Godderdomme. Jarenlang geluld over de vraag wat (goede) literatuur is. Jarenlang tot bijna vechtens toe gediscussieerd over de vraag waarom schrijvers schrijven. Jarenlang geschreven zoals iedereen altijd maar schrijft, en dicht, en dagboekt, en brieft, en gevoelens op papier zet, en 'alleen voor zichzelf' leuke tekstjes maakt en 'ooit nog wel eens een boek wil schrijven'. Jarenlang gedacht dat het Mysterie der Literatuur onontrafelbaar was, en op zijn minst erg hoogstaand.

Terwijl het allemaal zo simpel bleek. Het moment waarop Joost en Charlie samen café Zeezicht verlieten, brak er iets. Dat was het puntje, het paaltje, de druppel, de emmer. Voor mezelf was het op dat moment geen vraag meer waarom ik wil doen wat ik wil doen. Als schrijver zijn betekende dat jonge stoere meisjes na afloop van een literaire avond met je meegingen, dan was ik vanaf dat moment schrijver.

Nog diezelfde avond begonnen Monk, Thijm en ik aan onze nog steeds af te ronden trilogie *Charlie en wij*. Charlie zelf hebben we uiteraard nooit meer gezien.

Trossen druiven, bananen en guirlandes van rozen: ons huis is versierd. Ik moet toegeven dat ons huis, voor het eerst in de zes jaar dat ik er woon, er eens behoorlijk uitziet. Alle kamers zijn opgeruimd, alle glazen gewassen, de tafels met zilverfolie bedekt, de liflafjes gesmeerd, de eieren gevuld, de broodjes gesneden, de wijnen op temperatuur en alle huisgenoten opgetut en bepoteld – kortom: één grote bubs gezelligheid.

En op de valreep van dit oude jaar ben ik er zojuist achtergekomen dat het zelfs met mij enorm meevalt. Zenuwachtig voor het grote feest stond ik voor mijn spiegel mijn feestblazers te vergelijken, toen Céline zwijgend mijn kamer binnenkwam. Céline heeft een beetje een rottijd achter de rug. Met de kerst heeft haar vriendje Pier het uitgemaakt, althans, hij heeft het niet uitgemaakt maar hij ziet het niet meer zo zitten, althans, hij ziet het nog wel zitten maar dan alleen wat het naaien betreft, niet wat betreft de moeilijkheden van een relatie. Céline ging in mijn rookstoel zitten en ze stak een sigaret op. Ik ben Célines vriend, haar vriendvriend, haar praatvriend. Céline begon uit zichzelf over Pier te vertellen. Dat hij dit gezegd had, en zij dat, en hij weer dit, en weet ik veel. Eerst luisterde Seksgiph met een half oor naar Célines verongelijkte gezeur, maar toen begon ze zomaar aangrijpend te huilen en voor ik het wist nam ik haar in mijn armen en legde ze haar hoofd op mijn schouder, bejammerde ze minutenlang haar verdriet en (zonder dat ik er aanvankelijk erg in had) deed ik niet wat ik in dat soort situaties altijd doe – namelijk een scène op tv proberen te volgen, mijn nagels nakijken of een roman concipiëren – nee, plotseling voelde ik echt met Céline mee. Haar ongeluk was zo oprecht en hartverscheurend dat ik moest persen om niet met haar mee te huilen. Een nieuw gevoel, het ware medelijden. Normaal denk ik als ik een warmbloedig meisje in mijn armen heb (terwijl ze zwoel in mijn nek ademt, een been tussen mijn benen dringt en haar borsten tegen mijn borst drukt) aan literatuur, maar deze keer helemaal niet. En dat verheugde me nog het meest. Dat geeft hoop voor het nieuwe jaar. Ik heb zowaar een emotie gehad. Ik ben een mens.

DE AVONDEN DAARNA

Utrecht, januari 1991

Zo'n jaarwisseling is al met al een van mijn favoriete perioden. Het ene moment word je gestoord door de verschrikkelijke zeikerds die, kijkend naar de onregelmatig dwerrelende sneeuwvlokken en met J.C. Bloem of Pessoa in hun hand, de martelgang der tijden gaan zitten bezuchten, het eeuwige mechanisme, de vergankelijkheid, de dood (alsof we niet zo langzamerhand weten dat uiteindelijk niets vertroosting biedt en alles nutteloos is, schijn, geveins, het najagen van wind); het andere moment krijg je hoofdpijn van de verschrikkelijke zeikerds die iedereen-maar-dan-ook-werkelijk-iedereen te pas en te onpas 'een gelukkig nieuwjaar' gaan zitten wensen, 'voorspoed', 'gezondheid', 'het allerbeste'.

En dat dan jaarwisseling in, jaarwisseling uit!... Iedere twaalf maandjes weer opnieuw!... Wat een kinderachtige kinderachtige wereld!... Rot toch op met dat stomme gewens!... Wat kan het mij schelen of een willekeurige kennis een goed of een slecht jaar heeft?... Gezond blijft dan wel doodgaat?... Zoek het allemaal maar uit!... Het laat me koud!... Ik hou mijn gelukwensen liever bij me voor de mensen van wie ik werkelijk hou... Zoals jij... Hoewel ik weet dat het allemaal niets uitmaakt, wil ik jóu (en dan niet alleen voor dit ene onbeduidende jaartje maar voor altijd, voor de rest van je verdere leven) alle mogelijke goeds wensen, liefde, seks, geluk...

Is het jou wel eens opgevallen dat als je ergens niet bij bent geweest, iedereen altijd om het hardst gaat zitten roepen dat het verschrikkelijk leuk was, terwijl als je ergens wél bij bent geweest, er meestal geen moer aan bleek? Ik ben niet paranoïde, maar volgens mij is het een complot. Volgens mij is het gewoon nooit ergens leuk. Volgens mij doet iedereen alsof het ergens wél leuk is geweest, omdat het leven anders helemáál geen zin meer heeft. Het is natuurlijk verschrikkelijk belangrijk om te kunnen zeggen dat het ergens leuk is geweest tegen iemand die er niet bij was, want als jij iets leuks hebt meegemaakt en een ander niet, dan komt het erop neer dat jij eigenlijk leuker bent dan die ander. En dat is wat ons op de been houdt: de drang leuker te zijn dan een ander.

Ik zeg dit om mij in te dekken. Omdat ik hoop dat als ik zo dadelijk ga schrijven: 'Wat een feest! Wat een uitspatting! Wat een supergelag! Wat een geile orgie! Wat een meedogenloze seks! Wat een smerig bacchanaal!' jij niet denkt dat dat is om jou een hak te zetten en ik jou niet leuk vind. Dat is niet zo. Ik vind jou heel leuk. Eigenlijk ben jij de leukste. Als jij je zusje was zou ik je ten huwelijk vragen.

Wat een feest! Wat een uitspatting! Wat een supergelag! Wat een geile orgie! Wat een meedogenloze seks! Wat een smerig bacchanaal!

Het begon allemaal rond een uur of elf. Het was al redelijk druk en ik stond op de gang in een verrassend oninteressant gesprek met een verrassend oninteressante vriend van een kennis van een huisgenote, toen plotseling iemand me van achter beetpakte. Het was Asja, mijn kleine gymna, mijn kousbroekje. Ze probeerde me op te tillen en omhelsde me en zoende me vier keer en wenste me het állerallerbeste voor het nieuwe jaar en vooral heel veel liefde. Vanzelfsprekend was ik confuus. Haar panty was hennakleurig, met bruine en gele vlekken, en ongetwijfeld zelf beschilderd. Asja zag er werkelijk heel mooi uit, maar ze was wel een beetje dronken.

'Ik ben speciaal voor jou hierheen gekomen,' lispelde ze. 'Speciaal voor jou.' Ze omhelsde me nog een keer, fluisterde: 'Speciaal helemaal alleen voor jou,' en stak ongegeneerd haar tong in mijn mond. Ik kreeg de indruk dat ze me wel mocht. Ze zoende heftig en drukte zich tegen me aan. Onze zoen werd verstoord door het geblaf van een hond. Asja stopte en zei abrupt: 'Maar nu moet ik weer gaan. Er is een groot feest bij mijn ouders. Ik kan echt niet weg vannacht, maar ik zal het toch proberen.' Ze nam haar hond mee en bij de trap naar beneden deed ze flapflap met haar vingers. Ze zei: 'Misschien tot straks.' Toen ze verdwenen was, draaide ik me weer om naar de verrassend oninteressante vriend van de kennis van de huisgenote.

Ik keek hem aan.

Hij keek mij aan.

Ik zei: 'Dus als ik het goed begrijp, komt er bij vloerenleggen nog aardig wat kijken?'

Vloerenleggen door de eeuwen heen. Wie had kunnen bevroeden dat ik daar ooit nog eens een half uur (dertig minuten) van mijn leven serieus met iemand over zou praten (nou ja, praten)? Voor het feest hadden al onze huisgenoten gasten mogen uitnodigen en op een enkele vloerenlegger na was het een vrolijk troepje fine fleur dat ons huis kwam bevuilen. In onze eigen vriendenkring hadden Monk, Thijm en ik lukraak wat mensen gevraagd, onder het motto 'liever mooi dan intelligent'. Noem me een fascist, maar ik hou van mooie mensen. Ik selecteer mijn vrienden op hun uiterlijk, daar schaam ik me dus niet voor. In een gesprek vind ik het voornamelijk belangrijk dat ik naar iets leuks kan kijken, de interessante stellingen verzin ik er zelf wel bij. Mag ik misschien, godverdomme?

Bon. Je zou dus kunnen zeggen dat het een gemêleerd gezelschap was. Toch was het niet super-gemêleerd, of zo. Ik bedoel, onze huisgenoten zijn eigenlijk best wel een beetje een 'in-crowd ons kent ons groepje'. Ik heb er wel eens over gedacht daar een verschrikkelijk ultieme roman over te schrijven, over die groep van ons. Zoiets als *St. Elmo's Fire*, of *The Breakfast Club*, of (uit de achttiende eeuw) *Bij nader inzien* van J.J. Voskuil. Met allemaal mooie jonge mensen, die eerst samen optrekken en gelukkig zijn, en er dan achterkomen dat het tóch allemaal 'ieder voor zich' is, en dat 'vriendschap niet bestaat'. Zo van dat ik dan natuurlijk het middelpunt van dat groepje ben, en me langzaam ga 'losmaken'. De strijd van het individu tegen de massa, zeg maar, het volwassen worden, the struggle for life.

Ik zal jou es eventjes inwijden in de fascinerende wereld die 'mijn groep' heet. Ik woon in huis bij Thijm, Monk, Tonny, Debby, Céline, Merel, Bernt en Kleptofrits. Vroeger woonden ook Pier en Anne bij ons in huis. Ik geloof dat we allemaal met elkaar hebben gestudeerd. Thijm is het jongste broertje van Freanne. Freanne is getrouwd met Nic. Nic en Freanne zijn de eigenaren van het uitgeverijtjeshuis Sub Rosa. Van ons huis werken Monk, Thijm, Bernt en ik geregeld voor Sub Rosa. Freanne is de moeder van Noëlle. Noëlle is het meisje aan wie ik stiekem denk als ik me aftrek. Noëlle werkt bij eetcafé De Wingerd. Maris, Anne, Timon, Karin 2 en 3, Huib, Robin, Debby, Dennis, Timon, Tonny, Pier en Asja (sinds kort) werken ook bij De Wingerd. Andrea, Janneke, Daniëlle, Dop, Karin 1, Monk, Thijm en ik hebben vroeger bij De Wingerd gewerkt. En Merel ook natuurlijk.

(Ben je er nog?) Steven is de eigenaar van De Wingerd en de broer van Nic. Karin 1, die vroeger bij De Wingerd werkte, is nu in vaste dienst bij... Sub Rosa, heel goed. Net als Chris. Chris is een ex-vriendin van Monk. Maris en Anne zijn ook ex-vriendinnen van Monk. Chrihis is tegenwoordig met Dennis. Anne en Merel zijn elkaars beste vriendinnen. Robin is een ex-vriendin van Thijm, net als Karin 1 en Karin 2 (of 3, die hou ik nooit uit elkaar). Sue Ellen doet het met Blake Carrington. Robin is de beste vriendin van Tonny. Tónny was vroeger van mij (van mij! van mij!), en later heb ik het met Dop gedaan, en met Janneke (én een keer met Merel, hoewel ik het niet echt met haar gedaan heb, maar wel tegenover iedereen heb volgehouden dat ik het met haar gedaan heb, en het grappige is dat Merel óók tegenover iedereen heeft volgehouden dat zij het met mij gedaan heeft, en dus is het eigenlijk best wel zo dat we het met elkaar gedaan hebben, ik bedoel, we hebben gewoon *besloten* dat we het met elkaar gedaan hebben). Timon is homo. Huib is homo. Sterker nog: Timon en Huib zijn allebei homo. Huib heeft vroeger een keer geprobeerd Nic te 'palen'; over de vraag of dit gelukt is doen verschillende verhalen de ronde. Nic is in ieder geval niet de vader van Noëlle. De vader van Noëlle is Harko, maar die naam mag je vergeten.

En als je werkelijk geïnteresseerd bent, zal ik de volgende keer ingaan op ethologische finesses als 'groepjes binnen de groep' en 'leiders en volgers'. (Nu ik erover nadenk, vind ik het bijzonder interessant, al zeg ik het zelf. Net een natuurfilm.)

Het gesprek met de vloerenlegger liep helemaal verkeerd af. Ik stond zuchtend om me heen te kijken, niet te luisteren naar het gepraat, dat maar duurde en duurde. In de keuken begon plotseling een meisje heel vrolijk alle laden van het aanrecht om te keren. Zomaar. Dolletje. Lekker omkeren. En het was nog niet eens twaalf uur.

'Kijk dat nou toch eens,' zei ik. Met de vloerenlegger keek ik naar het meisje. Ze had een gezicht alsof ze permanent een gaap onderdrukte.

'Rare halfmongool,' fluisterde ik samenzweerderig. Dit bleek een van mijn minder geslaagde opmerkingen. Mijn vriend de vloerenlegger werd een beetje wit rond zijn neus.

'Die halfmongool is mijn vriendin,' zei hij krampachtig.

Aha. Halfmongool vriendin vloerenlegger. Opeens kreeg ik zin om enorme stennis te trappen. Die vloerenlegger onverwachts een kaakslag te geven. Nog beter: mijn knie in dat rare gezicht van zijn vriendin te prakken. Ik heb wel vaker de drang zonder enige aanleiding mensen pijn te doen. Soms denk ik wel eens dat ik gek ben. Zo kan ik bij voorbeeld geen zwangere vrouw zien zonder de panische angstgedachte dat ik haar plotseling in haar buik zal trappen. Zomaar. Niet omdat ik het zou willen, maar uit een soort reflex of zo. Iets dat sterker is dan jezelf.

Ik deed niets. De vriendin van de vloerenlegger begon aandoenlijk te huilen. Uit een van de kamers kwam Merel toesnellen om haar te troosten, terwijl de vloerenlegger zelf er maar een beetje plompverloren bij stond.

'Ga er dan heen, man,' zei ik, 'is het nou godverdomme je vriendin of niet?'

Weifelend stapte hij de keuken in. Ons gesprek was afgelopen, dat was het mooie van de hele scène. Toen alles weer gesust was, hielp ik Merel met het opruimen van al het bestek. Zonder dat ik erom vroeg, zei ze: 'Mijn zielige nichtje.'

Nu, later, in de beschermende geborgenheid van mijn kamer, als ik terugdenk aan dat nichtje en me ga zitten voorstellen waarom ze dat toch deed, dat omkieperen van al die laden, dat ze misschien zelf inzag dat ze lelijk was, althans niet mooi, althans lang niet zo mooi als bij voorbeeld Merel, en ook niet zo leuk, ik zeg dit volstrekt niet om haar belachelijk te maken: een minder leuk iemand wéét volgens mij dat-ie minder leuk is en het daarom keer op keer aflegt als het gaat om aandacht van anderen en dat soort dingen, dat is toch tragisch, ik bedoel, het is toch niet voor niets dat zo'n nichtje met zo'n uitgesproken lelijk iemand als die vloerenlegger gaat, ze zou misschien wel een mooier iemand willen maar ze kan geen mooier iemand krijgen, en daar gaat ze dan over zitten tobben natuurlijk, en dan voelt ze zich hartstikke rot, en voor die vloerenlegger geldt waarschijnlijk hetzelfde, die wil natuurlijk ook liever met zo iemand als Merel, maar zo iemand als Merel ziet hem aankomen, en dus zoekt hij zijn heil dan maar in z'n eigen liefdeskaste, die van de minder leuke mensen, schoorvoetend, beledigingen incasserend, en als ik over dat soort dingen na ga zitten denken, over van die door je ziel snijdende opmerkingen als 'mijn zielige nichtje' of 'rare halfmongool', en ik neem er wat te drinken bij, en ik ga me echt heel hautain, heel uit de hoogte zitten voorstellen dat ik ook lelijk zou zijn, en niemand zou kunnen krijgen, en ik neem er nog wat te drinken bij, dan krijg ik – wat krijg ik? – dan krijg ik zo'n godvergeten medelijden dat ik wel kan janken, echt waar. Echt waar.

Om twaalf uur waren er daadwerkelijk mensen van óns feest (volwassenen) die vuurwerk gingen afsteken. Met oud en nieuw is Nederland plotseling één groot gezellig land. De hele Biltstraat kwam langs om te zoenen en te wensen. Noëlle bleek goddomme ook al op het feest te zijn, terwijl ik toch heel de tijd in de gang op de uitkijk had gestaan. Eerst neukte ze uitbundig met Monk, en daarna met Thijm, en daarna boog ze zich naar mij toe, zei heel afgemeten: 'Giph,' en tipte twee kusjes op m'n wangen. Niet 'beste wensen', niet 'gelukkig nieuwjaar'.

'Is er wat?' vroeg ik.

Ze liep weg zonder iets te zeggen.

Binnen kwam Andrea naar me toe, mijn platonisch sletje, mijn theoretische nymfomane, mijn geniepig opgeilstertje.

'Jou heb ik nog niet gehad geloof ik,' zei ze.
'Inderdaad,' zei ik.

Met Andrea heb ik een droogneukrelatie. Dat wil zeggen dat we altijd en alleen maar over seks praten, elkaar uitsluitend uitdagen en opvrijen, en de verliezer degene is die na een avond vol *seduction by allusion* het meest gefrustreerd en opgewonden achterblijft. Die verliezer heet overigens altijd Giph.

Nooit hebben we ook maar iets gedaan, Andrea en ik. Thijm en Monk begrijpen dit niet. 'Als er iemand is die haar kan pakken, ben jij het,' zegt Thijm na iedere mislukte avond. 'Ze wil je gewoon.' Als ik dat dan vervolgens aan Andrea vertel, lacht ze en zegt ze: 'Ja, waarom pak je me niet gewoon? Ik wil je zo heel erg graag. Jou alleen, dat weet je toch?' Meestal zeg ik aan het eind van zo'n beetje iedere met haar doorgebrachte avond halfgrappig dat ik ervan uitga dat ze nu eindelijk eens bij me blijft slapen, en dan lacht ze weer, Andrea, en zegt ze: 'Volgende keer, Giph, volgende keer. Nu ben ik te moe.'

Eén keer hebben we met elkaar gezoend, een heel klein beetje bijna net niet overtuigend. Het was in de steeg naast De Wingerd. Andrea stond bij haar fiets. Ik zei (*tongue in cheek* uiteraard): 'Wanneer gaan we nou toch eindelijk goddverdomme eens *flush on the mouth*, echt zoenen bedoel ik, *totally fucked up* word ik van jou. Je speelt met me, je maakt me gek. Zal ik je gewoon beestachtig verkrachten?'

Heel vlug en volslagen onverwacht gaf Andrea me toen een kus, heel teder. Ik schrok ervan. Andrea blijkbaar ook, want ze fietste weg zonder te groeten.

Andrea rook naar oliebol.
'Het beste, Giphaard,' zei ze.
Die kende ik nog niet. Leuk. Giphaard.
Een goed idee. Haar op de grond leggen (als ze tegenspartelt, mijn duimen in haar hals drukken tot ze ophoudt), haar rode galajurk omhoog, haar slip uit (gesteld dat ze die überhaupt aan heeft), haar benen uit elkaar, en (plop) er bovenop. En dan maar rammen, om het zo te zeggen. Zo hard mogelijk. Ze zullen me van haar af moeten schaven.
'Het beste, Andrea.'

We stonden bij een raam. Het was niet zo licht in de kamer, die speciaal voor dit feest Het Prieel gedoopt was, de romantische kamer (er lagen matrassen). Andrea stak een sigaret op en keek naar het vuurwerk buiten. Op dat moment vond ik Andrea eerlijk gezegd heel erg mooi, de mooiste. Ik denk wel eens na over iets dat ik maar noem 'mijn grote hart'. Stel dat Andrea daar bij dat raam rustig haar sigaretterook had uitgeblazen en had gezegd: 'Luister, Giph. Ik heb er eens over nagedacht. Er zijn heel wat onvolwassen jongens op deze aarde, die er alleen maar op uit zijn om te beesten en harten te breken. Ik weet dat jij anders bent. Jij bent sympathiek, intelligent, intellectueel, niet al te lelijk, goed gebekt, goed geluimd, altijd in voor een dolletje, terwijl je op de gepaste momenten ook serieus en aandachtig kunt zijn. Je bent geen byronic hero, geen mysterieuze Einzelgänger, geen rouwdouwende fokhengst, maar aan de andere kant ben je ook geen zachte zieligerd of een gefrustreerd konijn. Je bent gewoon "een leuke jongen", en hoewel het een tijdje geduurd heeft, ben ik erachter gekomen dat dat is wat ik zoek. Jij bent een ideale vriend. Ik stel je voor het met mij te proberen. Noem het verstandsliefde, noem het berusting, maar als de seks niet al te zeer tegenvalt weet ik zeker dat we het een tijd met elkaar uit zullen houden. Wat zeg je ervan?'

En ik weet wat ik ervan zou zeggen. Ik zou het prima vinden. Sterker nog: ik zou me met overgave in een relatie storten, de hele reutemeteut bedoel ik, de vurige liefdesbrieven, de cadeaus, het samen lachen na het vrijen, de vakanties in Frankrijk, het samen een huis kopen, het samen kinderen krijgen, het samen oud worden en over onze schouders terugkijken op een geslaagd leven, het samen vredig sterven. Met gemeende overgave, dat zweer ik!

Ik ben tot Grote Liefde in staat. Het probleem is alleen dat ik deze grote liefde aan Andrea zou kunnen geven, maar evenzogoed aan een ander. Als ik in plaats van met Andrea met Merel in Het Prieel had gestaan (of met Dop, Janneke, Karin 1, 2, dan wel 3, Anne, Maris, noem maar op) en zij zou mij hebben gezegd wat Andrea mij zou hebben gezegd, dan zou ik me – weer met gemeende overgave – in een relatie met Merel hebben gestort. Met Merel samen vredig zijn gestorven.

Mijn hart is groot. Ik bedoel: het valt mij moeilijk verliefd te zijn op één vrouw, ik verkeer in een staat van permanente verliefdheid voor heel veel vrouwen. Tot het moment dat één mij aan zich bindt en me opeist. Eigenlijk ben ik heel zielig.

Andrea en ik praatten weer een vol uur over haar geliefde onderwerp. Om ons heen werd het steeds drukker. Andrea zei dat ze het liefst even over mijn lul wil praten. Mijn lul? 'Jouw lul, ja. Daar ben ik na al die jaren van onthouding nu wel eens benieuwd naar. Naar die lul van jou. Is het een lulletje, of is het echt een Lul? Is-ie klein en dik, of juist spits en lang? Is het een lul met haar, of heb je alleen haar op je zak? Is het een échte lul of zo eentje die slap behoorlijk groot is, maar stijf niet veel groter, zo'n bloedlul? Is het een lul waar je de aders in ziet lopen, of is-ie uit egaal marmer gehouwen? Is het een bleke lul, of is-ie juist bruiner dan de rest? Heeft-ie een naam? Heb je vetbobbeltjes op je voorhuid? Dat soort dingen. Vertel maar. Ik ben er echt heel benieuwd naar.'

Ik keek om me heen. Zou ze dronken zijn?

'Ik begrijp dat ik hier nu serieus op in moet gaan?' vroeg ik.

Andrea knikte heel cool.

'Prima. Zal ik, eh, "mijn lul" er even bijpakken?'

'Dat is goed,' zei Andrea. 'Dan pak ik mijn vergrootglas.'

Ik reikte naar mijn broek.

Andrea keek me heel stoer aan. Ze maakte een gebaar van 'komt er nog wat van'. Soms moet je niet lullig doen, vind ik. Het gaat er op sommige momenten om wie de sterkste is. Ik haakte mijn riem open. Andrea keek overdreven geïnteresseerd. Langzaam knoopte ik mijn broek los. Toen aarzelde ik. Andrea wapperde met haar hand, ten teken dat ik door moest gaan.

'Je durft gewoon niet,' zei ze.

'O nee?'

Ik haalde adem, stopte mijn duimen onder mijn boxershort en vlak voordat ik daadwerkelijk mijn broek zou laten zakken, riep Andrea heel hard: 'Dames, Giph gaat zijn lul showen!'

Opeens had ik alle aandacht.
Hilariteit alom.
Het was inderdaad een nogal penibele situatie.
Andrea zei: 'Jij bent ook gek, hè?'

Ik heb een bijzonder rare lul, al zeg ik het zelf. Sommige lullen schijnen gewoon scheef te staan, de mijne niet. De mijne begint kaarsrecht, maar hij eindigt behoorlijk uit het lood. Met andere woorden: er zit een forse knik in mijn lul. Een knik naar links. Soms, als ik een nachtmerrie heb, droom ik wel eens dat mijn lul vroeger eigenlijk een metronoom was. Tiktaktiktak. De enkele keer dat je eens om een hoekje moet neuken, is het natuurlijk wel handig, zo'n lul als die van mij, maar meestal is het alleen maar lastig. Ik moet bij voorbeeld altijd aan een meisje vragen: 'Sorry hoor, maar ben jij wat betreft je G-plek links- of rechtsdragend?' Ik vermoed dat ik als baby in een lulligging lag en dat de vroedvrouw mij aan mijn lul gehaald heeft. Of misschien viel tijdens de bevalling het licht uit, en heeft de vroedvrouw per abuis mijn lulletje aangezien voor mijn navelstreng, je weet niet wat er allemaal gebeurd kan zijn. Ik ga er niet onder gebukt, onder mijn lul, maar het is niet altijd even prettig. Soms ben ik met een meisje, en komt na veel gevoorspel eindelijk 'de aap uit de mouw', en dan zie je zo'n meisje denken: Nou, als die net zo lekker neukt als zijn lul eruitziet, krijgen we nog een gezellige avond. Mijn lul, mijn komkommervormig aanhangsel, valt misschien nog het best te vergelijken met Quasimodo. Ik hoor hem ook wel eens jubelen na afloop van een vrijage, als iedereen al ligt te slapen: 'I gave her water! I gave her water!'

Maar goed. Mijn lul. Wie had kunnen bevroeden dat ik daar ooit nog eens een half uur (dertig minuten) van mijn leven serieus met zeven intellectuele meisjes over zou praten (nou ja, praten). Wat een feest. Het leek wel alsof ze er opgewonden van werden. Het was overigens überhaupt een Dionysische aangelegenheid. Je maakt het niet vaak mee dat er op een feestje meer meisjes zijn dan jongens, en dat die meisjes zich collectief lubrieker en opgefokter gaan gedragen. Ik zat midden in het college over 'mijn lul', toen

Freanne erbij kwam staan. Freanne is de moeder van Noëlle. Freanne is een bijzondere vrouw, al zeg ik het zelf. Ze is zesendertig jaar, maar ze ziet er beduidend jonger uit. Ze heeft lang blond haar, en erger nog: ik heb het bange vermoeden dat ze meer van literatuur weet dan ik. Vroeger dacht ik altijd dat zoiets nooit kon. Normaal draagt Freanne beige (geile) mantelpakjes, voor het feest had ze echter een zilverzwart (geil) baltopje aan.

Ze vroeg: 'Waar hebben jullie het over?'

'We hebben het over de lul van Giph,' zei Céline.

Iedereen lachen. (Het wás toch zo, godverdomme?)

Freanne: 'Zozo, dat is mooi. Ik ben dol op praten over lullen.' Zei de vrouw die promoveerde op een zinswending in een dichtregel uit een kladversie van een nooit eerder gepubliceerd werk van een totaal onbekende dichter; de vrouw die serieuze literair-gedegen werkjes uitgeeft over Busken Huet, Stendhal, Kierkegaard, noem maar op. En plotseling voelden al die tweeëntwintigjarige meisjes zich heel erg volwassen omdat ze met een zesendertigjarige vrouw (die wat dat betreft een paar meter voor lag) over het onderwerp lul konden praten.

'Ja, Giph, vertel nog eens wat,' zei Merel.

'Ik ben eigenlijk een beetje uitgeluld,' zei ik, uitermate grappig eigenlijk. En tegen Freanne: 'Vertel jij liever over je fibromusculaire buis met gelaagd epitheel. Dat vind ik veel interessanter.'

'M'n wat?' zei Freanne.

'Je kut.'

'O, m'n kut.'

En de uitgeefster van het standaardwerk over de Nederlandse symbolisten en vele andere belangrijke boeken heeft over haar kut verteld! Het was een raar feest. Toen het gesprek in Het Prieel uitsluitend nog over het vaginale orgasme ging, ben ik de kamer ontvlucht. Wat was er aan de hand, in godsnaam? Op de gang stonden Monk en Thijm met twee mij onbekende meisjes, die allebei luidruchtig aan het verkondigen waren dat ze zo vre-se-lijk veel van neuken hielden. Op de trap naar de zolderkamers lagen er vier 'allemaal vieze dingen' te doen. Er riep een meisje heel hard: 'OOOORGIE!!!' Uit de keuken klonk gekreun en het omkieperen van laden. In de swingkamer werd gedanst door meisjes met... Goddomme. Altijd over gelezen, altijd in onzinfilms gezien. Hoewel het natuurlijk uiterst aandoenlijk is als je iets meemaakt en je je bij voorbaat gaat zitten verkneukelen over de gedachte dat je er later blij om zult zijn dat je het hebt meegemaakt ('later zal ik me dit herinneren'), stond ik in de danskamer om me heen te kijken en stroomde er een jubelgevoel door mijn aderen: kanonne, een feest met blote borsten. Zoals er is De Man Met De Zeis, zo is er ook Het Feest Met De Borsten. Ik vind het in de ontwikkeling van iedere intellectueel erg belangrijk dat hij ten minste één keer in zijn leven een feest met spontane blote borsten heeft meegemaakt. Ben jij wel eens op zo'n feest geweest?

Er dansten allemaal mensen met ontbloot bovenlijf in mijn kamer. Meisjes vooral. Wat een dolle bende. Er zwierden onbekende borsten langs mijn boeken (symbolisch). Er hingen borsten over mijn schrijftafel (geen metafoor). Anne en Dop stonden vrijwel naakt te dansen met Pier en Dennis. De borsten van Dop zagen mij en staken hun handen op. Annes borsten lachten heel lief. Ook Pier met zijn lullige bovenlijfje zag me staan. Hij ging door zijn knieën en slaakte – volslagen dronken uiteraard – bij wijze van groet een oerkreet. (Ik hou er niet van als mensen me zo begroeten. Doe maar gewoon, denk ik dan, dan doe je al gek genoeg.) De borsten van Dop kwamen naar me toe en ze probeerden me mijn zalmgroene feestblazer van mijn lijf te trekken.

'Giph gaat uit de kleren,' riepen ze naar de borsten van Anne en de lachwekkende rompjes van Pier en Dennis, die me onmiddellijk besprongen en mijn overhemd bijna kapot scheurden. De borsten van Dop zeiden: 'Je begint een buikje te krijgen, schat,' en ze trokken me mee het danstapijt op. Door vele onbekende borsten aldaar werd ik als een verloren dochter ontvangen, het leek wel een droom.

Twee van de onbekende borsten sloegen hun arm om me heen en lispelden dat het zo'n geweldig feest was en dat ze hoorden bij een vriend van een vriend van een huisgenoot en dat ze uit Limburg kwamen en vroeger heel kutheliek waren opgevoed, eg hééél kutheliek, maar nu nie meer. Nu eg nie meer. De borsten probeerden me te zoenen. Zomaar. Waarschijnlijk omdat ze toeter waren. Toen werd het toch nog even onaangenaam. De borsten bleken een vriend te hebben, die zich plotseling heel islamitisch ging gedragen. Hij pakte de mij tongzoenende borsten beet en zei dat ze zich moesten aankleden. Ik heb het eerlijk gezegd niet zo op Limburgers. Nog nooit in mijn leven ook maar één Limburger ontmoet die niet hypergefrustreerd was over z'n afkomst en dat belachelijke voorhuigse hijgtaaltje. De vriend (hij was kaal, maar dit terzijde) zei iets tegen mij, maar ik verstond hem niet. Ik zweer dat ik hem niet verstond. Hij was boos, dat wel. Zijn wijsvinger priemde een paar keer in mijn borst en hij stond dreigend voor me. Hmmm, weifelde ik, klaarblijkelijk geen intellectueel. Gebeurt je zoiets met een intellectueel, dan bied je hem een sigaar aan en probeer je er samen achter te komen wat Schopenhauer in zo'n geval zou hebben gedaan. Nu kon dit niet. Moest ik mij op mijn eigen kamer door iemand uit een wingewest laten verleiden tot een handgemeen, uitsluitend omdat twee voormalig-kuthelieke borsten (hangtieten, maar dit terzijde) me hadden geprobeerd af te lebberen? Neen, docht mij, neen, daar stond ik boven. Plotseling lag ik onder. De Limbuma was er volgens mij geil op un ollander in elkaar te slaan, of zo, ik weet het niet. Heb ik natuurlijk weer. Ik trek altijd agressieve mensen aan. Waar ik me ook bevind, ik word altijd lastig gevallen door gevaarlijke gekken.

De kale Limburger werd vrij snel van me afgetild. Onmiddellijk voerden Monk, Thijm en Pier me naar de kamer van Monk, de hapjeskamer. 'Die vent is gek,' zei ik, almaar aan mijn lip voelend. Thijm zei: 'Zal ik hem voor je afrossen?' (Thijm wil namelijk altijd mensen afrossen.) Dop kwam de kamer in met een handdoekje en ze depte het bloed van mijn lip. 'Gaat het?' vroeg ze zacht, als een echte verpleegster (alleen haar blote borsten waren een beetje een stijlbreuk).

In het kielzog van Dop volgde de Limburger. Thijm en Monk zetten zich schrap, maar de Limburger was plotseling heel schuldbewust. Hij stamelde wat – ik verstond écht niet wat hij zei – en hij stak zijn hand uit. Die ik schudde, natuurlijk. Het gebaar was toch wel groots. Voor een Limburger, bedoel ik. De jongen ging weer terug naar de dansvloer en Dop sloot de deur van de hapjeskamer. Ze begon te giechelen en daardoor kregen we allemaal de slappe lach. Zo werd het toch nog gezellig.

Achteraf gezien word ik een beetje gedeprimeerd van de hele scène. Als je erover nadenkt is het toch ultiem kinderachtig zoals seks het leven kan beheersen? Seks maakt meer kapot dan je lief is, dat blijkt steeds maar weer. Nou goed, laat dat meisje mij getongzoend hebben, laat ik even met mijn handen aan haar tietjes hebben gezeten: so what? Ze wilde het toch zelf? Ze wilde me toch niet onmiddellijk bespringen (bekennen, om het kutheliek te zeggen)? En al had ze dat wel gewild, houdt ze nu minder van haar vriend, of zo? Waarom doen mensen dat toch? Waarom beloven ze elkaar trouw en gaan ze vervolgens totaal dronken op feestjes de beestjes uithangen? En waarom wordt seks zo vreselijk belangrijk gevonden? Waarom moet er om seks gevochten worden? Je vecht om iemands literatuuropvattingen, oké, je vecht om de gedichten die iemand schrijft, oké, maar toch niet om seks? En als het nou nog prachtige borsten waren...

Maar waar ik nóg gedeprimeerder van raak, is hoe ik mijn tijd erdoor laat verspillen. Al meer dan een half uur sta ik hier, in de koesterende veiligheid van mijn kamer, rondjes te lopen en na te denken over wat die Limburger allemaal zei, en wat ik toen zei, en wat ik toen had moeten zeggen, en wat die Limburger dan zou hebben gezegd, en vervolgens sta ik een gevecht te voeren met iemand die er niet is. Ik ben vijfentwintig jaar en ik heb zojuist een onzichtbare tegenstander daadwerkelijk een trap gegeven (een linkse directe, een uppercut), zoals vroeger mijn hockeystick urenlang een microfoon was, en mijn tennisracket een gitaar.

Niets is zo opwindend of er is iets dat nog geiler is. Ik kwam (weer helemaal opgelapt) met Monk, Thijm en Pier Het Prieel binnen en er werd Vreselijk Gelachen. Ik ben niet paranoïde, maar als er in mijn buurt hilariteit is, ben ik geheid degene die wordt uitgelachen. Dit was maar ten dele zo. Merel kwam naar ons toe gelopen.

'Sorry jongens, ik moest de eerste man die hier de kamer binnenkwam een tongzoen geven,' zei ze, en ze kuste Thijm (die inderdaad de eerste was) op zijn mond. Het duurde niet lang, maar Thijm was helemaal confuus. De zoen werd door alle meisjes (er zijn alleen maar meisjes in Het Prieel) met instemmend gemurmel ontvangen. De meisjes zaten in een kring. We begrepen dat ze 'gevaarlijke vragen' speelden. Bij 'gevaarlijke vragen' mogen de deelnemers elkaar, meestal uiterst openhartige, vragen stellen of elkaar uitdagen. Door tegen een glas te tikken belooft degene aan wie de vraag gesteld wordt naar waarheid te antwoorden ofwel de uitdaging aan te nemen. Wie niet tegen zijn glas durft te tikken, is een verliezer. De enige regel van het spel is dat vragen expliciet beantwoord moeten worden. 'Misschien' is bij voorbeeld geen antwoord.

'Waarom doen jullie niet met ons mee?' zei Andrea. 'Met jongens erbij is het altijd veel spannender.'

De meisjes waren het ermee eens en ze maakten de kring groter. We gingen zitten op de matrassen, ik tussen Debby en Daniëlle (respectievelijk huisgenoot en oud-collega, ik heb met beiden gestudeerd, geloof ik). Andrea stond op. 'Maar dan gaan we het ook écht spelen. Ik bedoel, niet zomaar wat lullige vraagjes aan elkaar stellen, ik wil *meedogenloze* vragen. Met de billen bloot zullen we.' Ze liep naar de deur. 'Wie het daar niet mee eens is, kan nu nog weg...' zei ze. Ze wachtte even en draaide de deur op slot. 'Zo.' Andrea heeft altijd een goed gevoel voor pathetiek. De gordijnen werden dichtgeschoven en de enige verlichting bestond uit een paar waxinelichtjes in het midden van de kring.

'Ik zal de regels nog even herhalen,' zei Andrea, in kleermakerszit. 'Alles mag gevraagd worden, er is geen onderwerp waar we het niet over mogen hebben. Geneer je nergens voor, alles wat hier vannacht besproken wordt, blijft in de beslotenheid van deze groep...' (iedereen wist dat dit niet zo was, maar we deden even alsof) '... Wie iets laat uitlekken, zal het ergste ongeluk overkomen dat maar denkbaar is. Er is niets dat niet kan, geen uitdaging is te gek. En bedenk: wie niet tegen zijn glas tikt, mag liegen of eerlijk zijn, wie wél tegen zijn glas tikt móet de waarheid vertellen. Wie dan toch liegt zal allergruwelijkst om het leven komen.'

Van het ene moment op het andere hing er een mystiek vrijmetselaarssfeertje in Het Prieel. Het was heel spannend, een soort seance. Andrea (de *Mater Mysteriosa*) keek langzaam om zich heen. 'Om het ijs te breken, en om de vragen onmiddellijk boven het onbenullige niveau uit te tillen, zal ik zelf de eerste stellen,' zei ze plechtig. 'Ik stel de vraag aan Freanne, de oudste van het gezelschap. De vraag is heel simpel. Freanne, heb je wel eens overspel gepleegd?'

Een sterke openingsvraag.

Ik was benieuwd of Freanne op deze impertinente nieuwsgierigheid zou ingaan. Ze tikte tegen haar glas en zei droog: 'Ja,' en na even gezwegen te hebben (het leek wel of ze er tevreden bij glimlachte): 'Meerdere keren.' Verder ging ze er niet op in. Nu was Freanne zelf aan de beurt. Ze deed niet moeilijk of zo, of volwassen.

'Debby,' zei ze, 'fantaseer je wel eens over de jongens in deze kamer, en zo ja, over wie?'

De vraag werd met instemming ontvangen. Debby aarzelde. Debby is een beetje verlegen.

'Ik...' zei ze, maar Merel riep: 'Tegen je glas tikken!' Debby zat in een lastig parket. Als ze niet tegen haar glas tikte, kon ze nee zeggen maar wist iedereen dat het ja was, en als ze ja zei, moest ze een naam noemen en wie zou ze dan moeten noemen zonder dat het verdacht was?

Debby tikte tegen haar glas.

'Eh... ja.'

'En over wie dan?' vroeg Daniëlle.

'Allemaal, denk ik.'

Volgens Merel was dit te vaag, maar Freanne zei dat ze tevreden was met het antwoord. Monk en ik keken elkaar aan. Monk had pretoogjes en hij trok z'n wenkbrauwen op.

Debby dacht lang over haar vraag na.

'Merel,' zei ze ten slotte, 'ben jij wel eens naar bed geweest met een van de jongens in deze kamer, en zo ja, met wie?'

Ik vond dat Debby Merel aardig terugpakte.

Merel zweeg heel lang. Niemand zei wat. Ik hoorde iedereen ademen. Uiteindelijk tikte Merel tegen haar glas, maar ze zei nog niets. Toen kwam haar antwoord: 'Ja.'

Iemand vroeg met wie.

Merel zuchtte. En nog eens.

'Met allemaal, eigenlijk.'

De meisjes lachten maar wat. Thijm, Monk, Pier en ik zwegen. Ik wist twee dingen zeker: a) dat Merel allergruwelijkst om het leven zou komen en b) dat er met die vriendschap tussen Monk, Thijm en mij iets goed fout zat. Ik bedoel, ik had het toch moeten weten van hen en Merel? Voordat ik hier uitvoerig over na had kunnen denken, stelde Merel haar vraag.

'Giph,' zei ze, 'wanneer heb je voor het laatst gemasturbeerd? Doe je het vaak? Kun je er iets over vertellen?'

Aha, masturbatie. Vast onderwerp bij 'gevaarlijke vragen'. Ik moest toch even slikken van zo'n vraag. Monk en Thijm niet. Die zaten handenwrijvend om zich heen te kijken. Ik besloot tegen mijn glas te tikken.

'Je bedoelt aftrekken, neem ik aan. Ehm, gisteren niet. Dús eergisteren. Ik doe het namelijk vrijwel iedere dag. Als ik alleen ben althans. Ik ben een overtuigd onanist, al zeg ik het zelf. Sowieso moet ik mezelf altijd eerst even twee keer aftrekken, wil ik een behoorlijke zin op papier krijgen, maar buiten dat vind ik aftrekken erg plezierig. Bij mij gaat het trekken vrij snel, als ik het zelf doe tenminste. Als een meisje het doet, komt het natuurlijk veel langzamer. Meisjes zijn lekkere trekkers, maar minder gestroomlijnd, zeg maar. Ik bedoel: ze versnellen hun ritme als ze juist langzamer moeten, dat soort dingen. Alleen als ik echt heel eenzaam ben, doe ik het wel eens met mijn linkerhand; dan lijkt het net of een meisje het doet. Kan ik Thijm en Monk ook aanraden.'

Hilariteit alom.

'De vraag is alleen, op wie trek je je af? Het ligt het meest voor de hand je af te trekken op het meisje op wie je verliefd bent. Ik vind dat acceptabel, maar wel een beetje ordinair. Iedereen doet dat namelijk. Er zijn ook nog viezeriken die zich aftrekken op hun ex-vriendinnen, zoals Thijm. Niet omdat ze zielig zijn, maar omdat ze zich bij onbekende meisjes niets kunnen voorstellen. Tijdverspilling, mijns inziens, maar ik wil er niet badinerend over doen. Het wordt wat anders als mannen zich aftrekken op foto's en plaatjes van blote meisjes, zoals Monk. Dat vind ik dus niet kunnen. Door te rukken op porno, ontken je dat wat aftrekken aftrekken maakt: het inbeelden. Bij normaal-seks is een jongen bij een meisje, frunnikt zij aan zijn slappertje, dat vervolgens stijf wordt en dan doen ze het. Simpel. Niets aan, eigenlijk. Bij aftrek-seks gaat dit anders. Een aftrekker is alleen op zijn kamer, hij zit op zijn bed, ontbloot zijn onderlijf, en dan, vanuit het Niets, onstaat er... Iets. Een erectie, om precies te zijn. Door een mysterieuze stroom van associatieve beelden richt het lid zich op. Als een standbeeld, zeg maar, of liever: een kunstwerk. Gebruikt een man ("de kunstenaar") echter porno (zogenaamd om zijn verbeelding "een duwtje te geven") dan dienen die foto's en films uitsluitend als substituut van de vrouw. Hij plagieert eigenlijk. Begrijpen jullie? De hand van de man is dan de kut van de vrouw die hij op de plaatjes ziet, en zo doet de man alsof hij met die vrouw naar bed gaat. Dat vind ik zielig. Heel zielig. Die man geeft het aftrekken een slechte naam. Ik ben bij voorbeeld veel meer een voorstander van l'aftrekken pour l'aftrekken. Een penis is niet louter een instrument voor penetratie, vind ik. Sterker nog: een goede aftrekker moet die functie geheel uit weten te schakelen. Ikzelf heb daar experimenten mee gedaan. Ik ben al zover dat ik me kan aftrekken op de beursberichten of de weersvoorspelling van het NOS-journaal. Ooit hoop ik me (en dan beklim je wel de Olympus van het aftrekken, hoor) op helemaal niets af te trekken. Aftrekken met een lege geest, dat is mijn ultieme doel. Maar goed. Tevreden, Merel?'

Merel knikte.

Op mijn beurt vroeg ik, als grapje vermoed ik, of Andrea met me wilde trouwen, waarop Andrea onmiddellijk tegen haar glas tikte, ja zei, een volgende vraag stelde, en ik me natuurlijk een half uur kon gaan zitten afvragen wat dat nu weer te betekenen had.

Het spel ging verder. Aan Monk werd gevraagd of hij het wel eens met een jongen had gedaan (tik; nee, en hij had er ook nooit over gefantaseerd), aan Daniëlle of ze verliefd was op Pier (geen tik; nee, *dus ja*), aan Chris of ze niet liever weer met Monk was, in plaats van met Dennis (tik; soms, *vaag!*, écht soms, *blijft vaag*), aan Andrea of ze het met mij gedaan had, of waarom dat er nooit van was gekomen (tik; nee, Giphje is een vriendje om mee te spelen), aan Thijm of hij als kind wel eens incest had gepleegd met Freanne (tik; nee!), aan mij of ik verliefd was op Noëlle (tik; ik ben verliefd op alle vrouwen), aan Merel of ze wel eens iets in haar kont had gehad – iets?, *een lul*, o een lul - (tik; wôp, *ja of nee?*, ja), aan Andrea of ze echt iets gehad had met die docent Moderne Letterkunde (tik; ja, en hij kon er niets van!), aan Freanne op wat voor jongens ze viel (tik; jonge jongens, *hoe jong?*, heel jong, *hóe jong?*, heel jong).

Na een aantal vragen en antwoorden merkte ik dat Debby steeds dichter bij me kwam zitten, of misschien ging ik wel steeds dichter bij haar zitten, dat kon ook. Debby's been lag tegen mijn been en af en toe steunde ze met een arm achter mijn rug op de vloer. Soms drukte ze zich tegen me aan. Debby rook heel lekker. Als ze lachte, gooide ze haar hoofd voorover, richtte ze zich weer op, en keek ze me glimlachend aan. Soms tuurde ze langdurig in mijn richting, en ik in haar richting, terwijl er om ons heen naar spectaculaire standjes en veroveringen werd gevraagd. Debby is een beetje een onopvallend meisje, zeker niet lelijk, maar wel nog vrij jong. Ze is tweedejaars, geloof ik, en het enige dat ik verder van haar weet is dat haar ouders in Frankrijk een vakantiehuisje hebben vlak bij het huis van Gerard Reve. Op haar kamer (schuin boven mijn kamer) heeft Debby een boek van Reve, door hemzelve gesigneerd en voorzien van een persoonlijke aan Debby gerichte opdracht. Lijkt me symbolisch: ik woon schuin onder een handtekening van Gerard Reve. Debby lachte om alles wat ik zei. Ze leek me dronken, want ze was vrijpostiger dan normaal. Ze had het over 'kut' en 'neuken'; zeker geen Debby-woorden. Opeens vond ik het behoorlijk stom dat ik me niet eerder voor Debby geïnteresseerd had. Ze was echtleuk, echtmooi. Haar lange bruine haar glansde in het flakkerende kaarslicht, haar bruine ogen glinsterden (Jezus, wat een kutzin). Toen ik weer een leuke opmerking maakte, lachte iedereen, maar vooral Debby. Ze legde haar hand op mijn knie en liet die daar net iets te lang liggen. Ik kreeg allerlei heldere inzichten over Debby. Dat ze eigenlijk erg goed gekleed gaat, dat ze nog lang niet op het hoogtepunt van haar schoonheid is, dat ze nog typisch 'kneedbaar' is, te vormen, aan te passen, op te voeden.

Toen kreeg Andrea weer een prachtige pathetische ingeving. Ze wilde de regels van het spel iets veranderen. Iedereen mocht algemene vragen stellen, die alleen met 'ik' of 'ik niet' beantwoord konden worden. Een tik tegen het glas was een 'ik'. Het spannende was dat Andrea alle kaarsjes in de kamer uitblies en we dus niet meer konden zien wie er tegen zijn glas tikte. Het was werkelijk pikkedonker.

'Ik zal zelf de eerste vraag stellen,' zei Andrea. 'Luister goed naar wie er tikt. De vraag luidt: wie van de hier aanwezigen is er meer opgewonden dan normaal, geiler?'

Even bleef het stil, toen klonk er een akkoord van klanken. Tien klanken, om precies te zijn.

Stilte.

'Wie voelt er zich aangetrokken tot iemand hier in deze kamer, nu op dit moment?' vroeg Merel langzaam.

Lange stilte.

Aarzelend een waterorgelachtig loopje. Debby tikte, dat hoorde ik. En Pier sloeg zowat zijn glas kapot.

'Wie zou er...' begon Daniëlle, maar ze stopte.

Afwachtende stilte.

Ik nam het over: '...Zou er, als dat mogelijk was, naar een van ons toe willen lopen om zich met hem of haar te vermeien?'

Het duurde heel lang voordat er iemand tikte, maar die stilte was wel onhoudbaar zinderend. Als daar maar geen groepsseks van kwam. Het was Debby (uitgerekend zij) die als eerste tikte, daarna nog iemand en ik, daarna Merel of Andrea, en daarna de rest. Allemaal tikten we, dat wist ik zeker.

'We zitten met een klein probleem,' zei Andrea. 'Er zijn zes meisjes en vier jongens. Het zou natuurlijk onbeschaafd en banaal zijn als ik hier ging roepen: "Wie wil Monk? Wie wil Pier? Et cetera." Het moet wel spannend blijven. Ik noem twee namen van jongens, en wie van de dames voor een van die jongens opteert, tikt. Daarna noem ik de andere twee namen. Meer dan één keer tikken is natuurlijk toegestaan.'

'Mag ik voor mezelf tikken?' vroeg ik.

'Jongens mogen in deze ronde niet tikken,' besloot Andrea.

Ze zweeg even.

'Monk en Pier.'

Vier tikken.

'Thijm en Giph.'

Ook vier tikken.

Dat was tenminste eerlijk verdeeld. Bij 'Thijm en Giph' tikte Debby, that's for sure, maar wie waren die andere drie, en voor wie? Waren het Andrea? Merel? Freanne? Volgens mij tikte Freanne. Als Freanne tikte, moest dat voor mij zijn.

Niemand zei nog iets. Ik hoorde tien mensen ademen. Ver weg klonk doffe housemuziek uit de danskamer. Over de gang liepen mensen. Mijn ogen waren aan het donker gewend, maar nog steeds zag ik alleen maar vage schimmen. Iemand giechelde. Iemand kuchte. Ik voelde hoe Debby uiterst langzaam haar hand op mijn been legde. Naast me aan de andere kant voelde ik beweging. Daniëlle kroop van me vandaan en ik hoorde gestommel. Ik hoorde nog meer gestommel. Gingen er nu twee daadwerkelijk vrijen of zo? Debby legde haar andere hand op mijn zij en ze kwam dichter bij me zitten. Zou het echt Freanne geweest zijn die tikte bij 'Thijm en Giph'? Ik hoorde nu stereo-gestommel. Debby trok aan mijn zalmgroene feestblazer. Nooit, ik zweer, nooit had ik Freannne als een reële kans gezien. Debby streelde mijn hals. Ik kreeg de indruk dat Debby mij wel leuk vond. Thijm mompelde iets, en Merel lachte. Was dat Merel? Debby kuste m'n hals. Altijd had ik Freanne gezien als een wetenschapster, een uitgeefster, de moeder van Noëlle. Monk lachte, Andrea lachte ook. Was dat een kreuntje, een zuchtje, een oehtje, een aahtje? Zo op het gehoor lagen er twee te vozen, vier, wie weet zes. Pier en Daniëlle, dat was duidelijk, Monk en Andrea, Thijm en Merel? Debby's mond zocht mijn mond. Ik zoende nu met Debby. Debby's nagels kietelden mijn gezicht. Iemand zei nee of zo, iemand vloekte. Er viel een glas om. Iemand deed plotseling de deur van het slot en verdween in de gang. Het ganglicht scheen in de kamer. Daniëlle en Pier vrijden inderdaad. Andrea en Chris zaten bij Monk. Merel en Thijm stonden te zoenen in een hoek. Debby was niet Debby. Debby was Freanne.

Ik was compleet overdonderd. Het leek wel een goocheltruc! Freanne keek me van dichtbij aan, heel guitig, heel meisjesachtig. Ze gaf me een zachte kus en ik vroeg waarom ik er niets van gemerkt had dat zij het was die naast me zat. We moesten allebei lachen. Thijm en Merel maakten aanstalten om uit Het Prieel weg te gaan en voordat ze vertrokken, gaf Thijm me een knipoog. Ik was blij dat Thijm geen Italiaan is, anders was ik nu dood en verminkt geweest. Freanne zei (nee, fluisterde): 'Ik heb jou altijd al heel erg leuk gevonden.' Ik knikte en fluisterde terug: 'Wat doen we nu?'

Ze giechelde. We giechelden samen.

'Ik weet het niet,' zei ze.

'Ik weet het ook niet,' zei ik. 'Jij bent de oudste.'

Ik bedoel, ik wist het echt niet. Ik dacht aan Noëlle, die op het feest rondliep. Ik dacht aan Nic (Freannes man), die ook op het feest rondliep. Ik dacht heel burgerlijk aan al die nijdassen die ons zouden zien en die ons zouden verlinken. De andere feestgangers hadden intussen Het Prieel ontdekt, het werd steeds drukker. Freanne liet me haar hand en haar vingers kussen. Ik zoog aan haar wijsvinger. Ik stelde voor om naar een rustiger plekje te gaan.

'En dan?' vroeg ze.

Ik tikte tegen mijn glas.

'Dan gaan we over literatuur praten.'

We stonden op, en lichtelijk beangstigd voor alle mogelijke confrontaties stapte ik voor Freanne de deur uit. Op de gang was het niet een boze Noëlle die alles verpestte, niet een boze Nic, niet een alsnog boze Thijm, niet een hysterisch-bedroefde Debby.

Het was Asja, mijn kleine gymna.

'Dáár ben je!' riep ze, en ze vloog op me af.

Voor de tweede keer in vijf minuten was ik compleet overdonderd.

'O, ik heb zo naar je verlangd. Ik heb de hele avond aan je moeten denken. Eindelijk zie ik je.'

Asja omhelsde me en probeerde me te kussen.

'Asja!' riep ik.

Ze zei in mijn oor: 'O, Giph, ik kon maar niet weg bij mijn ouders. Het was verschrikkelijk. Ik ben door m'n slaapkamerraam geklommen. Ik moet je wat zeggen. Ik ben zo verschrikkelijk verliefd op je.'

'Asja,' zei ik nog een keer.

Ze drukte zich dicht tegen me aan. 'Laten we naar een rustiger plekje gaan, Giph. Een echt rustig plekje.'

Ik draaide mijn hoofd naar achter, naar Freanne. Wat moest ik tegen haar zeggen? Hoe kon ik dit uitleggen? Wat viel er te redden? Ik keek in Het Prieel. In de gang. Links. Rechts.

Freanne was nergens te bekennen.

Om het maar eens kutheliek te zeggen. Een paar uur later lag Asja te slapen in mijn bed. Ik dacht na over het feest, de vloerenlegger, de Limburger, de gevaarlijke vragen, al die verschillende meisjes, Asja, het zielige halfmongooltje, Noëlle, Andrea, Merel, de Mammae, Dop, Freanne, Debby, Debby vooral. Mijn hoofd tolde. Ik dacht dat ik gek werd. Wat een geile orgie. Wat een smerig bacchanaal. Tot overmaat van ramp vond Asja de volgende avond in mijn boekenkast een bh die niet van haar was.

THE LAST CHRISTMAS TOUR

Veysonnaz, 24 februari 1991, 24° C
Als ik in de namiddag zit te doezelen, te luisteren naar de verre geluiden uit het dal, te kijken naar de ondergaande zon boven de bergen aan de overkant en vervolgens na ga zitten denken hoe walgelijk het allemaal is (de af en aan rijdende bussen met studenten, de enorme appartementenblokken, de constante geur van zonnebrandcrème, de pocherige skipakken en -brillen, het poepbruine lerarencorps, het suffe wachten bij de skiliften, de tientallen klittende jaarclubs, de après-ski, het koken voor en eten met twaalf mensen, de gezamenlijke spelletjes, de peperdure discotheek en het constante gekijk, gelonk, geflirt van de piste tot de dansvloer), dan kan ik wel janken zo gelukkig als ik ben. Er hangt in dit studenten-skidorp zo'n overweldigend zomerkampgevoel, en ik kan hier zo enorm opgaan in de gezelligheid en de collectieve stompzinnigheid dat ik bijna bang ben misschien tóch een proleet te zijn. Een fascist. Artisticiteit is hier verboden, fijnzinnigheid een uitzondering, en toch doen tien dagen wintersport me meer dan een jaar lang gedichten lezen.

Een korte groet vanaf het te grote terras van ons te kleine appartement in de monstrueuze flat H, Veysonnaz, Zwitserland.

In het dal en op de bergen aan de overkant branden honderdduizend piepkleine speldelichtjes. Andrea hangt over de balustrade van het balkon, en zegt dat het net is alsof de weggezakte zon door de bergen heen schijnt. Ze vindt het niet erg dat ik dit opschrijf. Ze vraagt of ze straks ook iets mag schrijven.

'Ik kan namelijk heel goed schrijven,' zegt ze.

We zitten hier pas twee dagen, maar Andrea is al rood in haar gezicht. We zijn allemaal rood in ons gezicht, ondanks alle liters zonneolie. Binnen bij de kerstboom spelen Dennis en Pier Trivial Pursuit met Dop en Anne. Timon en Noëlle hebben corvee en zijn naar de supermarché. De rest leest en luiert op het balkon.

Schreef ik daar zojuist 'kerstboom'? Ik meen inderdaad van wel. Andrea en Merel hebben een plastic kerstboom meegenomen, want ze willen dat we met z'n allen een videoclip van Wham! naspelen: 'Last Christmas' ('Last Christmas I gave you my heart, but the very next day you gave it away, this year will save me from tears, I'll give it to someone speziaaalll'). De vader van Timon heeft ons twaalf fluorescerende haarbanden gegeven, er staat Rabobank op, maar aan de andere kant hebben Merel en Andrea met een dikke stift The Last Christmas Tour 1991 geschreven.

Dit is alweer de vierde Last Christmas Tour. De groep is ieder jaar min of meer hetzelfde, al zijn we dit jaar maar met z'n twaalven. Traditioneel zijn we verdeeld in de Buckels en de Baby's. De Buckels zijn de getrainde skiërs, die vroeg opstaan en lange tochten maken naar Verbier en Mont Fort; de Baby's daarentegen doen het veel rustiger aan, slapen lekker uit en skiën korte stukjes van eethuis naar eethuis. (Een *buckel* – spreek uit: boekel – is een bultje in een moeilijke afdaling; *baby* komt van babypiste, een speelweide voor kinderen.) Ik hoor bij de Baby's.

Noëlle is er dit jaar voor het eerst bij. Ze heeft nog nooit geskied en valt dus automatisch onder de Baby's. Vanochtend heeft ze haar eerste les gehad en het was fantastisch om met z'n vijven vanaf het terras van De Vreetschuur naar haar gestumper en valpartijen te kijken. Noëlle is mijn zuchtmeisje. Ze is bruusk, verveeld, verwend en tegelijkertijd (of misschien wel daarom) heel erg mooi en leuk. Ze heeft kort jongenshaar, jongensmaniertjes, draagt jongenskleren, en toch is ze het meest meisjesachtige meisje dat ik ken. Ondanks de conclusie dat alles op aarde geveins en schijn is (waar je als weldenkend mens vroeger of later onvermijdelijk achterkomt), loop ik van jongs af aan rond met de vervelende gedachte dat er misschien toch méér is, dat er misschien toch 'dingen aan mij voorbijgaan', dat ik misschien toch niet 'in het volle leven sta'. Als ik naar Noëlle kijk, moet ik aan J.D. Salinger denken, aan Nescio, aan de dingen die ik mis, terwijl ik weet dat er niets valt te missen. Kijkend naar Noëlle word ik een beetje wee, een beetje soft. Kijkend naar Noëlle moet ik zachtjes zuchten om de wegzakkende zon achter de bergen, de dingen van het leven, de vergankelijkheid van alles om ons heen. Ik zou kunnen schrijven: kijkend naar Noëlle wil ik voornamelijk met haar naar bed, en dat is natuurlijk óók zo, maar dat zou afdoen aan het feit dat ik meen wat ik daarvoor zei. Dat als ik naar Noëlle kijk, ik de drang krijg te zoeken naar wat ik weet dat er niet is. (Ernstig, ik weet het.)

Andrea loopt in T-shirt en slip ongedurig over het balkon. In het appartement beneden ons gaan de balkondeuren open en Andrea buigt zich over de reling om de mensen te begluren.

'Het is die christelijke jaarclub uit de bus,' zegt ze. In de NBBS-bus hier naar toe zaten we met een stuk of vijf groepen, die allemaal om het hardst wilden laten zien dat zij de leuksten waren.

'Moet je kijken. Wat een eikels. OEWOI! Hé, hallo! Zijn jullie christelijk? Wij denken namelijk dat jullie christelijk zijn.'

Thijm probeert Andrea tevergeefs tot de orde te roepen.

'Oewoi! Luister dan! Zijn jullie christelijk? Van welke vereniging dan? Dat is toch christelijk? Zijn jullie christelijk?'

Tegen ons: 'Ze zijn christelijk.'

'Jij! Hoe heet jij? Hoe héét jij?'

Tegen ons: 'Er heet er een Hans.'

'Hoe ík heet? Niet meteen zo populair, hè? Ik heet Grietje. Nee, echt waar. Toevallig, hè? Nee, écht. Echt wáár. Waarom zou ik daar nou om liegen?'

Tegen ons: 'Wat een zaad.'

'Hans! Blijf nou even staan, joh. Gaan jullie vanavond naar Les Quatre Vallées? Les Quatre Vallées...'

Tegen ons: 'Hij weet niet wat Les Quatre Vallées is.'

'De disco! The place to be, Hans. Daar moet je dus elke avond zijn, jongen. Kom vanavond. Neem al je vrienden mee. Oké, Hans. Spreken we dat af? Hé, Hans. Beloof je het?'

Andrea zwaait heel lief naar beneden.

'Tot vanavond, Hans.'

Tegen ons (heel hard): 'Jezus, daar had ik toch eventjes sjans met een hele toffe peer. Merel! Daniëlle! Er zitten hier leuke jongens beneden!'

Merel (ook schreeuwend): 'Ja? Komen ze naar de disco?'

Andrea: 'Ja! Ik heb ze uitgenodigd!'

Merel: 'Mooi! Dan gaan we ze versieren!'

Andrea: 'Oké! Ik neem Hans.'

Daarna lachen ze heel hard tegen elkaar, geluidloos.

's Avonds

Jezus Christus Maria, Noëlle (bekend van *Noëlle cuisine*) kan niet koken, totaal niet. Timon en zij hadden bedacht een spaghetti te maken van spaghetti, tomatencrèmesoep en knakworstjes. Erg lekker, als je van kotsen houdt.

En daarna: spelletjes!

Tegenwoordig is iemand geen intellectueel meer, tegenwoordig is iemand goed in Trivial Pursuit. Ze zeggen dat televisie de cultuur ondermijnt, maar laten ze dan godverdomme eens naar dit soort onbenulligheid kijken! Een mooie oorspronkelijke gedachte over de zin van het leven wordt nauwelijks nog gewaardeerd, wie echter weet hoe de zangeres van 'Ik heb bietjes op mijn tietjes' heet, wordt bewierookt als een Confucius van deze tijd. 'Goed zeg, dat je dat wéét!' Vooral streberige Monky is goed in deze tijdvulling, maar hem verdenk ik er dan ook van 's nachts stiekem al die kaartjes uit zijn hoofd te leren, zoveel onzin als die jongen weet op te dissen.

En nu zit ik hier maar een beetje autistisch in een hoekje te schrijven (terwijl de anderen dobbelen, trivianten, douchen of een *Bunte Illustrierte* lezen) en te beseffen dat ik eigenlijk mijn roeping ben misgelopen: socioloog. Dat vind ik nou interessant. Er zijn zoveel codes binnen zo'n groep. Naast wie ze zitten, waar ze zitten, hoe ze zitten, met wie ze praten, hoeveel ze praten, met wie ze een kamer delen, met wie ze corvee hebben, om wie ze lachen, wie ze gelijk geven, met welke muziek ze meezingen, met wie ze skiën, hoe vaak ze vallen, hoe ze zich kleden, hoe vaak ze douchen, hoelang ze slapen, hoeveel en wat ze drinken, hoeveel ze flirten en versieren, hoe vaak ze zich afzonderen om te schrijven: in een groep is alles, maar dan ook alles, politiek. En dat vind ik prachtig.

(Inmiddels heeft Noëlle me gevraagd of ik meedoe met Triviant. En volgens mijn persoonlijke code mag ik Noëlle niets weigeren.)

Het terras van De Vreetschuur, 25 februari, 10.00 uur

Zit ik hier werkelijk om tien uur des morgens in mijn eentje moederziel alleen, van iedereen en de wereld verlaten, op een terras hoog in de bergen? Om tien uur? In mijn eentje?

Ja. En dat komt door Noëlle. We zijn gisteren met z'n allen naar Les Quatres Vallées geweest, maar de Buckels wilden natuurlijk weer vroeg naar huis (want die moesten vanmorgen al weer om acht uur op), en de Baby's zijn natuurlijk weer stomdronken tot vier uur blijven hangen, en Noëlle had vanmorgen natuurlijk al weer om tien uur klas, en natuurlijk kon (of wilde) niemand van de Baby's uit zijn bed komen om met Noëlle mee te gaan (in je eentje is zo'n tocht naar de bergtop echt verschrikkelijk), behalve, natuurlijk: Oetlulgiph. Oetlulgiph had dat gisterennacht namelijk aan Noëlle beloofd. En nu is Noëlle aan het lessen en zit Oetlulgiph, achter twee koppen koffie en een stuk vlaai, somber voor zich uit te staren.

(Hebben ze hier overigens gewoon, vlaaien. O, o, wat zijn die Limburgers trots op hun nationale produkt. Godgod, wat zijn ze uniek. Ik zal je vertellen: hier in Zwitserland glij je erover uit, ik zweer het.)

Noëlle! Het mooie was dat ik met haar alleen in een cabine naar boven mocht (die normaal voor vier personen is). Zo'n tocht de berg op duurt twintig minuten en vanuit de cabine kun je uitkijken over het hele dal, de stad Sion, de bergen aan de overkant, en de skiërs onder je. Twintig minuten mochten Noëlle en ik samen zijn. De twintig mooiste minuten van mijn leven, zeg maar. Terwijl ik maar zat te kijken naar haar eigenwijze gezicht en haar prachtige hals, was het voornamelijk Noëlle die praatte. Toen we eenmaal boven waren en zij bij de 'Meetingplace' op zoek ging naar haar klas, riep ze: 'Hé Giph, je valt me toch wel mee.' Waar dat op sloeg, is me een raadsel.

Maar goed. Somber. Ik kan dus op een terras zitten, om me heen kijken, en me misantropisch voelen bij de gedachte: ik ben hier de enige die iets van literatuur begrijpt. Zou een veldrijder nu ook wel eens op een terras zitten en droefgeestig worden van de gedachte dat hij de enige is die iets van veldrijden snapt? Vast niet. En dan nog: stel dat iedereen hier veel van literatuur zou weten, zou de wereld er dan beter of mooier uitzien? Welnee, en ik moet er ook niet aan denken. Ik vind het voornamelijk lékker dat er maar zo weinig mensen 'in de literatuur' zijn. Ik kan onnoemelijk zwelgen in het idee dat wij, met ons kleine groepje, beter zijn dan andere mensen, louter en alleen omdat we wel eens een boek lezen en schrijven. Het is alleen zo jammer dat de wereld niet inziet dat wij, miskende Übermenschen, inderdaad beter zijn.

Het terras van deze vreetschuur is berekend op ongeveer tienduizend mensen. Er zijn hier alleen al een paar duizend vrouwen die, op een paar veters rond hun tepels na, naakt in de zon zitten voor een leukgeile skiteint. De sfeer: Onhoudbaar Gezellig. De geur: zonnebrandvet en frituurcrème. Het geluid: honderd accenten Nederlands en het gebonk van skischoenen op nat hout (soms moeilijk te onderscheiden).

(...)

Oprecht godverdomme! Kut! Ik ook altijd met mijn grote bek. Alles wat ik zeg wordt altijd onmiddellijk gelogenstraft. Komt er zojuist een jong meisje met een dienblad vanuit de gaarkeuken het terras opgesjokt, struikelt zij, werpt zij allemaal koffie en gebakjes over de twintig-persoonstafel waar haar groep aan zit, zegt een jongen vlak achter mij (een normaal uitziende student) vergoelijkend: 'Later zullen we ons dit schaterend herinneren.'

Later zullen we ons dit schaterend herinneren! Een citaat! Iemand die citeert! Iemand die iets van literatuur weet! Een 'gelijkgestemde' nog wel. De schrijver die door deze jongen geciteerd werd, is jarenlang mijn idool geweest, er hingen foto's van hem boven mijn bureau, hij liet mijn jonge-jongenshart sneller kloppen, ik las stukken uit zijn werk voor aan mijn vrienden en ik kon discussiëren in citaten, ik vond wat hij vond, dacht zoals ik dacht dat hij dacht, haatte wie hij haatte, en was in cafés en op terrassen in het geheim verbonden met wildvreemden die in een bijzin achteloos een regel, stijlfiguur of zinswending van hem verstopten ('Ah, een gelijkgestemde!').

Onmiddellijk kreeg ik de drang mijn trouwe medestrijder te laten merken dat ik wist wie hij citeerde. Hij zat vlak achter me en ik hoopte dat hij zich, al was het maar één keer, even om zou draaien. Toen hij dit echter niet deed, begon ik (volslagen ridicuul natuurlijk, want ik zat in mijn eentje tussen alleen maar onbekenden) hardop dingen als 'Het pretentieuze Niets', 'Lekker artistiek bezig zijn' en 'Droomnotities' te zeggen. Aha, dachten mijn tafelgenoten: de dorpsgek. Mijn vriend reageerde niet op al mijn hinten. Na enige tijd stond zijn hele groep op om weer te gaan skiën, en allemaal wurmden ze zich langs de zittenblijvers, op mijn broeder na, die maar een beetje bleef hannesen met zijn skischoenen. Hij werd vanaf het veld geroepen.

Ik kom al, gebaarde hij, en eindelijk stond hij naar me toe gekeerd. Ik zag mijn kans.

'Haast,' zei ik. 'Laat ik mij toch haasten.'

De jongen nam me vorsend op.

Strak keek ik hem aan. 'Laat ik mij toch haasten,' zei ik nog een keer, heel duidelijk. Winkwink. Say no more.

'Heb je het tegen mij?' vroeg de jongen glimlachend.

'Ja,' zei ik, triomfantelijk.

'Mag ik je vragen waarom je dat zegt?'

Waarom ik dat zei? Omdat we verwanten zijn!

'Ik wilde je even laten merken dat ik weet wie jij zoëven citeerde...'

De jongen keek moeilijk.

'Toen dat blad omviel en jij zei: "Later zullen we ons dit schaterend herinneren."'

'Heb ik toen iemand geciteerd?'

Ha! Strikvraag.

'Brouwers,' zei ik, 'Jeroen Brouwers.'

De jongen zweeg even, haalde zijn schouders op en sprak de historische, onvergetelijke woorden: 'Sorry, ik studeer bedrijfskunde in Rotterdam.'

Appartementenflat H, 26 februari, des vooravonds
Stel je voor dat dit voor altijd was: hier, deze groep, deze behuizing, Zwitserland, voor eeuwig. Daar zou iemand eens een leuke roman over moeten schrijven, over zo'n groep van twaalf mooie, vrolijke mensen die samen in een huisje zitten, en dat het huisje vervolgens ingesneeuwd raakt, en dat die mensen dan een half jaar of langer met elkaar moeten bivakkeren (terwijl er natuurlijk wél genoeg proviand is, en iedere week een nieuwe leesmap). Ik ben benieuwd of binnen zo'n groep de Tergende Gezelligheid na een aantal weken niet om zou slaan in een sfeertje van Moord, Wraak en Gruwelijke Verkrachtingen.

Ik zal je vertellen van mijn tweede 'huiskameronderzoek'. Ik heb net aardig kunnen volgen hoe het gaat binnen de groep. Ik zat rustig te schrijven en op mij na was de huiskamer leeg. Als we gegeten hebben is er altijd een kleine luwte in de activiteit. Het eten vanavond was weer allerafschuwelijkst. Ons liefdespaar Daniëlle en Pier had vanavond corvee, en ik weet niet wat ze precies hebben uitgevoerd in de keuken, maar het zal er waarschijnlijk op hebben gerijmd. Na de kookbeurt van Daniëlle en Pier had iedereen behoefte aan even wat rust, even 'een moment voor jezelf'. Bon.

Het veld: een lege huiskamer (oranje). Gelijktijdig komen binnen: Dennis (vanuit de gang) en Thijm (vanaf het balkon). Dennis gaat in het midden van de grote bank zitten, en Thijm op een fauteuil. Iets later komt Monk erbij liggen op de kleine bank. Dan de entree van Andrea en Merel. Waar gaan ze zitten? (Bij mij in ieder geval niet want ik bijt als ik schrijf.) Het meest logische zou zijn als ze gingen zitten naast Dennis, op de grote bank. Maar nee. Andrea laat zich vallen op de leuning van de fauteuil van Thijm, en Merel vraagt Monk of ze ook op de kleine bank mag liggen, aan de andere kant. Timon en Anne moeten nu wel naast Dennis gaan zitten. Dop gaat op de grond zitten tussen Thijms benen. (Daniëlle en Pier liggen weer te vozen, maar dit terzijde.)

Handeling: na enige tijd staat Thijm op om naar het balkon te gaan. Timon neemt onmiddellijk zijn plaats in. Dop gaat niet tussen de benen van Timon zitten, maar Dop neemt Timons oude plaats in. Monk zegt dat hij hoofdpijn krijgt van Merels zweetsokken en ook hij verdwijnt naar het balkon. Noëlle en Daniëlle komen de kamer in (Pier ligt zich dus blijkbaar af te trekken), en zij lopen meteen door naar het balkon. Het balkon is nu de populairste *site*. Al snel gaan Merel en Anne ook naar het balkon. Andrea komt mij storen en vraagt of ze straks iets mag schrijven. Andrea kan namelijk heel goed schrijven, zegt ze weer. Ik jaag haar naar het balkon. Dan wordt het buiten te koud en komt iedereen weer binnen. Nieuwe ronde, nieuwe kansen. Onmiddellijk begint het gevecht wie er waar bij wie zit. Thijm ploft op de grote bank, Merel schiet naast hem, Dennis... Et cetera. En dat gaat dan maar zo door. Alles is strategie. Thijm kan het zich bij voorbeeld veroorloven om in een fauteuil te gaan zitten, Dennis niet, want als Dennis dat doet zit hij er tot sint-juttemis alleen en verlaten. Ergo, Dennis zorgt altijd dat hij ergens zit waar er mensen bij hem kunnen zitten. Niet dat Thijm overigens zoveel leuker is dan Dennis (nou ja, Dennis is wel een behoorlijke sufkut, hoor) maar het heeft te maken met een natuurlijke hiërarchie. En als ik over dat soort dingen ga zitten nadenken (waarom er bij voorbeeld met skiën op sommigen wel gewacht wordt, en op anderen niet) dan word ik daar toch een beetje droevig van. Het is toch allemaal behoorlijk zielig, als je het mij vraagt. Niet dat ik erom ga zitten huilen natuurlijk (domme opmerking), want dat zou mijn positie binnen de groep weer ondermijnen. *Einde onderzoek.*

Vanmiddag met Andrea (zomaar) een gesprek gehad dat niet over seks ging. We waren met z'n tweeën al om vier uur naar beneden gegaan, en in de lift hadden we het nog wel over seks, maar toen we eenmaal in Veysonnaz waren, ging het gesprek helemaal niet meer over seks, terwijl het ook niet níet over seks ging. Ik bedoel, we probeerden niet krampachtig niet over seks te praten; het ging gewoon vanzelf niet over seks. Aanvankelijk was dat voornamelijk omdat Andrea vergeten was Monk de sleutel van het appartement te vragen en we er dus niet in konden. Eerst zaten we toen maar wat mokkend langs de weg achter onze flat, en later zijn we op onze skischoenen de berg af geklauterd naar Veysonnaz-dorp, een vrolijke wirwar van allemaal piepsmalle steegjes, en een verademing vergeleken met Veysonnaz-ski. In een kerkje van het dorp hebben we met een koster gepraat, en daarna gingen we zitten naast het kerkhof op een bankje bij een flauwe helling. Een klein stroompje water liep langs onze schoenen naar beneden. Het leek wel zomer, zo warm was het. Andrea legde haar rechterbeen over mijn schoot, ze spreidde haar armen over de rugleuning van de bank, en samen zaten we maar een beetje te zuchten en om ons heen te kijken. Hoewel we toevalligerwijs met geen woord over seks spraken, was het natuurlijk wel weer erg spannend. Spannend in de zin dat Andrea mij onophoudelijk zat uit te dagen, te pesten, te verleiden, en dat ik datzelfde bij haar probeerde. Spannend in de zin dat je steeds maar dichter bij elkaar gaat zitten elkaar hoort ademen, ieder excuus verzint om elkaar aan te raken, en dat je voortdurend zit te wachten of jij zal toeschieten, of zij. Andrea speelde met het stroompje water en we zwegen allebei lang. Ze ging met haar hoofd schuin in de richting van de zon zitten, en zei achteloos: 'Ben ik mooi?', wat niet over seks ging, maar over haar uiterlijk, en meer een mededeling was dan een vraag.

Ik zei ja. We luisterden weer erg lang naar het geruis van de wind in bomen rond het kerkhof.

Plotseling zei ik, vrij hard: 'Eigenlijk zit ik nogal vaak aan je te denken.'

'Niet zo hard,' zei ze, met gesloten ogen. 'De koster luistert mee.'

Fluisterend: 'Eigenlijk zit ik nogal vaak aan je te denken.'

Een groot deel van de toekomstige Rijn stroomde onder ons door, eer ze zei: 'Nou en. Ga door. Wat bedoel je. Conclusie.'

'Niets. Ik...'

'Dat wou je even zeggen.' Ze opende haar ogen.

'Ja.'

'Hmm. En waar denk je dan zoal aan?'

(Andrea kan heel snel praten zonder dat haar klanken onduidelijk worden. Een van Andrea's charmes is dat zij een zin snel kan zeggen en dan om zich heen gaat kijken, alsof ze niets gezegd heeft. Vooral als ze grof in de mond is – een van haar andere charmes – is dit heel vertederend.)

'Gewoon, aan hoe je bent en zo. En aan al die mooie momenten die we samen hebben. Dat soort dingen.'

Ze keek me strak aan. En ik haar.

'O.'

'Ja.'

'Dat was het?'

'Ja.'

'Hmm.'

Ze sloot haar ogen weer, richting zon. Ik keek een beetje om me heen. Ik bedacht wat Thijm en Monk hiervan zouden zeggen. Langzaam begon ik 'Last Christmas' te neuriën. Dat bleek het juiste nummer op de juiste plek. Andrea tikte met haar vingers de maat en later neuriede ze met me mee, nog later zongen we de tekst zachtjes, ontelbare keren achter elkaar, nog later zongen we het lied hard, schreeuwden we het over het kerkhof, stampvoetend in het kleine stroompje, elkaar met dat nummer bezwerend, en nog veel later, weer onderweg naar het appartement, hebben we weer gewoon over seks gepraat.

De Vreetschuur, 28 februari

Een zeven. Ik liep net met een dienblad langs een meisjesjaarclub uit Leiden en nadat ik de meisjes gepasseerd was, hoorde ik: 'Een zeven.' 'Ja, een zeven.'

Ik ben een zeven. Alles waar ik voor sta in het leven, alle beloften die ik inhoud, mijn verbluffende eloquentia, mijn alles overheersende geestkracht, al mijn bedprestaties, mijn overrompelende humor na het vrijen, mijn hartverwarmende gevoel voor oprechtheid en de innerlijke schoonheid van mijn ziel, zijn vervat in het onomwonden vonnis: een zeven. Liever was ik een zes of een vijf, dan wist ik waar ik aan toe was, liever was ik een acht of een negen, dan wist ik dat alles vanzelf zal gaan, maar nee, ik ben een zeven, ik ben de vleesgeworden middelmaat, ik ben niet mooi, ik ben niet lelijk, het komt mij aanwaaien, ik moet ervoor vechten, ik kan vriezen, ik kan dooien. Ik kan wel janken, zo treurig is het.

Een van de onvermijdelijke opiniones communes: dat

het leuk is om op een terras te zitten, 'leuk' omdat je dan 'lekker' naar mensen kunt kijken. Kijken naar mensen. Ik begrijp niet wat daar leuk aan zou kunnen zijn. Eerlijk gezegd erger ik me kapot aan mensen. Dat is misschien ook het fundament van de vriendschap tussen Monk, Thijm en mij. Wij hebben alle drie dezelfde onredelijke hekel aan mensen. (Dat ik op gezette tijden ook een hekel aan Thijm en Monk heb, doet nu even niet terzake.) Onze tragiek is dat we naast de hekel die we voelen ook nog zelfkwellers zijn. In die zin is het misschien inderdaad 'lekker' om op een terrasje te zitten en te kijken naar anderen, ons ongegeneerd te ergeren, te zwelgen in onze haat en half klaar te komen bij de gedachte dat dit een verschrikkelijke rotwereld is. Niets is zo fijn als elkaar domme en lelijke mensen aan te wijzen, niets is zo gezellig als wanneer Monk en ik Thijm ervan moeten weerhouden met tafels te gooien, niets is zo verslavend als iedere avond naar Les Quatre Vallées te gaan en ons te verbazen over en op te gaan in de nutteloosheid.

Een mop die Thijm ons in de NBBS-bus vertelde, en waarvan we de clou iedere avond als strijdkreet tegen elkaar roepen als we Les Quatres Vallées binnengaan:

Er grazen veertig leuke koeien in een weiland en een jonge stier staat met zijn vader op een aanpalend veldje naar de dames te kijken. 'Kijk die ene daar, Pa,' zegt de zoon, 'zij is zo mooi en leuk, dat ik ervan moet zuchten. Zij is mijn zuchtkoetje. Als ik haar zie, krijg ik de drang te zoeken naar wat ik weet dat er niet is. Ik geloof dat ik verliefd ben.' De vader kijkt even naar het koetje dat zijn zoon hem aanwijst. 'Je hebt gelijk, Zoon,' zegt de oude, 'dat is inderdaad een leuk koetje. Erg leuk zelfs. Let's go in and fuck them all.'

Er komen in Les Quatre Vallées (een karikatuur van wat begin jaren zeventig een karikatuur van een discotheek was) uitsluitend groepen en skileraren, en alles, maar dan ook alles, staat in het teken van de balts, de paringsdans. Aanvankelijk houdt iedereen zich onledig met stroefjes te drinken en te converseren over de slechte pistes, vervolgens beginnen de eerste durfals zich belachelijk te maken op de dansvloer, worden er mensen aangeschoten, vervliegen aftershaves en parfums in de verzengende avonddamp, zoeken ogen ogen, gaan er lijnen lopen, hebben mensen 'opties' op elkaar, gaan er 'dingen met dingen te maken hebben', krijgen er mensen 'onmiddellijk te consummeren verliefdheden', en kijkt iedereen uiteindelijk alleen nog maar naar wie zich met wie in hoeken, nissen en spelonken ongestoord verpoost, of bij wie het verlangen hiernaar in bange afwachting vreugdeloos vervliedt. (Snap je iets van deze zin? Het gaat erom dat iedereen alleen maar zit te kijken of er nog iets te neuken valt, en wie het met wie gaat doen.)

Iedere groep heeft in Les Quatre Vallées een vaste plek. Onze groep heeft al op de eerste avond vriendschap gesloten met een groep oudere jongeren uit Drenthe (of hoe je dat ook spelt), die al een jaar of honderd in Veysonnaz komt. De Drenthenaren hebben in Assen (Assen!) een stamcafé en de hele tijd praten ze over niets anders dan Q.B. and The Blizzards of iets dergelijks, een of andere oeroude band. Afgezien van de mooie rock & roll-verhalen die ze vertellen, gaan we voornamelijk met ze om omdat ze gemiddeld vijftien jaar ouder zijn dan wij, en dus alle drankjes betalen (een biertje kost acht gulden). Het enige wat we daarvoor hoeven terug te doen is te veinzen dat we luisteren als ze praten, en te bevestigen dat het vroeger inderdaad een hele ruige tijd moet zijn geweest. Een van de Drenthenaren probeer ik zorgvuldig te ontlopen, omdat hij steeds maar over 'schrijven' wil praten. Hij heet Buppa, maar eigenlijk heet hij Albert-Jan. De eerste avond al vergeleek hij zijn schrijven met zijn gitaarspel. Nog erger is dat hij een hoed draagt. (Het is mijn stellige overtuiging dat iemand die in een discotheek een hoed draagt niet kan schrijven.)

Naast de Drenthenaren zijn er ook nog *De Houthakkers* (een groep nogal vervelende jongens met geblokte overhemden), *De Gladbekken* (superbuckels met wie onze Buckels het goed kunnen vinden), *De Overtooms* (jaarclub van meisjes die zich vrij snel met jongens terugtrekken), *De Klittelaars* (groepje meisjes waar geen speld tussen is te krijgen), en niet te vergeten *De Christenen* (Hans met z'n appartementgenoten).

En ook heeft onze groep (sinds gisteren) 'goede betrekkingen' met het lerarencorps. Merel kwam op de dansvloer een skilerares tegen (21 jaar, Constance) met wie ze in Nederland in een of ander regionaal hockeyelftal speelde. Deze Constance houdt ons inmiddels van alles binnen het corps op de hoogte en als groep zijn we door deze connectie natuurlijk enorm in aanzien gestegen. (Het zieligst aan die skileraren vind ik dat ze in Les Quatres Vallées hun uiterst stoere skibrillen niet op kunnen houden, en ze dus met uiterst lullige witte banden rond hun ogen lopen. Dit is overigens bij het rondhoereren geen belemmering.)

Gisteren
'Nou, en dit hier is dus Giph,' stelde Merel mij aan Constance voor, toen ze beiden waren bijgekomen van hun gezamenlijke herenigingsorgasme. 'Giph is dus echt gek.'

Het wereldwijze, gebruinde skimeisje Constance keek mij verlekkerd aan. Ze dacht: Aha, de gezellige gek van het gezelschap.

'Het is dus echt vreselijk lachen met Giph,' ging Merel verder. 'Je ligt constant in een stuip, eerlijk.'

Als zoiets over je gezegd wordt, is eigenlijk alles al verpest. Dan kan je alleen nog maar door de mand vallen, of je moet enorm krampachtig je best gaan doen voortdurend zo grappig mogelijk uit de hoek te komen. Constance begon op voorhand al om me te grinniken en ze stak haar hand uit. 'Hoi,' zei ze. Ik pakte haar hand beet, en gaf een handkus. Constance keek naar Merel, samen lachten ze en ik zag Constance denken: Giph is inderdaad dus echt gek.

Er werd heden-ten-dage-vanavond-gisteren eindelijk eens niet de hele avond slappe Italiaanse disco of Franse trekorgelmuziek gedraaid, nee, zowaar was de 78-toeren pick-up omgeruild voor een heuse CD-speler, en er werd house gespeeld, acid, would be-hardrock. Al met al een hilarische stemming.

Ik stond met Thijm, aan de rand van de dansvloer tegen een podium geleund, te kijken naar al die mooie, blakende, op 'Groove Is In The Heart'-springende lichamen, en ik dacht: Zou een archeoloog of een historicus later, zeg over een paar duizend jaar, in staat zijn te reconstrueren dat in

Zwitserland, in Veysonnaz, in discotheek Les Quatre Vallées, op woensdagavond 27 februari 1991, van alle geraamtes die op de wereld gevonden worden juist deze vijftig bij elkaar zijn geweest, dat ze met elkaar hebben gedanst, dat er geraamtes waren die achter andere aanliepen, geraamtes die later samen de liefde bedreven, geraamtes die bijna op de vuist zijn gegaan? Ik denk het niet. Ik denk dat wat hier vannacht gebeurt uniek is, onafwendbaar, nooit meer terugkerend, en nauwelijks na te vertellen.

Zodra Thijm naar de wc ging, kwam er een meisje bij me staan. Ze knikte naar me, ik knikte terug. Ze was vrij klein, ze had halflang donker haar en droeg een antracietkleurige coltrui, een spijkerbroek en zwartglimmende schoenen. Ze was knap, maar niet meer zo vreselijk jong. Haar borsten waren vrij bijzonder, niet groot, maar ook niet klein, niet prominent aan- noch afwezig (ik bedoel: perfect bij haar lichaam passend, geschapen volgens de Gulden Snede, zeg maar).

Ik had met het meisje een kijkgevecht. Eerst keek ik een paar keer naar haar, en toen merkte ik dat ze steeds naar mij stond te kijken, waardoor ik natuurlijk niet steeds moest terugkijken, maar je gaat dan toch voortdurend staan kijken of ze nog kijkt, en elke keer als jij kijkt, kijkt zij ook, maar dat zegt niets, want misschien denkt zij ook wel dat jij de hele tijd staat te kijken en kijkt zij iedere keer of jij nog kijkt, juist op het moment dat jij ook kijkt of zij kijkt, waardoor het voor jullie beiden lijkt alsof de ander almaar kijkt. (Phoeh.)

Ik begon geen gesprek met het meisje. Jááren geleden heb ik met mezelf afgesproken dat ik me niet meer verlaag tot lullige openingszinnen. Een tijdje heb ik nog gedacht dat je meisjes juist zo origineel mogelijk moest aanschreeuwen, maar ervaring leert dat dat aan meisjes niet besteed is. Meisjes houden eigenlijk niet van humor. Ik ben niet misogyn, maar ik begin geen gesprekken meer met mij onbekende vrouwen. Als ze dan zonodig willen praten mogen ze mij aanspreken.

Er kwamen wat houthakkers dansen voor het meisje en mij. Een van hen riep iets tegen het meisje. Ze ging er niet op in. De jongens waren dronken, zoveel was wel duidelijk.

Weer deed de ene houthakker een poging met het meisje in gesprek te komen. Ik vond hem een gluiperige bek hebben, een hoofd uit een scheermesjesreclame.

Het meisje draaide zich naar mij.

'Mag ik jou wat vragen,' opende ze, 'zou je mij willen helpen?' Ik knikte. 'Ik leg mijn armen even om je heen, en doe alsof jij bij mij hoort.'

Ze legde haar armen om me heen, en deed alsof ze bij mij hoorde.

'Is er iets aan de hand?' vroeg ik.

'Ik heb ruzie met die patjepeeër hier voor ons.'

Leuk, het woord *patjepeeër* uit de mond van een meisje.

'Is hij je vriend?'

'Nee. Ik heb net met hem gepraat en toen vond hij het nodig in mijn tiet te knijpen.'

Hij vond het nodig in haar tiet te knijpen.

'Zal ik hem in z'n kloten trappen?' zei ik. 'Wil je dat?'

'Nee, dat hoeft niet. Dat heb ik zelf al gedaan.'

Ze keek me glimlachend aan. 'Is hij al weg?'

'Hij staat met zijn groepje oetlullen te praten.'

'Ik heet Simone.'

'Ik heet Giph.'

'Hoi, Giph.'

'Hoi, Simone.'

We giechelden allebei.

'Leuk om iemand zo te onmoeten,' zei Simone.

Ze vroeg of ik een vriendin had die nu jaloers werd omdat wij zo stonden. 'Niet hier,' zei ik. Terwijl de houthakkers achter ons dansten, bleef Simone mij omhelzen. Toen werd ze geroepen door drie meisjes uit haar jaarclub. Ze gingen terug naar hun appartement en ze vroegen of Simone meeging. Simone ging mee.

'Het was heel lief van je, Giph,' zei ze. Ze gaf me lachend (als ik aan dat vieze verneukerlands van die gore Tachtigers zou meedoen, zou ik schrijven: schorlachend) een kus. 'Bedankt, we zien elkaar nog wel, oké?'

'Oké,' zei ik, en ik keek hoe Simone met haar vriendinnen meeliep. Ze zwaaide.

Meteen had ik zin om agressief te worden. Zoals je soms sjans hebt met een meisje (als zij naar jou zit te kijken en jij naar haar, en je gewoon weet dat daar iets uit voort zou kunnen komen), zo kan je ook sjans met een jongen hebben, *vechtsjans*. Dan zit jij naar hem te kijken, en hij naar jou, en weet je dat het uit de hand kan lopen, dat jij hem op z'n bek kan slaan, of hij jou. Op de dansvloer ging ik ostentatief naast de tietknijper staan. Soms kan het me allemaal niet schelen. Ik gaf met mijn voet een tikje tegen zijn enkel. Uiteraard zei ik niet sorry, of zo, ik keek de jongen strak aan. Hij wist wat dit betekende, maar hij negeerde me en schoof een plaatsje op. Waarom zou ik ook niet een plaatsje opschuiven? Ik stond weer naast Knijpje. Nu had ik een beter idee. Ik zette mijn voet op zijn voet en ik drukte. Ik drukte lekker hard door. Knijpje gaf een schreeuw, en trok zijn voet onder me vandaan. Knijpje nam onmiddellijk een dreigende houding aan. 'Wat moet je nou? Wat moet je nou?' riep hij.

Om ons heen ontstond een kringetje.

'Wat moet je nou? Wat moet je nou?' vroeg de houthakker nog een keer. Ik vond dat hij krijste.

Wat moet ik nou? Ik zei dat de jongen niet in tieten moest knijpen. Een honnête homme ben ik, dat blijkt iedere keer maar weer. De patjepeeër deed alsof hij mij niet begreep. Even later begreep hij het toch. Hij riep: 'Ik knijp in tieten als ik dat wil.'

'Ik sla jouw voortanden uit je gezicht, als ik dat wil,' riep ik terug. Ja, soms is het echt lachen met mij. En plotseling kwamen ze overal vandaan: de vrienden van de houthakker. De dikste stak zijn hand naar me uit en tikte tegen mijn schouder. 'Wat moet je nou?' zei hij dreigend. 'Wou je vechten?' Ik heb een hekel aan mensen die meteen om elk akkevietje willen vechten.

'Ik heb helemaal geen zin om met jou te vechten, maar dat kleine gluiperdje daar moet met zijn vieze pootjes van de borsten van argeloze meisjes afblijven. Duidelijk, dikke?'

Dat was mijn platvloerse inborst. (Soms vraag ik me wel eens af of ik gek ben.)

'Je biedt je verontschuldigingen aan, of we rammen je helemaal in elkaar,' stelt de dikke voor.

Er zei iemand: 'Wie biedt hier zijn verontschuldigingen aan?' Het was Thijm (Thijm! Thijm! Thijm! Is on my side, o yes he is). Thijm, Monk, Dennis, Pier, allemaal bleken ze zich naast me te hebben opgesteld. We stonden met twee groepen tegenover elkaar. Het was vrij dreigend, een beetje à la Stratego, of *West Side Story*, zelfs de nieuwe CD-speler van Les Quatre Vallées begaf het.

'Probeer het,' zei Thijm tegen de dikke.

Toen ging het allemaal bijna niet te achterhalen zo snel. De meisjes uit onze groep begonnen als vredesduiven tussen ons door te lopen, overal riepen er mensen dat het gezellig moest blijven, de Joegoslavische eigenaren van Les Quatre Vallées waren heel erg boos, ze scholden, wezen naar de uitgang, de Drenthenaren lieten een paar meter bier aanrukken, Jezus Buppa deelde het bier uit, en toen we allemaal een glas hadden, wilde Buppa dat Thijm en de dikke elkaar een hand gaven, die dat schoorvoetend deden, waarna alles weer was goedgemaakt, behalve de CD-speler. Melancholische trekorgelmuziek schalde over de dansvloer. En juist melancholie was wat we op dat moment nodig hadden. (Melancholie om tijden dat alles nog mooi, leuk en vrolijk was, niemand klootzak, iedereen aardig, en je voortdurend om alles moest lachen.)

Nog steeds 28 februari, 's avonds

Alleen met mijn gewrichten kan ik buigen. Wat een tristesse. We hebben sinds eergisteren een privéleraar. Omdat het Noëlle niet lukte iedere ochtend al om tien uur op te staan, hebben we met de Baby's Pascal ingehuurd, die ons vier middagen les geeft. De betere Baby's leert Pascal de parallelschwung en Noëlle de eerste beginselen. Pascal is een atletische sportman, een erg verlegen jongen, en volgens Constance het goudhaantje van de Veysonnazse skischool, sterker nog, van heel skiënd Zwitserland: Pascal is een belangrijke wedstrijdskiër.

Pascal ging ons dus de parallelschwung bijbrengen en dat ging prima totdat we vanmiddag in de buurt van een blokhutje skieden en ik plotseling niet meer wist waar de rem zat. Ik bedoel, ik weet wel hoe de rem bij gewoon skiën werkt (ski's in een / \ – ogen dicht), maar niet bij een parallelschwung. Ik moet eerlijk zeggen dat ik ook erg duf was van een holstrontverklonterende kater. Het hutje probeerde ik krampachtig schwungend te ontwijken, maar vlak ervoor haakten mijn ski's in elkaar en vervolgens knalde ik tegen het hout. Gewoonlijk is vallen erg aangenaam (het geeft wat verkoeling, je beweegt ook eens wat andere spieren en er is eindelijk weer eens een reden voor wat vrolijkheid), maar deze keer deed het echt pijn. Pascal kwam overbezorgd naar me toe geskied en hij lapte me op. De Baby's stonden maar een beetje zenuwachtig om me heen. Het was ook inderdaad een doodsmak. Andrea vroeg: 'Gaat het, Giphje?' en toen ik – volkomen naar waarheid – pieperig antwoordde: 'Ik ben een beetje misselijk... Gewoon een beetje misselijk...' lagen ze een half uur in een rolkramp van het lachen. Gelukkig was er niets gebroken, behalve m'n trots. Later hebben we nog verschrikkelijk om het hele voorval moeten lachen, zo enorm grappig was het, zo enorm drol. Nietwaar, Pascal? 'Oui, c'est drôle, oui.' Hoor jongens, Pascal vond het ook drol.

Ons balkon, 1 maart, ondergaande zon
Mijn handen zijn gebruind. Kijkend naar de overgang tussen het wit van de palm en het bruin van de bovenkant (het mooist in dat zwemvliesje tussen duim en wijsvinger), voel ik me pas echt schrijver. Duf, hè? Ik voel me schrijver om de raarste dingen. Om een mooie uitgeschoren nek. Om nieuwe schoenen. Om een printerlint in plastic. Als ik de kraan van de douche dichtdraai denk ik twaalf van de veertien keer: Jezus, ik ben een schrijver. Als ik om zes uur 's nachts – na weer een verloren avond – door een verlaten stad naar huis fiets. Als ik op een stationnetje sta te schuilen onder zo'n heel modern afdakje. Schrijver zijn is een geloof. Al is de wereld nog zo verschrikkelijk, al is alles en iedereen tegen je, al kan je niet skiën, al ben je niet in staat tot normaal menselijk contact; de wetenschap dat je erover kunt schrijven maakt zelfs het rotste rot draaglijk. Mijn religie is dat wat ik nog allemaal zou kunnen schrijven. Andere mensen gaan dood en hebben hun leven niets anders gedaan dan iedere dag naar hun werk gaan, televisie kijken, en gedachteloos wachten op hun einde; ik ga dood en ik heb geschreven. Ik vind 'leven' op zich maar niks, maar het stelt me wel in staat te schrijven. En schrijven is what it's all about. Schrijver zijn, voor minder doe ik het niet.

Met Monk voor twaalf mensen canard à l'orange gekookt. We hebben drie uur in de keuken staan uitpersen, sudderen, kruiden, blancheren, schillen, bakken, afgieten: alles. Ons uitgesloofd. Resultaat: 'Ja, wel lekker.' Ja, wel lekker. Homerus draagt voor uit eigen werk: 'Ja, wel leuk.' De Sjah bekijkt de net opgeleverde Tâj-Mahal: 'Ja, wel aardig.' Michelangelo laat de paus de Sixtijnse Kapel zien: 'Ja, wel mooie kleuren.'

Ik word omgeven door ondankbaren, minderen van geest, zwijnen, homines minimales.

Pascal had voor onze laatste les, onze laatste volwaardige skidag, een lange tocht uitgestippeld naar Haut, Escarpé en Éloigné. Hij is nog zo naïef, die jongen, zo puur onbevangen. Hij dacht werkelijk dat we het leuk zouden vinden om een lang eind te skiën. Andrea, Merel en Noëlle hebben met hem gespeeld. Ze hoorden hem uit over zijn kennis van het vieze Frans, zijn liefdeleven, en wie van de drie meisjes hij het leukst vond. Pascal is vierentwintig, maar het lijkt of hij zijn leven niets anders heeft gedaan dan sport. Hij kreeg een rood hoofd toen de meisjes wilden weten wat het Franse straatwoord voor tieten was, en Andrea even haar handen op haar pulli legde om haar borsten te schudden. 'Breasts, you know,' zei ze. 'Tits,' zei Merel. Pascal wist het woord voor tieten niet. De meisjes riepen om het hardst dat Pascal zo scháttig was. Onderweg zijn we bij de eerste de beste vreethut gestopt en we hebben geen centimeter verder geskied. Pascal vond dit aanvankelijk jammer, maar wij hebben hem op van alles getrakteerd, aan het eind van de middag ook op bier, wat volgens Constance volstrekt uniek is. Pascal heeft zelfs beloofd vanavond naar Les Quatres Vallées (waar wij noch Constance hem ooit hebben gezien) te komen voor de grote afscheidsavond... Waarom schrijf ik zo uitvoerig over deze jongen?

Conclusies van het derde en laatste onderzoek. Het is makkelijk te doorzien. Zoals de Baby's aan de Buckels over Pascal verhalen, over de braspartij in de vreethut, de Buckels op hun beurt over De Gladbekken, over hun skitocht op gletsjerijs, en wij (als groep) aan Constance en andere vreemdelingen over het verschrikkelijk leuke, maffe en onverwachte dat ons almaar overkomt, zo wordt alles voortdurend gemythologiseerd. Noëlle vertelt over Pascal, waarbij ze schaamteloos overdrijft, de andere Baby's bevestigen haar verhaal en pijpen het nog wat op. Het is een principe: uit alles wat er gebeurt, wordt onmiddellijk een vertelklare geschiedenis gedestilleerd, en dan nooit zoals het echt is gegaan, maar altijd geflatteerd met 'verhaaltechnische toevoegingen'. Ik weet nu al de machtige verhalen die we in Nederland over deze vakantie zullen vertellen (over Pascal, 'die nog maagd was', over de bijna-vechtpartij). Als je inziet dat je (als groep) maar wat zit op te dissen, dan moet je wel concluderen dat andere groepen dat ook doen. Ik ben niet cynisch, maar wat is het leven meer dan één langgerekte (hoofdzakelijk gelogen) anekdote?

Een restaurant in Veysonnaz, 2 maart

Tien uur voor het vertrek: we zijn al uit ons appartement verjaagd, de Buckels zijn de berg op om nog een paar uur te skiën en wij zitten met holle ogen achter een zoveelste kop koffie de slaap en vermoeidheid weg te drinken. Vanochtend ben ik met Andrea en Merel even met de lift naar boven geweest, maar we zijn weer snel teruggegaan want het begon, voor het eerst, te sneeuwen. Thijm, Monk, Andrea en Merel kaarten (volwassen mensen), Noëlle is bij Pascal, en ik 'zet even wat gevoelens op papier'.

Nou, het begon dus allemaal gisterenavond (of heeft u liever dat ik eerst over mijn jeugd vertel?). Bij het bepotelen, vlooien en opmaken in de badkamer hing er al een gespannen sfeertje. Het was de laatste avond, en de algemene gedachte was: vanavond moet het gebeuren. Ik stond met Thijm, Monk en Dennis op het balkon, en Thijm zei: 'Ik zet in op dat barmeisje.' We keken met z'n vieren in het donkere dal. Dennis wees ons een minuscule trein, die van het ene Zwitserse kutdorp naar het andere bleek te rijden.

'Welke?' zei ik, 'die met die neus?'

'Die met die haarband,' zei Thijm. Monk zei oké. Dennis zei dat je als je heel goed luisterde die trein kon horen. Thijm vroeg: 'En op wie jullie?'

'Ik ga voor dat *Sade*-meisje van De Klittelaars,' zei Monk. Thijm en ik knikten. Wij vonden haar ook leuk.

Dennis zag een vliegtuig dat op dezelfde hoogte vloog als wij stonden.

'Ik zet in op Noëllandreaconstansimone,' zei ik. Thijm en Monk lachten.

'Het vliegtuig gaat landen,' zei Dennis, en hij wees ernaar. We volgden hoe het vliegtuig zakte naar de verlichte landingsbaan. Toen het geland was, vroeg Monk aan Dennis voor wie hij ging die avond. Dennis gaf eerst geen antwoord.

'Ik vind jullie altijd zo kinderachtig,' mompelde hij.

In Les Quatre Vallées was iedereen er, alle groepen, alle skileraren, al onze nieuwe vrienden. Het was een Top 40-avond. Heel veel Dee-lite en 'I Wanna Give You Devotion'. Monk en Thijm begonnen onmiddellijk (de kerstgedachte) met een paar houthakkers te praten. Mijn eerste biertje dronk ik met een van de Drenthenaren. Hij vertelde een vreselijk verhaal over Herman Brood, die vaak in hun Asser stamkroeg bleek te komen, en een keer, vlak voor een optreden, in de kleedkamer een lijntje legde op de blote rug van het meisje dat hij op dat moment van achter stond te naaien. 'Ruige tijd,' zei ik, 'onweerlegbaar. Ruige tijd.' Simone kwam naar me toe. Simonetje, mijn gulden snedetje. Ze sloeg haar arm om me heen. 'Ik hoor dat je om mij gevochten hebt,' zei ze. Alles wordt altijd overdreven. Ik zei och. Ze knikte en zei twee keer: 'Stoer, hoor.' Daarna liep ze weg.

Tijdens het verplichte Lambada-kwartiertje kwam Noëlle me van de Drenthenaar verlossen door met me te willen dansen. Ze drukte zich tegen me aan. Nu roept iedereen altijd dat blanken de lambada niet kunnen dansen, dat blanken altijd zo houterig zijn, geen pit hebben, de natuurlijke gave missen om het leed van de wereld te vertalen in elastische bewegingen op de dansvloer – en ik denk dan: Jaja, praat elkaar maar weer na. Had dan bij voorbeeld eens gekeken naar een Noëlle, een Giph. Zoals zij zich aan elkaar vastklampten, om elkaar heen draaiden, hun lichamen lieten bewegen op die perfecte golf van louterende energie, *Ai Dios*, dat was geen dansen meer, dat was pure erotiek, kunst, liefde, een metafoor voor al het goede, het volmaakte, het eeuwige. Lambada, merengue, salsa, de wereld een dansfeest!

'Waar heb je dat geleerd?' schreeuwde Noëlle na afloop.

'Ik heb een tijd op Curaçao gewoond.'

'Dat je zo kon dansen had ik nooit gedacht.'

'Mag ik je wat vragen,' zei ik. 'Waarom riep jij vorige week, toen jij klas had en ik met je mee naar boven ging, waarom riep jij toen dat ik jou toch wel meeviel?'

Ze glimlachte. 'Omdat ik je eerst gewoon een lul vond, en toen een lul omdat je m'n moeder probeerde te versieren, en toen geen lul meer omdat je alleen voor mij je bed uit wilde komen.' Ik knikte.

'En nu?'

Ze keek me lang aan.

'Vind je mij leuk?' vroeg ze.

Zo warm, zacht en volwassen mogelijk zei ik: 'Ja.'

'Denk je dat Pascal mij ook leuk zou vinden?'

En plotseling bleek Pascal nog naast ons te staan ook. Pascal, in Les Quatre Vallées! Ik zag Noëlles glinsterende ogen (haar glinsterende ogen, *glinsterend* ja, als u er bezwaar tegen hebt, stopt u maar met luisteren), ik zag hoe ze om alles wat hij zei lachte, en hoorde hoe ze hem 'so cute' noemde, en hoe ze wilde dat hij bier dronk, en hoe hij haar dans roemde, en hoe zij de DJ om nog een merengue-nummer vroeg, en ik zag hoe ze samen dansten, Pascal en Noëlle, lachend, onbeholpen, uit de maat, blank, maar steels en onverholen geil.

Ik probeerde niet naar ze te kijken. Tot zover Noëlle, dacht ik. Tot zover de moeder van mijn kinderen. Het meisje de la meisjes. Ik keek naar Pascal en vroeg me af of hij echt een sul was, of maar deed alsof. Sommige jongens sublimeren hun sulzijn om het geniepig uit te buiten. Mijn Noëlle. Oetlulgiphs Noëlle. Van de wereld verlaten was ik. Ik draaide me om.

En stond oog in oog met Constance.

Ze zei: 'Ik wil met je dansen.'

Dat kon er ook nog wel bij. Constance spreidde haar armen en ik mocht haar grote, bruine, gespierde maar zachte lichaam vasthouden. We dansten op de Gipsy Kings, en Constance lachte voortdurend. Ik bleek heel erg grappig. Ze bleef maar giechelen om alles wat ik zei en niet zei.

En ze was best knap, weet u? We zwierden samen op 'Prrr La Bamba' over de dansvloer, en verdomd dat ik dacht: Ze is eigenlijk best heel leuk, Constance. Fuck Noëlle. Als meisjes voortdurend vallen op surfinstructeurs en skileraren, waarom jongens dan niet op skileraressen? Constance lachte maar. Ik zei: 'Vroeger deden wij tijdens schoolfeestjes op de "La Bamba" altijd een zoenspelletje. Ken je dat?' (Ik vertel dat altijd als de 'La Bamba' gedraaid wordt.) Constance giechelde van niet. 'Dan moest iedereen in een kring gaan staan en mochten er een paar binnen de cirkel om iemand van hun gading uit te zoeken en daar vervolgens mee te zoenen. Dat was een heel humaan spelletje, want de echte kneuzen, die nooit iemand zoenden, gingen gewoon zelf in de kring staan om iemand uit te zoeken.' Het was al met al niet leuk bedoeld, maar Constance hapte naar adem. Toen ze bijkwam zei ze: 'Ga je me nu verder over je jeugd vertellen, of zullen we samen een kring vormen en dat jij mij dan uitzoekt?'

Ze zei het mooi, laten we eerlijk zijn. Aan m'n arm nam ze me mee, en iets later zocht ik haar uit in een donkere hoek. Haar lippen waren net als haar lichaam, sterk en zacht. Tussen mijn uitzoeken door zei ze dat ze van het begin af aan zo heel erg om me moest lachen.

Ik zei: 'Ja' (maar niet dat ik haar van het begin af aan ook best wel heel erg leuk en knap vond).

Ze fluisterde lief dat ze had gehoord dat ik schreef.

Ik fluisterde: 'Ja' (maar niet dat ik van nu af aan alleen nog maar zou schrijven met haar in mijn gedachten. Over haar. Voor haar. Aan haar).

Constance giechelde nog steeds, maar zachter. Ze zei aarzelend dat ze in een eenpersoonsappartement woonde.

Ik zei: 'O.'

'Maar ik heb een tweepersoonsbed.'

Ik zei niets.

'Het is hier vlakbij.'

Ik zei weer: 'O' (en niet dat ik haar kamer graag eens wilde zien, of trek had in een kop thee).

Vederlicht geïrriteerd vroeg ze: 'Denk je dat ik dit met veel jongens doe?'

Ik zei: 'Nee' (en niet dat het me niets kon schelen).

Geleidelijk aan lachte Constance niet meer. De 'La Bamba' was trouwens afgelopen. Constance en ik stonden maar een beetje bij elkaar. We hadden elkaar gewoon niet zoveel te zoenen, vrees ik.

Ze zei: 'Het klikt niet echt, hè?'

Ik zei: 'Och' (en niet dat ze daar gelijk in had). Toen ging het heel snel.

'Ik ga even dansen,' zei ze abrupt.

Ze kneep in mijn arm.

'We zien elkaar nog wel.'

Ik zei: 'Ja' (en ze verdween voor ik iets anders kon zeggen).

Onmiddellijk dacht ik aan wat Thijm en Monk zouden zeggen. Ik keek hoe Constance naar de dansvloer liep, en hoe zij opging in een uitgelaten troepje skileraren. Ik zat in een lege hoek, ver van alle gezelligheid, tussen een aftands decor van versleten meubels en prullaria. Als in een suffe B-film ging ik een half uurtje droevig om me heen zitten staren. Monologue intérieur.

'Waarom liet je in godsnaam een Reële Kans schieten?' vroeg de lege barkruk naast me. 'Ik merk dat het je niet onberoerd laat,' zei de asbak literair, 'ik bedoel eigenlijk: je baalt.' 'Als een vaasje,' vulde een stekker aan. 'Wat is er nou toch aan de hand, waarom stelde je je zo vreselijk aan?' vroeg het kleedje op tafel. De skiposter zei: 'Vanwege Noëlle.' 'Noëlle, m'n reet!' riep de bruine muur. 'Maar Jezus, Constance was een lerares!' zei het kruisje boven de deur. 'Je dacht natuurlijk aan Asja, die thuis in je bed ligt te zuchten om je lange liefdesbrief,' opperde de tafel geniepig. 'O, en wat was Constance mooi en sterk...' mijmerde de plant. 'En wat had ze een tweepersoonsbed,' verzuchtte de troosteloze lamp.

'Je had haar moeten pakken,' mengde Monk zich in het gesprek. Hij kwam naast me zitten en zette een glas bier voor me neer.

'Ik heb haar toch gepakt?'

'Echt pakken, bedoel ik.'
Ik zweeg.
'Plopplop doen, bedoel ik.'
'Ik begrijp wat je bedoelt.'
Plotseling ergerde ik me heel erg aan Monk. Aan alles. Heel Zwitserland. Zomaar.
'Ik heb het een beetje gevolgd,' zei Monk. 'Wauw, dacht ik, Giph en Constance. Wat een verovering! En dan stuur je haar weg. Waar was dat nou goed voor? Verloren kans, man.'
Ik zuchtte.
'Wat is er nou, man?'
Ik zei: 'Dennis had gelijk, weet je?'
'Wat bedoel je?'
'Ik bedoel dat Dennis gelijk had.'

En om mezelf nog meer te kwellen ben ik vervolgens met Hans gaan praten, Hans van Beneden. Ik dacht: Hans, jij bent de jongen met wie ik nu wil praten, ik wil weten wat jij van de wereld denkt, wat je vindt, wat je 'gevoelens' zijn. O en Jezus, ik vond hem benepen, die Hans, zo ultiem verkeerd gekleed, zo'n drie, zo'n typische Christen, zo zielig. Vanuit mijn ooghoeken zag ik voortdurend Constance, en zij zag mij, en het was zo'n onbevredigend gevoel naar haar te kijken en me te laten bekijken, en ik zag Noëlle en Pascal, die daar (goddomme) stonden te zoenen, Pascál snap je, zoenen, en ik lulde maar met Hans, en Hans praatte maar door, over *Tiefschnee*, en alle mooie tochten die ze hadden gemaakt, en weet ik veel, terwijl om ons heen al die geraamtes elkaar stonden te verleiden en op te geilen, en ik weet niet waarom ik zo chagrijnig werd, en ik zag hoe Andrea, míjn Andrea, in het openbaar, op de dansvloer, tussen iedereen in, een gozer pakte, een skileraar pakte ze, en Hans maar lullen over onzindit, prietpraatdat, en ik maar janken, en Thijm maar zoetgevooisd ouwehoeren met dat haarbandbarmeisje, en ik maar zoeken of ik Constance zag, intussen Andrea bespiedend, die het haar skileraar toestond met zijn ongeletterde poepbruine handjes over haar lichaam te wrijven, Andrea bedoel ik, Andrea, mijn opgeilprinses, mijn boelin, de vrouw die met me trouwt of allergruwelijkst om het leven komt, en Hans vroeg of ik een vriendin had, nee dat vroeg hij niet, hij vroeg of ik verkering had, ver-ke-ring vroeg hij, ik zei dat ik me zelfs volgende week ging verloven, met een gymnasiummeisje, Asja heette ze, God wat vond Hans dat een mooie naam, 'Asja,' zei hij drie keer, ik zei dat ik wel meer mooie namen kende, Constance bij voorbeeld, dát was pas een mooie naam, en Hans gaf me gelijk, en ik moest lachen, en Hans ook, ja het is soms zo verschrikkelijk leuk met mij, Hans gilde het uit, zo leuk was het, zo ontzettend drol, ik vroeg of hij een biertje wilde, maar Hans wilde geen bier, Hans wilde een djuus, zei hij, *djuus*, ik dacht: Ik sla hem op zijn bek met dat djuus van hem, maar toen ik lekker hard en onverwachts wilde uithalen zag ik Constance bij de uitgang staan, ze had haar jas al aan, Constance ging weg, haast! laat ik mij toch haasten! ik dacht: Rennen! erachteraan! sorrysorrysorry, niet bedoeld zo, meisje! meisje! ik wil skiles van je, ik wil dat fabuleuze tweepersoonsbed wel eens zien, ik schaam me zo, ik weet niet wat het is, maar op het moment dat Constance naar buiten stapte, duwde Buppa mij en Hans een glas bier in onze handen, en ik dacht: Shit!, ik dacht: Constance! Noëlle, Andrea!, maar ik kon denken wat ik wilde, die klote-Buppa begon meteen over literatuur te praten, en Hans gaf mij zijn glas bier waardoor ik met twee glazen stond, en ik sloeg ze allebei ad fundum achterover, en er kwamen nog meer gezellige Drenthenaren en Christenen om me heen staan, en ik kreeg nog meer bier in handen, en ik moest aan Constancetje denken, en ik moest beloven dat ik een keer langs zou komen in Assen, in de stamkroeg, 'ik beloof het!' riep ik, 'ik kom!' en ik beloofde ook dat ik naar Q.B. and The Blizzards zou luisteren, ik beloofde het allemaal, to hell with it all, wat kon die hele gore Christenhans me schelen, die hele gore Buppa-drenth, wat kon het me schelen nu ik Andrea half ontbloot zag fleppen, en Noëlle heel wildteder iemand (zogenaamd) stond te ontmaagden, en Thijm maar lulde en lulde, en Constance pleite was, en ik...

Ik dacht dat ik doodging. Ik dacht even echt waar dat ik doodging. Op twee meter van me vandaan zag ik Simone staan. Simone, die zo lief haar arm om me heen had gelegd en wilde dat ik deed alsof we bij elkaar hoorden. Simonetje. *Simone stond te vrijen met haar tietknijper*. Te godvergeten vrijen met haar patjepeeër. Oké. Dit was het. Genoeg. Ik had het gezien. Vuile rothoeren, allemaal. Ik gaf Buppa een hand, ik gaf Hans een hand, en naar adem happend waggelde ik naar de uitgang. Let's go out and don't fuck them at all. Monk stond bij de deur met zijn *Sade*-meisje te praten.

Hij zei: 'Je hebt overigens de groeten van Constance.' Giph had overigens de groeten van Constance. Mooi. Heel mooi.

'Monky,' fluisterde ik, en ik omhelsde hem, 'weet jij wat ons probleem is? Monk. Ons probleem is dat wij altijd zo kinderachtig zijn.'

Epiloog

Vanmorgen zagen we Constance, vanuit de lift, skiën met een klasje kleuters. Het sneeuwde, we zagen haar niet zo goed. Merel wees haar aan en zei: 'Giph, je liefje.' 'Het kiphje van Giphje,' zei Andrea. Ik lachte maar wat. Er zat nog een meisje in de lift, een jong Zwitsers poppetje. Ze was gebruind en ze deed me aan Noëlle denken.

Toen viel de aandrijving van de kabel uit. De cabine veerde een paar keer langzaam op en neer, en daarna hingen we stil. Het sneeuwde harder en het zicht werd minder. Het stilhangen duurde erg lang en werd een beetje onheilspellend. In een aantekenblok maakte ik een notitie. Andrea vroeg of ze ook iets mocht schrijven, want ze kon nog steeds goed schrijven, zei ze. Ze pakte mijn blok en schreef: 'Ik zit ook wel eens aan jou te denken.' Daarna staarde ze langdurig naar buiten.

Ik bedacht hoe ik alle drie de meisjes zou verkrachten, hoe we daarna met cabine en al naar beneden zouden storten, en hoe ik dat aan niemand zou kunnen navertellen.

NOOIT MEER AMSTERDAM

Utrecht, 10 maart 1991

Jij zegt dat het de hoogste vorm van epistolografie is als een vrouw om je brief moet huilen. Ik weet het niet. Volgens mij is het veel hoger als een vrouw na het lezen van je brief klaarkomt. Of als ze zich na lezing naar je toesnelt, zich schielijk ontkleedt en vertwijfeld uitroept: 'JA! NU! HIER! IK WIL HET!'

Toen ik thuis kwam van The Allerlast Christmas Tour, lagen er drie brieven op me te wachten. De eerste was van jou, en het was de mooiste brief die ik in mijn leven ooit heb gelezen, echt waar. Ik kwam klaar, een literair orgasme. Ik wilde je, toen, daar.

Het tweede briefje was minder opwindend. Het was van Asja, mijn vulvine. Een erg grappig afscheidsbriefje, al zeg ik het zelf. Het was leuk geweest, schreef Asja (dat vind ik altijd zo'n onzin: 'leuk geweest'), maar er was een beetje een ander. Dat schreef ze echt: een beetje een ander. Van Céline hoorde ik dat Asja de dagen dat ik in Veysonnaz zat dus echt de beest heeft uitgehangen, en in ruil daarvoor moest ik Céline alles vertellen over Pier (en Daniëlle). Mijn kleine entreneuse had dus rondgehoereerd. Mooi. Ik blijf het vreemd vinden waarom je van anderen dingen niet kunt hebben, die je jezelf wel toestaat. En ik ben daar dan ook nog erg extreem in. Mijn perceptie van de wereld ziet er als volgt uit: ik mag alles en de rest van de mensheid mag niets. Asja nam ik dus echt dingen kwalijk. Toen ík zeventien was liet ik nog geen afscheidsbriefjes achter waarin stond dat ik me 'te jong voelde' voor een relatie omdat ik eerst 'de wereld wilde ontdekken' (jaja, met de nadruk op dekken, denk ik dan maar). Toen ik zeventien was ik nog een Heel Erg Zielige Jongen. Toen ik zeventien was, heb ik voor het eerst (en waarschijnlijk ook het laatst) een vrouw het bed in geschreven (zonder dat dat uitpakte zoals ik het wilde). Het meisje heette Caro en God weet dat ik verliefd op haar was. Alleen: alles zat tegen. Zij was mooi, intelligent, meedogenloos, gewild en ze werd voortdurend verlaten door beesten van gozers; ik was onooglijk tenger, ziekelijk puberaal en bijna te groen om blauw te lopen. Caro beschouwde mij (net zoals Céline overigens) als 'een vriend'. Caro vond dat ze zo goed met me kon praten, en onze gesprekken waren erg belangrijk voor haar. De wreedste uren van mijn leven heb ik op haar kamer meegemaakt als ze zich stond te verkleden en op te maken, en niet beschaamd was mij af en toe haar lichaam te laten zien. Dan praatte ze over die, en over die, en hoe ze hem, en hem – en ik luisterde alleen maar (verliefd, zum Tode betrübt) en altijd schikte ik mij in mijn lot: dat ik wel met haar naar kroegen en feesten mocht, maar dat zij met een ander weer zou vertrekken. Voor mijn gevoel heeft het mijn hele schooltijd geduurd eer ik al mijn moed bij elkaar schraapte om Caro, zo achteloos mogelijk, te vertellen van mijn verliefdheid. Mijn timing kon niet slechter. Caro was net door de zoveelste bruut in de steek gelaten en uitgerekend nu had ze alle vertrouwen in 'de man' opgegeven. Jongens willen alleen maar seks, zei ze. Ik riep van niet. Echt niet. Voor mij geen seks. Maar Caro geloofde me niet. Ik vertelde wat ik voor haar voelde en ik stond te trillen op mijn benen. Caro zei: 'Weet je Giph, soms denk ik dat dat best wel moet kunnen: zomaar een avond met jou. Maar het zou te makkelijk zijn. Het kan echt niet. Het zou de vriendschap kapot maken. Vriendschap met jou is me meer waard dan een dom avondje seks.' Een dom avondje seks, mamma. 'Oké, dan gaan we nu met elkaar naar bed,' trapte Caro me nog dieper de grond in, 'en het zal best leuk zijn, maar dan? Jij bent verliefd op mij, ik niet op jou. Ik ben bang dat als wij een keer vrijen jij je allemaal dingen in je hoofd gaat zitten halen. Dingen die er niet zijn. Het zou heel gemeen van mij zijn om dat te doen. Als ik om je geef – en dat doe ik – ga ik dus niet met je naar bed. Ik heb liever een goede vriendschap, dan seks. Seks heb ik wel met iemand die niet zo belangrijk voor me is.' Tijdens dit gesprek had Caro zich opgemaakt en besprenkeld. Ze verwisselde ongegeneerd van kanten hemdje. Ik verdween naar de plee om te janken, echt waar. Later fietsten Caro en ik samen naar onze stamkroeg. Halverwege de avond werd het mij droef te moede; ik besloot naar huis te gaan, maar Caro hield me tegen en zei dat ze zich echt bezorgd maakte. Ik zei dat ze dat echt niet hoefde te doen, en thuis in mijn kamer sleepte ik de halve wereldliteratuur uit mijn vaders boekenkast voor een enorm en nietsontziend wanhoopsepistel. Ik jatte allemaal mooie passages, ik vergeleek Caro met een zomerse dag, ik bescheef mijn liefde als een rode, rode roos, ik ging tot op het bot; maar ik durfde niet te schrijven dat die hele vriendschap van haar me gestolen kon worden en dat het enige wat ik wilde was een keer met haar vozen. De volgende vrijdag zat ik weer bij Caro op haar kamer; ik had echter het lef niet haar de brief te geven. Later die nacht mocht ik haar bij wijze van grote uitzondering thuisbrengen, voornamelijk omdat er even geen barbaar voorhanden was, denk ik. Bij de achterpoort van haar huis namen we afscheid. Doe wat lul! dacht ik. Ze zoende me op m'n wangen en nog net voordat ze de tuin in zou stappen wist ik haar mijn brief in haar handen te drukken. Achteraf gezien denk ik dat ze met me speelde. Ze was verrukt en vroeg of ik niet binnen wilde komen om de brief voor te lezen. Een brief van een vriend! Op haar kamer dronken we thee, en beschaamd las ik voor. Ze vond het heel mooi. Echt waar. Het was het mooiste dat ze ooit had gehoord. En zo lief. Helemaal voor haar alleen! Ik kreeg een zoen. Op m'n wang. Toch – ze vond het zó lullig – was ze nog steeds niet verliefd op me. Ik was heel speciaal, dat wel. Ik werd er een beetje verdrietig van. Toen ik aanstalte maakte om naar huis te gaan, zei Caro dat ik mocht blijven slapen, als ik dat wilde. 'Maar alleen omdat het zo regent, verder geen bedoeningen natuurlijk,' zei ze. Natuurlijk. Jezus. Blijven slapen. Caro wond er geen doekjes om en kleedde zich langzaam uit. Ik ook. We gingen liggen in haar twijfelaar en we praatten over vriendschap en zo. Caro was op haar mooist. Ze rook zo Caroïaans. Ze deed het licht uit en ging zwijgend weer in het bed liggen. Ik hoorde alleen haar ademhaling. Toen zei ze zangerig: 'Oké, weltrusten vriend,' en ze boog zich voorover om me een nachtkus te geven. Daarna ging ze een minuutje liggen doen alsof ze echt ging slapen.

Ik durfde me niet te verroeren. Later heb ik van al mijn vrienden begrepen (jij zou ongetwijfeld hetzelfde hebben gezegd) dat ik toen iets had moeten ondernemen, want dat zou zijn wat ze wilde. Ik deed echter niets, ik dacht aan de vriendschap, eerlijk waar. In haar slaap legde Caro later nog haar arm op mijn zij, en ze trok me zachtjes (maar net niet overtuigend) naar haar toe. Asja, ik durfde de wereld niet te ontdekken, wil je dat wel geloven?

De derde brief was van Freanne, en een behoorlijk opwindende. Freanne schreef een beetje litewèw, een beetje plechtstatig, maar zeker niet slecht. Voor een uitgever, bedoel ik (een vrouw) (een wetenschapper).

Er stond dat ze had geaarzeld mij te schrijven, en ze hoopte dat ik niet geaffronteerd zou zijn (ik moest eerst in het woordenboek opzoeken of ik dat was of niet). Centraal in de brief stond de liefde van Belle van Zuylen met de mij onbekende Franse schrijver Benjamin Constant. Belle en Benjamin schenen elkaar zulke opmerkelijk mooie liefdesbrieven te hebben geschreven, sterker nog, hun liefde was helemaal opmerkelijk omdat, toen ze elkaar leerde kennen (we're talking 1787), zij zevenenveertig was, en hij twintig. Verweven in de brief van Freanne zaten verhalen van vrouwen die een verhouding hadden gehad met een veel jongere man: Colette met Flaubert, Salomé met Rilke, Marianne Charles uit *Schandaal in Holland* met Willem van Haren, George Sand met Frédéric Chopin, Madame Cayssac met Léautaud, Eva Landman met Adriaan van Dis ('Adriaan en Eva'), Liz Taylor met vrachtwagenchauffeur Larry Fortensky, en zelfs Chadiedja met de profeet Mohammed.

Freanne noemde nieuwjaarsnacht, onze korte zoenerij. Ze schreef: 'Wellicht word ik te oud voor dergelijke uitspattingen, maar voor zulk aangenaam en inspirerend gezelschap als jij bent [sic!] heb ik veel over. Slopend zo'n lange nacht, hoewel ik de volgende ochtend tot drie uur sliep (waarbij ik zo levensecht droomde dat ik teleurgesteld was toen die levensechtheid veroorzaakt bleek te zijn door mijn kat, die zich op mijn borst genesteld had; wát ik droomde laat ik graag aan je verbeelding over).'

Zou Freanne ergens op doelen, vroeg ik me af toen ik de

brief uit had. Probeerde ze me te verleiden? Ik heb de brief laten lezen aan Monk (niet aan Thijm natuurlijk) en we wisten allebei niet wat we ervan moesten denken. Monk vond het wel heel spannend. Bij de brief zat een uitnodiging voor Het Boekenbal in Amsterdam. Freanne vroeg of ik haar chaperon wilde zijn.

Twee jaar geleden probeerden Monk, Thijm en ik voor het eerst Het Boekenbal te enteren. In smoking posteerden we ons bij de ingang van het Tuschinskitheater en deden we alsof we onze kaarten waren vergeten. De truc werkte uiteraard niet, en we mochten niet naar binnen. We waren niet de enigen wie dit overkwam; de vriend van punkdichteres Diana Ozon werd door de portiers ook niet toegelaten. Heetgebakerde Diana had echter wel een kaartje en zij trok haar vriend mee de hal in, waarop de jongen door de portiers weer werd verwijderd. Hierna deed Diana haar muiltjes uit en begon ze met de naaldhakken op de mannen in te slaan. Als daar geen gedicht inzat, wisten wij het ook niet meer. Toen de vriend door de portiers hardhandig terug de Reguliersbreestraat in werd gemuilpeerd, probeerde hij onbesuisd iets terug te doen en daarbij vloerde hij een argeloze omstander. Die argeloze omstander was ik. Het litteken dat ik aan de punkpoëzie heb overgehouden is nog altijd te zien. Na een enorme, mensonterende scheldpartij (waarbij de hele wereld en vooral de Nederlandse literatuur het moesten ontgelden) vertrokken Diana en haar vriend, maar niet dan nadat ze hadden gezworen nooit meer naar een Boekenbal te gaan. Monk, Thijm en ik bleven nog een half uurtje drentelen bij de ingang om naar schrijvers te kijken. Harry Mulisch en Herman Brusselmans hebben mijn bloedende gezicht gezien.

Wijs geworden van die mislukte keer bij Tuschinski pasten we vorig jaar onze smoes aan, toen we namelijk onze uitnodigingen in de trein hadden laten liggen. En we kwamen uit Maastricht. De waakhonden van het Concertgebouw vroegen ons er zelfs niet eens naar en lieten ons zo binnen (toch wel een beetje een tegenvaller). Niettemin: ons eerste bal, eerste in een lange, lange reeks schrijversballen! Twee dingen die onmiddellijk opvielen: a) dat er dus nauwelijks schrijvers waren, en b) dat op de dansvloer de recensenten van het NRC *Handelsblad* en *de Volkskrant* in een interessant gevecht waren gewikkeld over de vraag wie zich zo belachelijk mogelijk durfde te maken. Het *Handelsblad* won, maar alleen maar omdat Lucas Ligtenberg, autistisch zwaaiend met zijn armen, zo zijn best deed. Overigens waren we het Concertgebouw nog niet binnen of we stonden in de lift naar de discokelder met... Diana Ozon en vriend. Hoe kon dat? 'Alles is weer uitgepraat,' vertelde Diana ons lachend, en met Hugo (vriend) heb ik zelfs nog even gemoedelijk staan praten, me ondertussen afvragend wat principes nog waard zijn, in dit kloteland.

Eigenlijk is het uitermate aandoenlijk om schrijver te moeten zijn in een land als Nederland, of om het even in welk ander onbeduidend taalgebiedje (IJsland, Finland, de Fiji-eilanden). Een schrijver in Nederland heeft uiteindelijk maar één belangrijk doel in zijn leven: gelegitimeerd naar het Boekenbal te mogen.

Zo bijzonder jong als wij nog maar zijn, voor ons ging vorige week die wensdroom in vervulling. Het is bereikt, we horen erbij, we kunnen nu sterven. Freanne bleek niet alleen mij te hebben uitgenodigd als haar begeleider, maar ook voor Thijm en Monk had ze via haar uitgeverijtjeshuis kaartjes geregeld. Het ging allemaal vrij snel. Maandagochtend kwamen we terug uit Veysonnaz, dinsdagavond was het Bal. De hele dinsdag liepen we met een halve erectie van angst en opwinding over de Oude Gracht, overal zogenaamd ironisch roepend: 'Wat trek jij aan, vanavond OP HET BOEKENBAL?' en: 'Hoe laat ga jij vanavond?' – 'Waar naar toe?' – 'NAAR HET BOEKENBAL.' – 'O, ik weet niet of ik wel ga dit jaar...'

Voor een generatie die nooit iets meemaakt – de onze –, is maar weinig nodig om literair geil te worden. Wij zijn bijvoorbeeld ieder jaar op de Nacht van de Poëzie te vinden, om ieder jaar opnieuw vast te stellen dat die oersaai en strontvervelend is, en toch komen we (net als al die andere mensen) ieder jaar weer, uit angst iets te missen. Er is iets met die generatie van ons. Van jongs af aan vallen wij overal buiten. Wij waren te jong voor punk en te oud voor house; te onbevangen voor het linkse geëmmer van de roaring seventies en te cynisch voor de nieuwe zakelijkheid van tachtig; te jong voor het WK van '74 en te nuchter voor het EK van '88; te laat voor 'oude stijl'-studeren en te vroeg voor de OV-jaarkaart; te jong voor maximale poëzie en te oud voor alles wat daarna (nog) komt. Wij zijn notoire mislopers, gedoemde tussenpausen, een 'lost generation'.

Literair gezien hebben wij nog nooit iets belangwekkends meegemaakt. Sinds wij 'in de literatuur zijn', zijn er geen nieuwe grote schrijvers meer opgestaan, geen grote dichtbundels verschenen en geen grote polemieken meer gevoerd. Zelfs Joost Zwagerman bestond al voor wij ons met literatuur gingen bemoeien.

Welgeteld één keer hebben wij daadwerkelijk iets meegemaakt. Dat was twee jaar geleden toen Geerten Maria Meijsing te gast was bij het Literair Café in Utrecht (ook al zo'n onzininteelt: literair café) en Monk hem na afloop een intelligente vraag over zijn werk stelde. Geerten Meijsing stond perplex en wilde volgens mij het liefst stante penis met Monk naar bed, zo enthousiast reageerde hij. Waarschijnlijk was het nog nooit gebeurd dat iemand überhaupt een vraag van enige betekenis stelde. Monk wist daarbij iets over Meijsings werk te vertellen dat Meijsing zélf niet eens wist. Dit leverde Monk de volgende dag een gecalligrafeerde brief op, en een uitnodiging voor het feest dat Meijsing gaf omdat hij de AKO-Prostitutieprijs '88 had gewonnen. 'Neem die twee vrienden van je ook mee,' stond er in de brief, en ik zweer dat Monk, Thijm en ik om deze zinsnede geen triootje hebben gemaakt, maar dat het bar weinig scheelde. Meijsings feest werd gehouden in De Brakke Grond in Amsterdam, en er kwamen meer schrijvers dan ik op tweeënhalf Boekenbal samen heb gezien. We keken onze ogen uit. Het was een 'thuiskomen'-gevoel. Eindelijk daar te zijn waar je hoort: tussen je vrienden. Martin Ros gaf zich met zijn vrouw helemaal uit op de lepe Stones-achtige muziek van de popband, A.F.Th. van der Heijden vertelde over zijn (toen nog) triologie, Joost Zwagerman praatte over Amerikaanse schrijvers en Maximale poëzie, Oek was er, Kester Freriks was er, Kees Wielemaker, noem maar op. Ademloos vergaapten we ons aan alle coryfeeën, tot Thijm plotseling lijkbleek werd, en benauwd murmelde: 'Jongens, ik geloof dat ik God zie.'

Monk en ik keken in Thijms richting en net als hij verstijfden we. Thijm had gelijk. Daar stond God. Kleiner dan we hadden gedacht, kaler ook, slechter gekleed, maar ontegenzeglijk God, Hijgod, Jeroengod, Godjeroenbrouwers. Ik piepte: 'We zijn op een feest met Jeroen Brouwers...' en Thijm en Monk knikten alleen maar. Het was bijna blasfemisch om naar Jeroen Brouwers te kijken. Krampachtig fluisterde ik: 'We moeten met hem in contact zien te komen,' en alle drie beaamden we dat wel honderd keer, maar we deden niets. We drentelden minutenlang in Jeroen Brouwers' buurt, we gaapten hem aan, we volgden alles wat hij zei en deed. En het ergste was (wat we nooit hadden verwacht): Jeroen Brouwers bleek een mens. Althans, hij lachte als een mens, hij praatte als een mens, hij deed als een mens, hij nam zelfs een handje pinda's. Dat was toch even slikken. 'Hij eet pinda's,' zei Thijm verbrouwereerd. Monk, altijd al de pragmaticus van ons drieën, zei: 'Probeer dat bakje te pakken,' en ik sloop achter Brouwers langs om het bakje met pinda's en al in mijn zak te steken. Thans leeft dat bakje voort als Het Bakje Van Jeroen Brouwers, en we gebruiken het alleen bij heel bijzondere gelegenheden.

Het feest werd gehouden op een warme nacht (op 14 juli 1988, om dodelijk precies te zijn); in een patio konden de feestgangers de verzengende hitte ontvluchten en genieten van de verfrissende buitenlucht. Er stonden bankjes. Thijm en ik zaten samen op een bankje en Monk zat apart op het bankje naast ons. We zuchtten en we waren gelukkig. Voor ons was dit feest het paradijs op aarde. Toen gebeurde het dat God de Hof van Eden betrad. Ons gezucht verstomde en hypernerveus wachtten we gelaten af. Jeroen Brouwers ging zitten naast Monk. (Herhaling:) Jeroen Brouwers ging zitten *naast Monk*. Aaarghh. Schichtig keek Monk ons aan. Toen kreeg hij het idee dat de geschiedenis is ingegaan als Het Domste Idee Aller Tijden. Monk vroeg ons: 'Jongens, willen jullie nog iets drinken?' Bij voorbaat angstig voor de dingen die zouden komen, zeiden we zo binnensmonds mogelijk ja. Daarna draaide Monk zich naar God. 'Meneer Brouwers, wilt u nog iets drinken?' Even keek Jeroen Brouwers Monk aan.

'OF IK IETS TE DRINKEN HEB?' schreeuwde hij. Ajajaj. Monk was de situatie niet meer meester en begon te giechelen. 'Of u nog iets te drinken wílt,' prevelde hij. Jeroen Brouwers keek van ons naar giechelende Monky. Misschien dat hij dacht dat hij in de maling werd genomen, hij antwoordde althans verbaasd en snibbig dat hij al iets te drinken hád. 'O,' zei Monk. 'O.' Toen stond Monk op. Je raadt het misschien al. Als twee mensen op een fragiel bankje zitten, en één van hen staat schielijk op, dan kan dat bankje aan zijn kant omhoogveren en kukelt degene die nog zit naar beneden. Zulks geschiedde inderdaad. Godbrouwers donderde bijna van de bank, Monk schrok zich kapot en maakte duizend excuses. Onze Lieve Heer op aarde zei: 'Jajaja,' en wimpelde Monk weg. Dat was het moment waarop Monk voor het eerst van zijn leven serieus aan zelfmoord dacht.

Huilend stonden we even later bij de uitgang. De slapstick van zoëven had ons feest verpest, we konden nu net zo goed weggaan. Tot de dood bedroefd liepen we naar buiten. In het straatje voor De Brakke Grond was Geerten Meijsing aan het stoeien met A.F.Th. van der Heijden en Kester Freriks. Er stonden nog meer mensen bij en het was een dolle bende, een heel jongensachtige bedoening. Ik zal wel weer een fascist zijn, maar ik vond het zo mooi om te zien, zo vertederend: die drie sterke, grote, middeljonge schrijvers in volle wasdom en in de bloei van hun leven; ze lachten, ze speelden krijgertje. In slow motion zou het een scheermesjesreclame zijn geweest. Toen de mannen uitgeravot waren, zag Meijsing ons staan. 'Jongens!' riep hij, en tegen Afth en Kester zei hij hijgend: 'Dit zijn wonderkinderen, dit zijn geniale jongens.' Als een *padre* wenkte hij ons bij hem. 'Deze jongens weten waar het om gaat,' hij sloeg zijn armen om Monk en mij, 'deze jongens begrijpen literatuur.' We stonden er maar een beetje lullig bij. Afth zei: 'Goede jongens!' en van Kester kreeg Thijm een schouderklopje. We stonden met z'n zessen in een cirkeltje maar wat te lachen. Toen bleek dat wij naar Utrecht terug wilden gaan, wilde Meijsing daar niets van horen. 'Onzin! Jullie blijven nog,' zei hij, en wij, wonderkinderen, werden door de bloem der schrijvers weer mee naar binnen getroond.

Later raakte Thijm met Afth in gesprek, liet Monk zich het hoofd op hol brengen door een meisje uit Rotterdam, en stond ik er maar een beetje verloren bij. Het feest liep zo langzamerhand ten einde. Plotseling stond mijn lichtend pad, mijn idool, mijn geestelijke vader, Pappajeroen naast me. Hij was ook even alleen. Ik dacht: nu moet ik iets zeggen, een kans als deze krijg ik nooit meer. Een paar jaar peinsde ik hoe ik hem moest aanspreken. Het mocht niet te opdringerig zijn, niet te aanmatigend, niet te stompzinnig, en er moest uit blijken dat ik zijn werk tot op de letter kende. Het lullige is dat ik niet meer weet wat ik precies heb gezegd, maar ik geloof dat het iets was als 'Heeft u nu uw speelpakje aan?' of 'Wat jammer dat ik geen overrijpe perziken bij me heb' (als je het werk van Brouwers kent, weet je waar dit op slaat). Brouwers stond me vriendelijk maar verveeld te woord. Hij wachtte ondertussen op zijn vrouw, die nog afscheid aan het nemen was. Ik confronteerde Brouwers met een citaat uit eigen werk, en hij zei kortaf dat hij dat misschien wel zo geschreven had, maar niet zo had bedoeld. Toen ik daarop teleurgesteld reageerde, zei hij: 'In wat voor een land leven we dat een jongeman zoals u een oude schrijver zoals ik niet meer op zijn woord kan vertrouwen?' Daarna gaf hij me een hand, en hij vertrok.

Een hand van God. Monk en Thijm waren pathologisch jaloers, en tegelijkertijd net zo verrukt als ik. Het moment waarop we zelf het feest verlieten (na uitvoerig Meijsing te hebben bedankt), besloten we onmiddellijk dat dit de mooiste avond van ons leven was. Ik maak geen ironisch grapje, dat hebben we letterlijk en gemeend tegen elkaar gezegd: dit was de mooiste avond van ons leven. Later, in de nachttrein naar Utrecht, hebben we de pinda's uit Het Bakje Van Jeroen Brouwers met een bijna religieuze bezetenheid verdeeld en opgegeten. Het bleken de lekkerste pinda's die we in ons leven ooit hadden geproefd.

En op datzelfde treintraject (maar dan in omgekeerde richting) (en in het begin van de avond) (en bijna drie jaar later) (wat een lullige scènewisseling eigenlijk) (nu ik erover nadenk) zat ik naast Freanne, en tussen een hele delegatie

Utrechtse heikneuters, op weg naar het Boekenbal 1991. Pas op, daar komen de boeren.

Zo mooi als Freanne er toen uitzag had ik haar niet eerder gezien. Haar balkleding viel op door bijna-afwezigheid (het was wat aan de hoerige kant maar toch ook bijzonder intellectueel), haar haar was ingewikkeld opgestoken, en haar lichaam was gebruind (althans haar gezicht, hals, schouders, armen, en, voor zover ik kon zien, borsten, rug en benen). We zaten naast elkaar, en het was wel een beetje vreemd om zo naast elkaar te zitten. Ik bedoel, we hadden elkaar niet meer gezien sinds nieuwjaarsochtend, en nu was het net of we iets hadden, terwijl we helemaal niets hadden en er alleen maar *De Brief* was. Ik durfde niet rechtstreeks over *De Brief* te beginnen, Freanne zei er ook geen woord over, en we praatten maar wat over onbenullige zaken, voornamelijk literatuur.

Ze praatte als een man. Ik bedoel: ik kon goed met haar praten. (Mannen voeren over het algemeen een gesprek op een nogal primitieve manier, zo in de trant van: ik weet dit, jij weet dat, wie weet er meer. De gesprekken tussen vrouwen onderling zijn heel anders. Vrouwen praten het liefst over problemen – en dit is géén stigmatisering, geloof me –, vrouwen luisteren naar elkaar, vullen elkaar aan, leven zich in elkaar in, en proberen gezamenlijk verder te komen dan ze ieder afzonderlijk gekomen zouden zijn. Uiteraard is de vrouwelijke manier veel sympathieker. Bij gesprekken tussen mannen en vrouwen onderling gaat het vaak mis. Ten eerste is er natuurlijk altijd die onvermijdelijke erotische spanning, ten tweede is er het conflict dat mannen het liefst hun mooiste verhalen vertellen en vrouwen zich het liefst in problemen inleven. Als dan mannen zich vervolgens niet in de problemen van vrouwen inleven, voelen vrouwen zich misdeeld en vinden zij mannen daarom gevoelloos. Op hun beurt vinden mannen vrouwen weer te gevoelig. Waarmee maar eens bewezen is dat er in de wereld nooit iets gaat zoals het hoort te gaan. Ik verzucht wel eens: zou het niet beter zijn als gewoon iedereen man was, dan waren er ook geen problemen, alleen maar mooie verhalen.)

Met Freanne kon ik ouwehoeren alsof ik met Monk en

Thijm ouwehoerde. Ik vertelde haar een paar van onze mooie literaire verhalen, en zij vertelde een paar van haar mooie literaire verhalen. En ze hád mooie literaire verhalen, en ik bedoel dan de verhalen die er toe doen in de literatuur: de roddels, de achterklap, het gespin. Waarom dichter Remco Campert en zanger Willem Wilmink elkaar niet kunnen uitstaan. Hoe uitgever Mai Spijkers na het werk argeloze stagiaires nog even 'zijn auto laat wassen'. Waarom Geerten Meijsing tegenwoordig over Kester Freriks spreekt als over 'die pedofiel'. Dat heerlijke kleinlandse gevit in de marge. Dat gefröbel in het wereldje. Dat schijnheilige gemooiweer als iemand erbij is, en dat gestook als hij weg is. Dat wat de Nederlandse literatuur de Nederlandse literatuur maakt, zeg maar. Het dorpse.

Als twee gemene kinderen zaten we te giechelen. Af en toe draaide Monk zich naar ons toe. Hij zei: 'Nounou, het circuit heeft elkaar gevonden, hoor.' Een stuk verderop in de coupé zat Nic, Freannes man. Hij zat naast Ineke, en the word was dat zij iets samen hadden. Dit zou gebeurd zijn tijdens onze wintersport (arme Dennis). Ik wist niet of ik het met Freanne over Nic kon hebben, maar ik was wel erg nieuwsgierig. Toen Freanne even geen leuke roddel meer wist, zei ik: 'Ik hoorde trouwens nog een gek verhaal. Misschien weet jij of dit klopt of niet. Ik hoorde dat die directeur van het uitgeverijtjeshuis Sub Rosa, hoe heet hij ook al weer, Nic Nogwat of zo, dat die dus iets zou hebben...'

'...Met zijn jongste bureauredactrice,' zei Freanne, 'ja, zoiets heb ik ook gehoord. Gek verhaal, hè.'

'Maar wat ik me zo afvraag: zou zijn vrouw dat dan niet erg vinden?' vroeg ik.

'Nee, ik geloof niet dat zijn vrouw dat zo erg vindt,' zei Freanne. 'Ik weet bij voorbeeld wel dat zijn vrouw heel veel van die man houdt, en hij ook van haar, maar ik geloof dat ze gewoon een heel vrij huwelijk hebben. Dat ze, omdat ze toevallig van elkaar houden, niet ook niet op andere mensen kunnen vallen.'

Freanne keek mij heel lief aan.

'Die rare jaren zeventig toch,' zei ik. 'Bestaan ze nog steeds?'

'Die bestaan nog steeds, sterker nog, ik hoorde ook nog

een hele leuke roddel over de vrouw van die man.'

De trein liep het Centraal Station binnen.

'Ja? Wat dan?'

'Nou, die roddel hou je nog van mij te goed. Ik zal je er nog wel over vertellen.'

Op het balkon moesten we even wachten.

'Waar gaat die roddel dan over?' probeerde ik nog.

'Ik beloof je: we gaan het er nog over hebben.' En ze fluisterde: 'Maar ik kan je misschien wel alvast verklappen dat het over een brief gaat.'

Dit jaar werd het Boekenbal gehouden in de Stadsschouwburg. Vanavond zag ik op de televisie Maarten 't Hart beweren dat pas na twaalven de mensen begonnen te ontdekken dat hij Maarten 't Hart was, en niet de Maartje Tart die hij voorwendde te zijn. Nonsens! We stonden met z'n allen bij de garderobes (het was nog voor tienen) toen Thijm al zei: 'Hé, jongens, daar staat Maarten 't Hart.' We draaiden ons allen om, en inderdaad, niets aan de hand: daar stond Maarten 't Hart. Pas na twaalven hoorden we iedereen roepen dat er iets met Maartens kleren zou zijn... Wat vind jij nou van zo'n man? Ik bedoel, ik vind hem zo zielig. Helemaal naar de televisiestudio om te vertellen dat hij het zijn halve leven al heeft gedaan, vrouwenkleren aantrekken. Nou en? Godallemachtig! Ga weg van dat scherm, engerd, ga boeken schrijven. Daar betalen we je voor. Hou je mond, schrijf, en wees mooi.

Maar veel erger dan deze met zijn ziel te koop lopende huilebalk, vind ik die verschrikkelijke exegeten die onmiddellijk na Maartens moedige openhartige outcoming al zijn boeken zijn gaan na vlooien op 'aanwijzingen'. Aanwijzingen voor Maartens latente travestie. Ik denk dan: Jezus, van de honger sterven er mensen in de wereld, en jullie houden je daar mee bezig. En toch zijn deze exegeten me nog bijna sympathiek vergeleken bij die nóg verschrikkelijker wetenschapszeikerds die om het hardst roepen dat je de ikpersoon uit een roman nooit gelijk kan stellen aan de auteur (een gedachte die in de zeventiende eeuw opgang deed). Bioloog Maarten 't Hart schrijft boeken vol over biologen die Maarten ('t Hart) heten, die onderzoek doen dat

Maarten 't Hart zelf ook heeft gedaan, die wonen in steden waar Maarten 't Hart zelf ook heeft gewoond; maar laat niemand beweren dat die Maartens gewoon Maarten zelf zijn, want dat mag niet. Hoewel niemand weet waarom niet. Idem dito Jeroen Brouwers. Zodra je zegt dat uit zijn boeken blijkt dat Brouwers dit of dat vindt, beginnen alle zwaar gesubsidieerde zakkenvullende literatuurverkrachters meteen te steigeren dat een schrijver nooit de mening van zijn hoofdpersonen deelt. O nee? En waarom dan toch die kinderachtige gewoonte van schrijvers om hun hoofdpersoon naar henzelf te vernoemen, als ze toch niet menen wat die hoofdpersoon zegt? Zo breng je de lezer in verwarring, en dat kan toch nooit de bedoeling van litatuur zijn? Ik kondig hierbij dan ook aan dat ik een roman aan het schrijven ben, waarin de hoofdpersoon Maarten 't Hart heet (en z'n zus Jeroen Brouwers) en dat die vent echt een supergefrustreerd konijn is, dat hij iedere dag een roman schrijft, dat hij zich ongans luistert naar muziek, dat hij ratten doodt en stekelbaarsjes eet, dat hij zelf zijn eigen vrouwenkleren naait, dat hij kleine kinderen verkracht, en dat hij, als hij alleen is op zijn laboratorium, zijn sado-necro-bestiale lusten bevredigt door heel stoer met een voorbindpenis apenlijkjes af te ranselen. En dat hij daar vervolgens op de televisie over komt vertellen. Wat ik bedoel is: als Maarten 't Hart over Maarten 't Hart mag schrijven (terwijl niemand mag zeggen dat hij dat zelf is) waarom zou ik dat dan niet mogen, waarom zou ik niet mogen schrijven over mijn fantasiefiguur Maarten 't Hart?

We liepen langs Maarten 't Hart de foyer in.
'Dag Maarten.'
'Dag Freanne.'
Nadat we hem gepasseerd waren, vroeg ik of Freanne hem kende. 'Do you actually know this guy?' I said. 'Jazeker,' zei Freanne, 'en ik heb zelfs nog een heel leuk verhaal over hem. Als je lief bent, zal ik je dat te zijner tijd vertellen.'
'Heeft het weer met een brief te maken?'
'Nee. Met gedichten. Met Maartens gedichten.'
Daarna werd ons het praten onmogelijk gemaakt door

het geschreeuw van een ludiek muziektrio. Traditiegetrouw kent het Boekenbal twee gedeelten. Het eerste is een zaalprogramma met literair amusement, dat alleen toegankelijk is voor de echte boekenbonzen (boebo's), de mensen die het allemaal betalen (en trouwens ook verdienen). Het tweede gedeelte is het eigenlijke Bal, als schoorvoetend het gepeupel ook wordt toegelaten. Er zijn (voor zover ik erover kan meepraten natuurlijk) altijd twee dansgelegenheden (een grote zaal met muziek voor en van overleden mensen, en een kleinere, veel drukkere discozaal), talloze barzalen, foyerzalen, hoekjeszalen, terugtrekzalen, aftrekzalen, en heel, heel veel ludieke acties. Om moedeloos van te worden, zoveel ludieke acties de organisatie toch ieder jaar weer weet te bedenken. Haringkarren, poppenkasten, casinotafels, fotostudio's, rolstoelraces, limbodansers, recensenten; alleen een goede pornoshow ontbreekt nog in het rijtje. En ieder jaar weer: verklede mensen. Verklede volwassen mensen. Straattheater. Dit jaar symboliseerden de verklede mensen het thema van de Boekenweek: reizen. (Ook al zo'n complot: de Boekenweek.) We stonden in de foyer te wachten tot de grote zaal open zou gaan en de elite zich zou mengen met het voetvolk, terwijl we ondertussen werden beziggehouden door een amateuristisch wauweltrio en tientallen schreeuwende, met koffers zeulende, bijbeunhazende uitkeringstrekkers. Toneelspelers. Mensen die hopen intellectueel gevonden te worden door zo opzichtig mogelijk prolurken na te doen. Ik schaamde me. En helemaal voor de omstanders die deze onzin volgden, en elkaar zo nu en dan genietend aankeken. Genietend... Wat een rotwereld is dit toch...

Zo'n Boekenbal is mij al met al te Amsterdam, te interessant, te ingroep, te ons kent ons. Freanne raakten we al snel kwijt, en dat was maar goed ook want ik begon me aardig te ergeren aan haar geháái, gehoeïzzettermee, gedagschat, en het daarbij behorende gelebber en gebef.

Het leuke van een Boekenbal is dat weinigen iets van literatuur weten, en nog leuker is dat niemand gevoel voor humor heeft. Al met al de reden waarom het Bal voor ons dus echt het uitje van het jaar is. Wanprestatie van de organisatie? Geen nood: wij maken ons eigen straattheater.

Meestal stellen twee van ons zich ergens op tussen de opgedirkte mevrouwen en meneren, en komt de derde hijgend aanlopen, roepend dat hij net Simon Vestdijk zag. 'Bij de bar.' Oprecht veinzen Frans Kellendonk te hebben gezien doet het ook heel leuk, maar echt gillen is het pas als iemand Jan Siebelink heeft ontdekt op de dansvloer. 'Siebelink? Ik dacht die dood was.' Ook heel leuk is naar een totaal onbekend iemand toestappen en zeggen: 'Hallo, ik ben een erg groot bewonderaar van uw werk.' Of naast Cees Nooteboom: 'Nou, weer geen bekende schrijver te zien.' Of achter J.P. Guépin (verzuchtend): 'Hè, leefde J.P. Guépin nog maar...'

Het leuke aan dit soort opmerkingen is dat helemaal niemand ze leuk vindt. Denk je dat er iemand moet lachen als Thijm aan een mevrouw vraagt: 'Heeft u het wel eens op een Boekenbal gedaan?' Niemand dus. Hooguit kijken mensen je boos aan als je het over Frans Kellendonk hebt. Over dode mensen mag je namelijk geen grappen maken. Iedereen weet dat hij dood is, iedereen weet waaraan hij is overleden, maar een geinige boutade om je eigen angsten een beetje te bezweren (omdat je zelf ook heus wel eens een keer zonder condoom in je reet bent genaaid), en het volk begint te morren. John Cleese op de begrafenisplechtigheid van Graham Chapman, tegen de rouwende nabestaanden: 'Fuck, ik ben eerlijk gezegd blij dat deze rotzak dood is.'

Maar waar lachten de mensen dan wel om, zul je je afvragen. Lachten ze überhaupt? Jawel hoor. De mensen lachten toen Bas Heijne in een kring stond te vertellen over zijn roman *Suez*, die maar niet wil verschijnen, noch bij Bert Bakker, noch bij Snackbar Proleethuis. En waarmee kreeg Bas de mensen dan wel op hun knieën van het lachen (de mensen moesten sowieso al bukken om hem te kunnen volgen)? Bas kreeg de mensen in een ultieme lachberoerte met de megakraker: 'Ja mensen, het is wel een beetje een *Suez*-crisis.' Godverdegodverdomme. Een *Suez*-crisis. Hoe verzin je het? Ja mensen, daar word ik dus niet vrolijker van, van zo'n opmerking. Jezus Christus, en van dat stomme gegrinnik erom nog minder.

De muziek, ook zoiets. Gedrieën stapten we niets vermoedend de discozaal ('De Grote Foyer') binnen, en wat we hoorden was een onheilspellend 'IEOEWIEIEEEOEJEAH!' dat uit de boxen schalde. Op de uitnodiging stond dat de gasten een optreden konden verwachten van uitgever/deejay Vic van de Reijt. Dat voorspelde niet veel goeds. De naam Vic van de Reijt heeft bij ons een slechte klank, wat komt doordat hij het lef heeft gehad tegen Jeroen Brouwers te fulmineren. Het is een bijna niet te genezen besmetting dat we de mensen die ooit eens door Brouwers 'polemisch van de schrijftafel zijn geveegd' niet of nauwelijks meer serieus kunnen nemen. Het lezen (laat staan het waarderen) van een schrijver (criticus, uitgever, deejay) die Brouwers niet zinde, kwam neer op een daad van insubordinatie. Ik heb jarenlang geen stukken van Kousbroek kunnen lezen, omdat Brouwers een pennestrijd met hem voerde. Inmiddels ben ik aardig hersteld van deze zelfgekozen hersenspoeling. Brouwers meningen zijn niet meer voorgeschreven wet, maar helemaal kwijtraken zal ik Brouwers waarschijnlijk nooit. Ik kan bij voorbeeld geen recensie van Reinjan Mulder lezen zonder er ongemerkt 'affreus baasje' bij te denken, en nooit heb ik de drang gehad Kooiman of Matsier te lezen. Idem dito uitgever/deejay Vic van de Reijt. Mijn siamese tweelingvriendjes Monk en Thijm zijn nog steeds vrij hard in de leer: zij vonden in de trein al dat Van de Reijt slechte muziek draaide, ik was daarentegen wat milder. Ik gun zo iemand tegenwoordig het voordeel van de twijfel.

IEOEWIEIEEEOEJEAH!

Ik wil niet zielig doen, maar het was een schok. 'Er ging iets kapot.' 'Plotseling merk je dat je volwassen bent.' Monk, Thijm en ik stonden in de opening van de discozaal (bij een hekje) en we keken gelaten om ons heen. We zagen de crème de la crème van de Nederlandstalige literatuur, bijna alle cultuurdragers van het land, vrijwel de gehele intelligentsia, de minister van Cultuur, de staatssecretaris van Volksgezondheid, de zanger van Roberto Jacketti and The Scooters, we zagen een ongekende samenballing van geestkracht en eruditie, een enorm artistiek en creatief potentieel, we zagen de toekomstige geschiedenismakers, we voelden aan Denkend Nederlands neusje van de zalm, we zagen contemplatieve ja zelfs ascetische kunstminnaars, we zagen de allergrootste schrijvers van het land (Afth, de

Zwagermandarijnen, Ponny Kammen), de allerbevlogenste uitgevers (...), de allerbeste boekverkopers (...) – en letterlijk iedereen, maar dan ook iedereen, liet zich ongegeneerd, volkomen belachelijk en mensonterend gaan op de muziek van de schuimbekkende uitgever/deejay Vic van de Reijt: 'Rockin' Billy' van Ria Valk. Het schaamrood bekroop langzaam onze kaken. 'Rockin' Billy' van Ria Valk. De Nederlandse literatuur in een notedop: overdag metaforen peuren, en structuuranalyses, en dieptelagen, en het is pas goed als het moeilijk en onbegrijpelijk is; en 's avonds je laten gaan op 'Rockin' Billy' van Ria Valk. En Jezus, wat voelde de uitgever/deejay de sfeer op de dansvloer aan ('IEOEWIEIEEEOEJEAH!')... en wij ons terstond klote.

We konden het echt niet aanzien, en we draaiden ons om. Weg van hier. Droevig en doelloos dwaalden we daarna door de gangen, voortdurend bekende Nederlanders filmende televisieploegen ontwijkend. Ergens op de gang deed Monk verveeld een deur open. Er bleek een loge van de Grote Zaal achter te liggen en stiekem glipten we de naar binnen. We bleken de enigen; drie kleine kleutertjes in een grote verlaten zaal. Nou ja, verlaten. Beneden op het podium en *backstage* (alle doeken waren opgetrokken) werd gefeest; er was een lange bar, een djaazzband speelde Anneke Grönloh-achtige begrafenismuziek en de opa's en oma's van het boekenvak gingen in slow motion helemaal door het lint. Stilletjes keken we naar de dansende en drinkende mensen. Het was ons privé-toneelstuk, zeg maar, ons eigen literatuurtheater. Gelaten lieten we het over ons heenkomen.

'Koekebakkers,' zei ik, 'over vijf jaar dansen we op "Rockin' Billy", en over tien jaar op dat podium.'

'Ik ben er bang voor,' zei Monk, 'ik ben er bang voor.'

'Het zou kinderachtig zijn als we nu en hier zouden afspreken, dat we zo niet worden,' zei Thijm en hij wees naar het boekvolk. Ik knikte. Monk zei: 'Dat zou kinderachtig zijn.' Op het podium kondigde een opa aan dat het volgende nummer speciaal voor iemand werd gespeeld. Ik geloof dat het voor Remco Campert was. 'Dat zou kinderachtig zijn,' zei Monk nog een keer.

Ik stelde voor om het gewoon toch te doen.

'Wat?'

'Dat afspreken. Onze rechterhanden op elkaar te leggen en plechtig te zweren dat we nooit op "Rockin' Billy" zullen dansen, nooit op djaazz, nooit op Anneke Grönloh, en dat we nooit zó worden.'

Monk en Thijm zwegen.

'Het is kinderachtig,' zei ik, mijn hand uitstekend, 'maar het is in ieder geval wat. Het is een daad.'

Thijm legde zijn hand op mijn hand.

Monk zei zuchtend: 'Ik weet het niet.' Hij aarzelde en keek naar het podium. 'Ik weet het niet.' En dat vond ik misschien wel het mooist van de hele avond, dat Monk dat zuchtte, ik zei: 'Ik dacht dattie dood was,' en we elkaar daarna grinnikend en begrijpend aankeken. Thijm schreeuwde naar het podium: 'Hé, Grönloh, wij weten het óók niet.' Monk legde zijn hand op onze handen, en door de lege zaal schreeuwden we het gedrieën naar alle feestvierders: 'Wij weten het óók niet.' Daarna zwoeren we dat we inderdaad nooit *zo* zouden worden.

Aan de hele scène kwam een einde toen een journaalploeg onze loge ontdekte en een mooi shot zag in de drie eenzame jongens die keken naar het woelige feest. Televisie verpest altijd alles.

'Een mooie chaperon ben jij, ik heb je overal gezocht.'

Freanne stond in de deuropening van onze loge, het journaal was net weg. Ze vroeg of ik me voor haar verstopte. Monk en Thijm verdwenen giebelig en Freanne kwam naast me zitten. Ze zei: 'Zo, mooie chaperon,' en we praatten wat over het Bal, over wintersport, over 'ons'. Volgens Freanne hadden zij en ik ons eerste gesprek gevoerd na afloop van een literair zelfportret (ook al zo'n onzin) dat Rudy Kousbroek een paar jaar geleden schetste in het Muziekcentrum Vredenburg in Utrecht. Het grootse literaire verband, zeg maar. 'En toen vond ik je al een leuke jongen.' Ik wist van dat hele gesprek niets meer.

'Hou je van Kousbroek, of zo?' vroeg ik gespitst. Freanne hield heel erg veel van Kousbroek. Kousbroek was Freannes geestelijke vader.

'Mooi is dat,' zei ik, 'ik hou van Brouwers.'

'Dat weet ik. Daar hebben we toen nog heel heftig over gediscussieerd.'

'Twee geestelijke vaders op één kussen, daar slaapt de duivel tussen,' zei ik, 'ik ben toch maar tragisch. Nog nooit in mijn leven heb ik ook maar één vrouw gehad die iets van literatuur afwist, en nu zit ik dan eindelijk te praten met een vrouw die wél iets van literatuur weet, blijkt zij van Kousbroek te houden.'

Freanne lachte heel hard.

Daarna werd het gesprek eerder spannend dan dat het over schrijvers ging. Ik bedoel, het ging wel over schrijvers, maar het had evengoed over groenteboeren kunnen gaan. Ik probeerde Kousbroek af te branden, en op haar beurt probeerde Freanne Brouwers af te branden, en terwijl we de stellingen innamen en erom twistten dat Brouwers wel kon schrijven maar niets te vertellen had, en Kousbroek wel iets te vertellen had maar niet kon schrijven (die oude, oersaaie discussie over vorm of vent, hoe of wat, appel of peer), gingen we steeds dichter bij elkaar zitten, legde Freanne haar hand soms op mijn been, schoof ik met mijn voet tegen haar voet, en bedacht wel honderdduizend keer dat ze zo leuk was en mooi vooral en teder en zacht en goedlachs en aardig en fascinerend en aangenaam om mee te praten en lief en warm en dat ze zo lekker rook, en dat ik om een of andere reden met geen mogelijkheid te porren was om wat voor initiatief dan ook te nemen waarschijnlijk omdat ik dacht stelnoustelnou dat ze met me speelt of dat ze me gewoon leuk vindt om alleen maar mee te praten en ze is tenslotte al zesendertig en ik nog maar vijfentwintig, en wat moet iemand die al zo oud is überhaupt met iemand die nog maar zo jong is, wil ze soms met me pochen of zo, zijn dat mores onder uitgeefsters, is het pure geilheid, echte liefde, en wat zou haar man ervan vinden, en Noëlle, en ik ondernam niets, niet om deze redenen, maar omdat ik eigenlijk veel te laf ben en altijd een beetje schuchter als het gaat om het grote Z-moment, ik bedoel het moment waarop je je voor de eerste keer naar een meisje voorover-buigt, en ik zag plotseling in de hele zaal honderdduizend kleine Italiaanse Indiaantjes zitten die honderdduizend pijlen naar ons begonnen te schieten en allen stampvoetend schreeuwden dat ik wat moest doen met die grote bek van mij en mijn stoere œuvretje met geëmmer over grootsche liefde en grootsche literatuur, 'doe dan eindelijk eens wat, man,' hoorde ik van alle kanten, maar ik deed niets en Freanne en ik praatten verder over weet ik veel waar we allemaal over hebben gepraat. Het was heel spannend. Toen waren we abrupt uitgepraat, en keken we alleen nog maar naar het feest. Dat duurde heel lang. Freanne vroeg: 'Heb je het wel eens op een Boekenbal gedaan?' en ik wist niet of ze een grapje maakte, of niet.

Ik heb het nooit op een Boekenbal gedaan, ook na vorige week niet. Plotseling ontdekte het halve feest onze loge en wilden ze allemaal bij ons in de buurt zitten. Mensen kunnen nooit eens iets zelf verzinnen en zijn er altijd op uit om mooie momenten van anderen te versjteren. Op de gang kwamen Freanne en ik Thijm en Monk tegen. Thijm was verbolgen over het feit dat Afth van der Heijden hem niet meer herkende. Teleurgesteld besloten we daarom maar terug naar Utrecht te gaan. Freanne kon Nic niet vinden (Ineke zagen we ook al nergens) en dus gingen we maar met z'n vieren. Bij de garderobe nam Freanne omstandig en langdurig afscheid van een paar duizend gezellige collega's. We drentelden bij de uitgang, terwijl we toekeken hoe Freanne zich zo'n beetje liet vingeren door de chef postkamer van Athenaeum Boekhandel. Een jongen met een lichtgroene bril maakte een opmerking over onze paarse ski-jacks. We gingen er niet op in. In plaats daarvan mompelde ik: 'Nooit meer Amsterdam,' wat Monk en Thijm eigenlijk nogal nuchter bevestigden. Je moet dat soort dingen snel, makkelijk en rigoureus beslissen. Gewoon nooit meer Amsterdam.

Op het station in Utrecht vroeg Freanne (die in Baarn woont) of ik zin had om mee te gaan naar haar Utrechtse pied à terre, om nog iets te drinken (Jezus, een vrouw met een pied à terre). Monk wilde ook mee, maar Thijm sleurde hem uit de taxi, en zo belandde ik alleen met Freanne in haar enorme one-room-appartement, midden in de binnenstad en – in tegenstelling tot studentenkotten – strak in de lak, met een mooi uitzicht, van alle gemakken voorzien (magnetron, gigantische boekenkast, kroonluchters, video, midiset, gouaches, et cetera); ik zou zelfmoord hebben gepleegd voor zo'n pied à terre. Wat een geil woord overigens toch, pied à terre, net als lits-jumeaux. Freanne liet me een fles wijn opentrekken, terwijl ze het dekbed recht trok.

'Waarom heb jij hier een lits-jumeaux?' vroeg ik flink, 'je hoeft hier toch alleen maar in je eentje te overnachten, te schuilen tegen de regen?'

'Nou, Nic slaapt hier ook wel eens,' zei Freanne, 'soms slapen we hier samen. Het is geen lits-jamais of zo, als je dat bedoelt.'

Toen ik haar haar glas gaf, zei ze achteloos: 'En mijn minnaars slapen hier natuurlijk ook.'

'Je minnaars?'

Freanne ging zitten op haar bed en ze ontvouwde haar 'tien minnaars-ideaal'. 'Het is natuurlijk onbereikbaar, maar ik wil tien minnaars, heel simpel. Eén voor de echt, één voor de kunst, één voor de chique, één voor de shock, één voor de geheim, één voor de brute overmacht, één voor de banaal, één voor de verleden, één voor de medelijden, één voor de onverwachts, en allemaal voor de lits.'

'Jij wilt tien minnaars...' zei ik.

'Dat is mijn ideaal.'

'En lukt het een beetje?'

'Theoretisch wel, praktisch blijft het wat steken. Het is moeilijk om ze er allemaal tegelijk op na te houden. Die ene voor de echt is Nic, met die negen anderen schipper ik meestal. Ik vind het voornamelijk leuk om erover te filosoferen. Mijn Geheim Periodiek Systeem der Minnaars, mijn Top Tien, de rangorde, de stijgers, de dalers.'

'En op welke plaats kom ik?' vroeg ik (ik schrok er van).

Ze lachte hard.

'Voorlopig kom jij op twaalf,' zei ze. 'Misschien op elf.'

Toen ging ze naast me zitten op de bank en dronken we in snel tempo bijna de hele fles leeg. We zeiden geen woord meer over het Boekenbal, maar we praatten over onze verliefde verledens. Dat is altijd erg opwindend. Ik vertelde dat ik één keer in mijn leven had staan zoenen met een meisje dat Freanne heette. Dat was nog in de tijd van mijn onbekommerde bleuheid (een week of drie geleden). Het meisje had mij uitgenodigd bij haar te eten; ik weet bij God niet meer waar ik haar van kende. Ze had heerlijk gekookt. Nog voor het nagerecht zoenden we; we zoenden godverdomme gewoon heel leuk en met geen andere gedachte dan dat het leuk is om te zoenen. Na onze zoen keek die Freanne me van dichtbij aan en ze fluisterde: 'Ben je verliefd op mij?' Ik dacht alleen maar ojee, en om haar niet te kwetsen gaf ik een antwoord dat het midden hield tussen ja en nee. 'Joe-ae...' Daarna keek ze me lang en peinzend aan. 'Rot voor je. Ik namelijk niet op jou.'

Freanne vond het een mooi verhaal. Zelf bleek ze een minnaar gehad te hebben met wie ik nog gestudeerd heb, ook leuk om te horen. Ik vroeg of er nog bekende schrijvers in haar lijstje voorkwamen, en Freanne zei dat ze me dat te zijner tijd zou vertellen. Ik begon onmiddellijk om namen te zeuren, maar ze liet niets los. Ze zei alleen dat er een heel bekende bij zat.

'Wauw,' zei ik, 'Maarten 't Hart.'

Freanne deed alsof ze moest overgeven.

Daarna kwamen we zomaar te praten over Adriaan van Dis, over Flaubert en Rilke, over Willem van Haren uit *Schandaal in Holland*, over Chopin en Léautaud, over vrachtwagenchauffeur Larry Fortensky, ja zelfs over de profeet Mohammed. Freanne rookte een sigaret en ze zat zo bekoorlijk en mooi te zijn. En plotseling zag ik overal weer die Indiaantjes. Ze verzamelden zich om ons heen. Het opperhoofd zei zuchtend tegen mij: 'Op het Boekenbal heb je je kans gehad, maar die heb je niet verzilverd. Doe dan nu tenminste wat!' Freanne haalde een paar keer haar hand door haar haar. Ik vond dat ze er niet uitzag alsof ze al moeder was, en zesendertig, en alsof ze tien minnaars wilde hebben. Ze rook zo Freanniaans. Er vlogen vlagen pijlen door de lucht. Het blijft goddomme altijd moeilijk om de eerste stap te zetten. Freanne schonk de fles leeg, ze zweeg en deed alsof ze haar bank opklopte. Ik dacht aan Asja, en aan de wereld ontdekken. De Indiaantjes morden steeds luider. Ik dacht: Wat heb ik meer te verliezen dan mijn gezicht en het aangename gezelschap van een mooie vrouw? Het opperhoofd wees ostentatief van mij naar Freanne, van

Freanne naar mij. Freanne rekte zich uit en ze zei dat ze zo naar bed wilde. Het opperhoofd schreeuwde: 'Wat denk je dat ze bedoelt?' Ik zei niets. Ik deed niets. De stilte was spannender dan het hele gesprek. 'Moeten we het voor je uittekenen?' riepen de Indiaantjes in koor. En eindelijk deed ik wat. Ik deed wat! Ik zei onbeholpen: 'Kom eens,' ik boog me naar Freanne toe en fluisterde: 'Wat was dat nu met die brief?' Ze keek me van dichtbij aan, maar ze zei niets. 'Ik vond het een mooie brief,' fluisterde ik verder, en ik kuste haar, hèhè, we kusten elkaar. Instemmend steeg er een enigszins opgewonden maar beschaafd gejuich op onder de Indiaantjes, een soort cricketapplausje maar dan met kinderstemmetjes. Freanne en ik gleden van de bank op de vloer, pelotons Indiaantjes sleepten kussens aan. Plotseling was het ochtend. Plotseling verstomden de geluiden van buiten (plotseling hielden de auto's stil op de weg, was iedereen mooi en goed gekleed, waren er helemaal geen problemen meer in de wereld, zou iedereen PvdA stemmen, was iedereen gelukkig, was er geen honger meer, geen zielige olifanten, geen vervelende ziekten), en verschansten Freanne en ik ons in haar lits-jumeaux, kleedde zij mij schuchter uit en ik haar al even schuchter, maakten we elkaar complimentjes ('Echt een hele mooie brief') en bedreven we daarna de liefde, waarbij ik er niets van merkte dat zij elf jaar ouder was dan ik, integendeel zelfs; ze was fris, jong, dartel, energiek, lustig.

We vielen niet in slaap. Om elf uur moest Freanne al weer op haar uitgeverij zijn. Ik ging samen met haar weg. Op straat zoenden we elkaar. Later die dag was iedere vrouw die ik zag: zij. Het blonde meisje bij Albert Heijn: zij, Michelle Pfeifer in *The Russia House:* zij, de blonde nieuwslezeres van het NOS-journaal: zij, het eeuwige in mijn verliefde verleden: zij, haar geur in mijn kleren: zij, mijn bed die nacht: zij. De volgende dag lag er een kaartje in de bus. Er stond: 'Nieuw binnengekomen op tien.'

BLIJE MENSEN

Utrecht, 29 april 1991
Zoëven stond ik voor mijn raam te kijken naar de wolken boven de stad. Het schemerde, maar het regende niet. Ik kan dat heel lang, zo staren naar de stad en de lucht erboven. Jeroen Brouwers schrijft ergens: 'Ik vind er niets aan, aan leven.' En hoewel ik dat ook wel eens denk, overkomt het me toch vaker dat ik er juist wel wat aan vind, aan leven. Als ik 's avonds zo'n beetje half en half naar de stad sta te staren, en ik hoor de straatgeluiden, en ik zie mensen zitten in de cafés, en ik heb een volle agenda met allemaal leuke spaghetti-afspraken, dan word ik, tja, ik weet niet, het klinkt zo simpel, dan word ik best behoorlijk *blij*. Dat ik best behoorlijk blij ben, met m'n leven en zo, en al die dingen, hoe het gaat met m'n vrienden, en dat je je soms rot voelt over een bepaalde periode, maar dat er dan iemand op de proppen komt die geregeld haar tong in jouw mond gaat steken, en dat je dat dan een verhouding noemt, en dat je dan plotseling blij bent, niet zomaar blij, maar echt blij, zo blij dat je het zonder dralen zou willen zeggen, zo van: 'Hé, ik ben blij,' zo van dat je je moet inhouden om je ramen niet open te gooien en naar argeloze omstanders te roepen: 'Hé, argeloze omstanders, ik ben blij,' en dat er onder die argeloze omstanders mensen zitten die terugroepen: 'Hé, wij zijn ook blij,' en dat er nog meer mensen aankomen die allemaal roepen: 'Wij zijn blij,' en in de verte zie je mensen, en je wijst, en je roept: 'Hallo! Zijn jullie blij?' en ze roepen terug: 'Ja, wij zijn blij,' en overal zijn alle mensen blij, en jullie zwaaien naar mekaar, en omdat iedereen zo blij is, stelt iemand voor een club te beginnen, een club van blije mensen, en in de straat begint men te juichen, wat een enorm goed idee, en die club wordt ter plekke opgericht, en er wordt gefeest om te vieren dat de club er is, en het is zo'n uitermate blije bedoening, tot er een nieuw iemand de

straat in komt wandelen, en jullie vragen: 'Nieuw iemand, ben jij blij?' en die nieuwe iemand zegt: 'Blij? Ik? Rot op! Ik heb kanker,' en er heerst meteen ontsteltenis, er is iemand *niet* blij, en de groep wacht gelaten af, tot er iemand roept: 'Maak hem af!' en de blije menigte roept: 'Ja, maak hem af!' en de menigte maakt hem af, en weer iemand anders roept: 'De stad in!' en de menigte juicht: 'Ja, de stad in,' en de menigte trekt de stad in, en iedereen die ze tegenkomen vragen ze: 'Ben jij blij?' en zegt iemand: 'Ja, ik ben blij,' dan mag hij bij de club, maar zegt iemand: 'Nee, ik ben niet blij,' dan is het *tjakka!* hoofd eraf, en jullie vragen het aan heel veel mensen, er er blijken heel veel mensen niet blij te zijn, en jullie gaan kampen inrichten om al die niet blije mensen gezamenlijk af te maken, en jullie brengen ze bij bosjes om het leven, *rakkatakkarakkatakka* klinkt het in de stad, onophoudelijk, en de lijken stapelen zich op, en sommigen van jullie vragen: 'Kan dit nu wel? Is dit niet wat overdreven?' en dan zeggen anderen: 'Dit moet, dit is de harde lijn,' en dan krijgen jullie onenigheid over deze twee zienswijzen, en dan ontstaan er twee groepen rivaliserende blije mensen, en gaan jullie elkaar bevechten, en dan komen er nog meer afsplitsingen, en nog meer groepen, en groepen blije mensen uit andere steden, en dan gaan jullie elkaar uitmoorden, en komen er hongersnoden, en uitgemergelde kinderen, en brandende gebouwen en bommen en verderf en dood. En als je dan 's avonds zo'n beetje half en half naar de wolken boven de stad staat te staren, te luisteren naar de avondgeluiden, en je ziet de mensen op straat, en de rottende met maden krioelende lijken en de afgekloven ledematen, en je ruikt de stinkende geur van verbrand vlees, dan denk je: Dat komt er nou van, van blij zijn.

Mag ik jou, mijn blije vriend, bij breve bedanken voor deze nieuwe avond, voor deze nieuwe dag, en dat ik met al mijn zorgen bij je komen mag?

Nou, het ging dus als volgt: in De Wingerd kwam ik Andrea tegen, ik probeerde haar te versieren en zij zei dat het er nu maar eindelijk eens van moest komen. Ze zei: 'Giph, ik ga vanavond met je naar bed. Het komt ervan!' Ik dacht: Wauw! Maar ook: Shit, Freanne! Onderweg van De Wingerd naar

Andrea's kamer stopten Andrea en ik bij Vroom & Dreesmann om op de pornoafdeling aldaar (ik wist helemaal niet dat V & D porno verkocht) leuke condooms te kopen, want we wilden beiden liever toch wel mét. Je weet het namelijk nooit, tegenwoordig. Wat ik Andrea niet vertelde was dat ik al lang een condoom om mijn lul hád zitten, een roze met een handje erop (dat heel grappig 'tiedeliedelingg' deed als je ertegenaan tikte). Waarom ik dat condoom al om mijn lul had zitten is me nu niet helemaal duidelijk meer, maar Andrea had er klaarblijkelijk geen moeite mee. Ze zei: 'O, je hebt al een condoom?' en ze begon midden in die zaak met haar handen in mijn kruis te tasten. Ik kreeg natuurlijk een stijve, en Andrea trok me mee naar een pashokje. 'Ik wil het met je, Giph,' fluisterde ze, en ze had zich uitgekleed zonder dat ik er erg in had. Ze manoeuvreerde me tussen haar benen en wilde dat ik haar 'met mijn lul een hand gaf'. Ik riep: 'Ja maar Andrea, ik wil het best met je doen, natuurlijk, maar een condoom dat "tiedeliedelingg" doet is niet veilig.' Dat riep ik: 'Niet *veilig*!' Misschien dat ik eigenlijk aan Freanne dacht, ik weet het niet. 'Aan jou heb ik ook veel,' zei Andrea, 'magtie eindelijk een keer neuken, wildie niet.' Het woord *neuken* uit de mond van een meisje vind ik altijd behoorlijk vies, eigenlijk een beetje ordinair. 'Ik ga wel met iemand anders neuken,' besloot Andrea en ze schoot uit het pashokje om achter een kassa met een verkoper de daad bij het woord te voegen. Ik stond er naar te kijken, terwijl intussen het handje aan mijn lul aandoenlijk steeds verder naar beneden begon te hangen (het deed niet meer 'tiedeliedelingg' als je ertegenaan tikte). Mijn enige troost was dat ik een klacht zou indienen bij de hoofddirectie van Vroom & Dreesmann en dat de verkoper zou worden ontslagen, verder restte er alleen maar de droevige gedachte dat ik in mijn leven nog nooit één vriendin heb gehad die geen overspel heeft gepleegd, zelfs in mijn dromen niet.

Dat ik in mijn dromen al ga zitten bedenken dat ik niet met een ander naar bed zou mogen omdat dat mijn relatie met Freanne zou kunnen schaden. Mijn relatie... Jezus. Ik weet niet eens óf ik een relatie met Freanne heb, en hoe ik die zou moeten benoemen. Ik zie Freanne minstens twee keer per week, ze stuurt me even zoveel litewèwe brieven, maar als we tijdens het ondergaan van de zon, in het raamkozijn van haar pied à terre, rustig een rode bordeaux in ons gezamenlijke kristalglas laten cirkelen, en als ik zeg dat ik misschien wel een beetje verliefd word, zegt Freanne: 'Tuttuttut,' en dat ik dát vooral niet moet doen. Ze zegt dat het 'leuk moet blijven' en 'leuk is zolang het leuk is', wat ik van ieder ander meisje gezeik vind, behalve van haar. Freanne is ongrijpbaar. Ze neemt me mee naar presentaties en stelt me voor als haar minnaar. Ik noem haar in gezelschap 'mijn oude fiets', en zij lacht zich kapot. Ze zegt dat ik er helemaal niets achter moet zoeken, en ze geeft me de sleutel van haar appartement. Monk vraagt ouwelijk of ik werkelijk verliefd ben, en ik zeg ja. Monk zegt dat ik aan oudevrouwenvrijen doe, dat dat een fase in mijn leven is, dat dat hoort bij volwassen worden (dankjewel, Monk). Freanne zegt dat Monk gelijk heeft. Als Freanne en ik in haar bad liggen (tegen elkaar gedrukt aan één kant omdat aan de andere kant de knop van de stop in de weg zit), en onze lichamen glibberig zijn van het badschuim (wat het vrijen ongemakkelijk maar ook heel lekker maakt), zegt Freanne dat ze ook verliefd op mij is, zoals ze verliefd kan zijn op heel veel mensen tegelijk. 'Het is lente,' zegt ze, 'lente, weet je wel?' Als we hebben gevreeën wil ze dat ik blijf slapen; als ze hard gewerkt heeft, wil ze dat ik kook en voorlees; in haar brieven schrijft ze dat ze me het liefst ziet als haar privé-secretaris, haar geheime huisslaaf. 'Ik wil je als mijn permanente gigolo.' Ze onthult me van alles over haar verleden. Iedere keer als ze me uit eten neemt, vertelt ze over een van haar amoureuze literaire liaisons. Ze stuurt me passages uit boeken (bij voorbeeld *Sisyfus verliefd* van Ton Anbeek) en geeft me de opdracht uit te zoeken waar wat over haar gaat. Ze laat me haar opwindende brief- en kaartwisseling met haar geheime minnaar Rudy Kousbroek lezen. Onze gesprekken, haar brieven, mijn brieven, het hele leven: het onderwerp komt altijd neer op seks en literatuur. Freanne is eigenlijk maar een wellustig beest. Haar geilheid is geen jonge-meisjesgeilheid (die onbeholpen-eigengereide-halfgefakete-televisie-imitatie-kijk-mij-eens-geil-zijn-geilheid), Freanne is volwassen geil, onstelpbaar maar overwogen geil. Ik ben misschien nog erg bleu, ik ben althans nog nooit met iemand gegaan die au fond maar twee regels heeft: a) nergens over zeuren, en b) eerst seks, dan praten. Ik vraag: 'Freanne, hebben wij een seksrelatie?' en zij zegt droog: 'Ja.' Als zij op de presentatie van een fotoboek (in een Antwerpse galerie) vraagt of ik bang ben voor damestoiletten, en ik een kwartier later tegen haar op sta te rijden tussen *damenbeutel* en wc-papier, zegt ze niet: 'O, ik ben zo verliefd op je,' maar zegt ze: 'O, ik ben er zo verliefd op met je te neuken.'

Het woord *neuken* uit de mond van een vrouw. Sta het me toe een moment plat te worden. Ik denk dat ik nog nooit eerder heb gevreeën (geneuheukt!) met iemand die dat zo goed kan als Freanne. Freanne heeft de Hogeschool van het Neuken gevolgd, Freanne is een ere-divisieneukster. Voor Freanne geen achteloze, ongeïnspireerde arbeiderswip; Freanne wil een toegewijde, geconcentreerde copulatie, met voldoende aandacht voor het detail, zonder dat dit afbreuk doet aan de ongecontroleerde wellust die de liefde eigen is. En dan haar specialiteit (leest je moeder over je schouder mee? Stuur haar weg!): pijpen. Freanne is gepromoveerd op pijpen. Misschien heeft het toch met leeftijd te maken, over het algemeen pijpen jonge meisjes heus wel, maar meestal zo verplicht, zo met een nauwelijks overwonnen walging. Freanne pijpt om het pijpen. Ze vindt het volgens mij zélf lekker. En wat ik ook nog nooit heb meegemaakt: Freanne pijpt om mij in haar mond te laten klaarkomen; een enorme ervaring (die als enige nadeel heeft dat het toch een beetje is alsof je hele orgasme er nooit is geweest, ik bedoel, als zij je zaad heeft opgevangen en doorgeslikt).

Seks met Freanne. Neuken met Freanne. Zou dat niet een mooie titel zijn voor een soort proustiaanse romancyclus? *Neuken met Freanne.* Je bent nooit te oud om te leren. Freanne is de eerste vrouw in mijn leven die jarretels draagt, een 'bodystocking', een 'catsuit', de eerste vrouw die rustig een uur uittrekt om mij met babyolie (waar het onder je voorhuid wel van gaat stinken) te masseren, of zich door mij te laten masseren, de eerste vrouw die ongegeneerd porno huurt, en bij Mail & Female spullen koopt,

drie vibratoren heeft, een lange gouden, een rode met een ronde top, en een draaiende bruine met een likaapje. Neuken met Freanne, gedverdemme. Freanne die al half klaarkwam bij de gedachte dat ik het nog nooit 'op z'n kontjes' had gedaan en me op dat gebied ontknaapte (eerst een vingertopje, toen m'n pink, toen m'n middelvinger, toen m'n et cetera). Freanne, die wilde dat ik haar neukte terwijl zij heel stoer een sigaret rookte, Freanne, die ik likte terwijl zij *Aanstoot* van Peter van Straaten aandachtig doorbladerde, Freanne, die terwijl ik het babbelprogramma van Adriaan van Dis probeerde te volgen zich met haar rode vibrator twee keer klaarmaakte. Neuken met Freanne, Jezuschristus. Wacht even, ik leg even mijn erectie op
d e s p a t i e b a l k !
Ik hoef maar aan Freanne te denken, of er stroomt al bloed derwaarts mijn Grote Vulpen. Ik denk dat ik maar even stop, want het is nu eenmaal een beetje moeizaam, te 'schrijve met een stijve'.

Overspel, daar ging het over. Blijer word ik er niet van. Ik ben niet zielig, maar veel van mijn vriendinnen hebben overspel gepleegd. Dit is een droge constatering (tering), want overspel vind ik in principe niet behoren bij de grote rampen des levens. Het enige is dat ik, als ik erachter ben gekomen dat er weer eens een vriendin overspel heeft gepleegd of op het punt staat dat te gaan doen, ik alleen even het verlangen krijg er niet te zijn, er nooit te zijn geweest, dat is het enige. Verder is overspel tamelijk oninteressant en ik moet er eigenlijk altijd een beetje om lachen. Het leukst vind ik de meisjes die overspel onderverdelen in gradaties: je hebt *kus*-overspel, *vrij*-overspel en *neuk*-overspel. Alleen *neuk*-overspel is écht overspel, die andere twee 'moeten kunnen', en zo kan het gebeuren dat je soms gedwongen bent te onderhandelen over genitaliën: 'Hij heeft dus alleen maar aan je borsten gezeten?' of: 'Kwam je klaar?... Dan is het uit!'

Freanne pleegt iedere week meerdere keren overspel. Met haar man. Die er op zijn beurt overigens ook een byside op nahoudt. Ik vraag wel eens of zij en Nic met de menopenopauzes in het verschiet proberen eruit te halen wat erin zit. Als ik zoiets zeg moet Freanne alleen maar lachen, en als ik vraag of zij er behalve mij nog meer minnaars op nahoudt, lacht ze weer, zogenaamd geheimzinnig.

Je begrijpt dat ik er onverholen wel eens even mijn adem zachtjes om inhoud, om deze weken met Freanne (alweer bijna twee maanden). Céline is helemaal opgebloeid nu ze erachter is gekomen dat ik ook 'gevoelens' heb (distanzstellung:) en 'problemen'. Ik heb haar als vriend natuurlijk alles verteld. Céline leeft op als ze aan mijn kop mag zeuren dat het toch maar raar is, zo'n jonge jongen en zo'n oude vrouw. Bijna boos zegt ze: 'Voor even is het leuk, ja, voor haar voor even. Lekker makkelijk. Maar jij bent toch verliefd? Wil je dan niet dat het voor langer is? Dat is normaal als je verliefd bent, dat je wilt dat het voor eeuwig is.'

Ik antwoord dat ik zelf ook niet weet wat ik wil.

'Reken er maar niet op dat ze haar man verlaat,' gaat Céline snibbig verder, 'zo'n vrouw is het niet. Die vindt het gewoon maar wat leuk, maar ze gaat echt niet bij haar man weg.'

'Maar ik wil helemaal niet dat ze bij haar man weggaat.'

'Dat bedoel ik nou. Wat wil je dan? Wat wil jij nou eigenlijk? Ben je nou verliefd? Vind je niet dat je je tijd verdoet? Straks blijf je bij haar, en wordt zij veertig, en kan ze geen kinderen meer krijgen...'

'Wie heeft het nou in godsnaam over kinderen krijgen? Doe toch niet zo christelijk.'

'Dat zijn de consequenties als je een vriendin neukt die twaalf jaar ouder is,' roept Céline en het lijkt alsof ze boos is. Misschien is ze wel jaloers, maar als ik dat zeg, wordt ze nog bozer. Jaloers! Ze vraagt of ik het mijn ouders ga vertellen, en van dat soort onzin word ik alleen maar moedeloos. Waar bemoeien al die mensen zich eigenlijk mee? Dat vraag ik me wel eens af, waar bemoeien al die mensen zich eigenlijk mee?

Even serieus. Ik word daar wel behoorlijk moe van, van al die mensen. Soms, weet je, wou ik wel eens dat ik dood was, dat ik op straat zou lopen en een meteoriet mijn hoofd zou verpletteren, in één keer: Splatsj! Weg! Nooit meer ergernis! Nooit meer domheid! Nooit meer andere mensen!

Nooit meer geïnfiltreer! Céline, die helemaal verontwaardigd is als ik in De Wingerd dubbelzinnige opmerkingen sta te maken tegen Debby, ik ben toch verliefd op Freanne, roept ze, hoe kan ik dan toch proberen Debby te versieren? Monk en Thijm, die plannen maken voor de zomer, en zeggen: 'Jij gaat er zeker met Freanne op uit?' Ik ga er zeker met Freanne op uit. Een meteoriet, Splatsj! Noëlle, die sinds het Boekenbal niet meer met me wilde praten, me niet meer groette en niet meer lachte om mijn grappen. Diep zuchtend en langzaam zei ze (nadat ik een avond lang gezeurd had): 'Mijn moeder pleegt overspel met jou. Prima. Maar denk je werkelijk dat ik nu nog *normaal* tegen je ga doen? Enorme frust.'

De nacht dat Noëlle dit zei, had ik een rendez-vous met Freanne. Ik vertelde het haar. Freanne grinnikte, drukte zich nog dichter tegen me aan, en fluisterde: 'Trek het je niet aan, ze is jaloers.'

Splatsj! Toch heb ik wel een mond vol over die meteoriet en zo, maar ik denk dat ik toch nooit zelfmoord zou kunnen plegen. Zelfmoord is namelijk zielig. Niet voor mezelf, maar voor mijn meeëters. Iemand die niet denkt aan zijn meeëters op het moment dat hij de hand aan zichzelf slaat, verdient het niet te leven. En als ik zelfmoord zou plegen, dan wel graag op de meest perfecte manier. Ik zou in een warm bad gaan liggen, nog één keer grondig onaneren (en al mijn vriendinnen 'als een film' voorbij laten trekken), om vervolgens de meest pathetische ader door te snijden die de mens rijk is, de ader van de penis. Een mooie, weldoordachte zelfmoord. Heel wat mooier dan de Vreselijke Scènes die we gisterenavond hebben meegemaakt in De Wingerd.

'Echt gebeurd.'

Karin 3, Pier en Noëlle stonden achter de bar. Monk, Thijm en ik zaten in het raamkozijn, en we besloten tot de oprichting van onze eigen stroming in de literatuur: *de Utrechtse School*. Thijm, die voor zijn hobby groots en meeslepend probeert te leven, riep dat we de huidige literatuur moesten beschimpen, beroddelen, bevechten. 'We gaan de Nederlandse literatuur kapot maken,' besloot hij, toen er aan de bar een soldaat kwam zitten.

'Ik geloof niet dat ik geïnteresseerd ben in je dienstverhalen,' zei ik tegen Thijm, nog voor hij een woord gezegd had. Monk zei: 'Je doet het niet. Ga maar ergens anders zitten.' Monk en ik filosofeerden verder over het vernietigende manifest dat we voor *de Utrechtse School* zouden opstellen, en Thijm staarde naar de soldaat. De jongen zat zenuwachtig op zijn kruk maar twee dingen te doen: zuipen en Noëlle aangapen. Ik vond hem eng op dat moment, maar als ik had geweten wat hij nog zou gaan doen, zou ik een niet te stelpen medelijden met hem hebben gehad. Toen Noëlle naar ons kozijn kwam, om de vieze glazen op te halen, keek de soldaat haar na. Noëlle maakte en passant een wereldopmerking. Toen Thijm vertelde dat we een stroming hadden opgericht, *de Utrechtse School*, luisterde ze maar half en vroeg ze: 'Ja? En in welke klas zitten jullie?'

De soldaat ging steeds meer gebogen over de bar hangen. We hoorden hem snotteren; later bleek dat hij inderdaad zat te huilen. Thijm zei: 'Dat wordt vechten. Zijn vriendin doet het natuurlijk met een ander, en nu zit hij te wachten tot hij iemand in elkaar kan slaan.' De huilende soldaat begon nu echt op te vallen in de zaak, het was aandoenlijk en toch dreigend. Domme mensen lachten hem uit. Tranen en snotdruppels vielen van zijn gezicht op de bar. Noëlle kon het niet langer aanzien. Ze vroeg de jongen wat er was, maar hij gaf geen antwoord.

'Waarom ga je niet naar huis,' zei ze, terwijl ze lief met haar hand over de arm van de soldaat streek. 'Je voelt je hartstikke rot en hier zitten alleen maar lachende mensen.' De jongen reageerde niet. Hij huilde verder. 'Dat is voor jou natuurlijk ook niet leuk, zo'n gezellige sfeer. Daar word je niet vrolijker van. En voor de mensen is het natuurlijk ook geen prettig gezicht als er aan de bar iemand zit te huilen...'

Op dat moment vloog de jongen wild op. Thijm schoot toe en een splitseconde later had hij de rechterarm van de soldaat vast. De jongen zwaaide met zijn linkerarm, waar bij de pols een enorme wond zat. Het bloed spoot in het rond. Door de greep van Thijm liet de jongen het aardappelschilmesje vallen waarmee hij zich had verwond. De jongen schreeuwde: 'Ik wil dood! Ik wil dood!' Enorme consternatie. Een meisje kreeg bloed in haar gezicht. Het was verschrikkelijk. Thijm trok de jongen naar de grond, iemand anders riep dat Pier een ambulance moest bellen. Monk wilde dat de linkerarm van de jongen werd afgebonden, maar Thijm duwde Monk weg om alleen maar met zijn hand de wond dicht te drukken (Thijm is in dienst hospik geweest, vandaar). Ik keek naar de hand van Thijm op de wond in de arm van de soldaat, naar het bloed dat langs Thijms vingers gutste. Kun je je dat voorstellen?

'Ik wil dood!' riep de jongen almaar, 'ik wil dood!' Ik begon te zuchten, terwijl er zwarte wolken in mijn ooghoeken kwamen. Misselijk van medelijden en walging waggelde ik naar de uitgang. Weg van hier. Buiten kokhalsde ik, maar ik kotste niet. Er kwamen meer mensen uit de kroeg gewaggeld. Twee meisjes huilden, een paar jongens ondersteunden een flauwgevallen vrouw. Dat ze haar hoofd tussen haar benen moest doen, riep iemand. Ik was nog steeds beroerd. Almaar zag ik voor mijn ogen het bloed gutsen over Thijms vingers. Ik zakte door mijn knieën terwijl ik met mijn rug tegen de muur van het café leunde.

Toen kwam Noëlle naar buiten, ze was heel bleek en ze kokhalsde voortdurend. Ze liep direct op me af, ik stond op, spreidde m'n armen waarop we elkaar omhelsden. Noëlle huilde. Ik zei: 'Stil maar, stil maar.' Ik wreef over haar rug en Noëlle huilde en huilde maar. Binnen schonk ik voor Noëlle een glas leidingwater in, terwijl ik zoveel mogelijk niet probeerde te kijken naar de jongen en de plas bloed op de grond. Thijm zat met rustige stem op de soldaat in te praten (later hoorde ik dat hij helemaal geen vrienden had, zijn ouders rot tegen hem deden, hij nog nooit een vriendin had gehad, en, het belangrijkste, dat hij in een geloofscrisis zat, kun je je dat voorstellen, een *geloofscrisis*?). Buiten gaf ik Noëlle het glas water. Ze streelde even de hand waarmee ik het glas aangaf. 'Je bent heel lief,' fluisterde ze.

De sfeer onder de cafégasten was ongekend optimaal. Iedereen was aardig tegen elkaar, iedereen praatte met iedereen. De ambulance kwam vrij snel. De broeders waren uitermate grof tegen de soldaat. Het zal wel therapeutisch zijn, maar het was verschrikkelijk om te zien. De jongen lag op de grond, maar de broeders vertikten het een brancard te pakken. Een van de broeders gaf de jongen een schopje in zijn zij en riep dat hij best zelf kon lopen. 'Je gaat echt niet dood van een schrammetje in je pols,' snauwde de andere broeder. Ze namen hem mee, en ook een meisje dat was flauwgevallen en niet meer bijkwam. Binnen mopte Pier het bloed van de vloer, buiten stond ik nog een hele tijd in een omhelzing met Noëlle. Toen we weer binnenkwamen, probeerde Thijm te choqueren door tomatensap te drinken. De sfeer in het café was uren later nog steeds even optimaal. Ik bleef maar aan die soldaat denken.

Later vannacht had ik een afspraak met Freanne. Noëlle was vergeten dat ze me een lul vond: ze zoende me toen ik naar Freannes pied à terre ging. Freanne lag al te slapen, ik maakte haar niet wakker. Ik droomde dus dat ik in Vroom & Dreesmann net niet met Andrea naar bed ging (omdat ik een condoom droeg met een grappig handje erop dat 'tiedeliedelingg' deed als je ertegenaan tikte). Vanmorgen was Freanne zogenaamd boos op mij omdat ik haar niet wakker had gemaakt, maar ze had haast en dus haalden we de schade niet in.

'Ik wil je zo graag,' (zei ze zwoel,) 'maar ik heb helaas geen tijd,' (voegde ze er nuchter aan toe).

Terwijl ze zich aankleedde, vertelde ik van mijn net-niet-natte droom, de vreselijke scènes in De Wingerd om de geloofscrisis van de jonge soldaat. Freanne was eigenlijk alleen geïnteresseerd in de vraag wat ik met Noëlle had gedaan. Ze had haar jas al aan, toen ze zei: 'Je mag met iedereen *neuken*, behalve met Noëlle.'

'Jezus, ben je nu echt boos?' vroeg ik. Freanne ging weg zonder iets te zeggen. Het grappige was dat Céline vanmiddag ook boos op me was.

LIEFDE IN TIJDEN VAN OORLOG

Utrecht, 21 mei 1991
Een paar weken geleden zette Monk 's nachts zijn kleine prolevisietje aan. Malle, malle Monky. Thijm en ik bekeken hem verveeld. 'Mijn kleine geheimpje,' fluisterde Monk en hij schakelde naar het mozaïekscherm van het kabelnet. Monk ging op zijn knieën zitten en zocht even het beeld af. 'Daar!' riep hij, en hij wees ons het piepkleine, ongestoorde Filmnet-blokje. Thijm en ik bogen ons voorover en tuurden naar het mini-miniatuurtje. Porno zagen we... maar... zielige porno. Op een stukje beeldbuis van 3 bij 2 centimeter lagen hele lelijke mensen met hele verkeerde kapsels heel verkeerd te beffen, pijpen en cohabiteren. 'Dus hier trek jij je op af?' vroeg ik, en dat was de aanleiding voor een heel erg openhartig en moedig gesprek, dat tot vroeg in de morgen duurde. Na een halve fles Chiv hebben we in al onze preutsheid een clubje opgericht van 'jongens die durven toegeven dat zij in hun puberteit (zeg maar tot vorige week) masturbeerden op *Turks fruit* van Jan Wolkers'. Ja, het is wat hè? Zou het voor Wolkers een eer zijn te weten dat door zijn schrijfsels 'klieren gingen stromen'? Ik schrijf dit om te kunnen zeggen dat als eerlang jouw boek uitkomt, ik er (ik zeg het maar gewoon botweg) op voorhand om zal rukken. Ik word namelijk van alles wat jij doet in hoge mate opgewonden. Weet dat ik in je geloof, ik je alles wens en ik je groet.

Vroeger las ik uitsluitend uit geilzucht. Een goed plot, mooie taal, weldoordachte redeneringen, overtuigende karakters: het kon me gestolen worden. Wippen: daar zocht ik naar. Ontelbare malen heb ik mijn vaders boekenkast gevlooid op genitaliën. Toen al vond ik dat schrijvers die goed over seks kunnen schrijven eigenlijk maar dun gezaaid zijn. Ik heb althans van de hete passages van mensen als

Alfred Kossmann, Hans Warren of Jan Siebelink nooit een dikke plasser kunnen krijgen. Ik hou van schrijvers die een lul een lul noemen, een kut een kut, en neuken neuken, zonder dat zij banaal, aandoenlijk of lachwekkend worden. In de boekenkast van mijn vader vond ik niet zo bijster veel geilmakende pikken en kutten, en het gevolg was dat ik zo'n beetje alle morsige momenten die me wél wat deden uit mijn hoofd kende. Ik wist precies wanneer Henry Miller zijn zoveelhonderdduizendste erectie kreeg (als Maud weer eens aan zijn pik lag te 'knabbelen'); ik trok alvast door als Jan Wolkers Olga op de wc van haar ouderlijk huis stond te naaien en zij op het punt stond bulderend klaar te komen; ik stak onmiddellijk landelijke hoeves in brand, zodat Justine van Markies De Sade, zwelgend in haar eigen slechtheid, zich kon vingeren op de smeulende resten; ik wist hoelang het bronzen hulpstuk in O's anus moest blijven zitten, om deze neukklaar uit te rekken. Mijn vader was een viezerik, zoveel is me thans wel duidelijk.

Nu we het er toch over hebben: Freanne is ook een viezerik, een echte. In haar huis in Baarn (waar ik vorige week voor het eerst geweest ben, toen Nic en Noëlle naar familie in Düsseldorf waren) heeft Freanne een enorme erotica-bibliotheek. Er hangen oude gravures uit Frankrijk met erg onanatomische copulatiestandjes, tekeningen van Aat Veldhoen, en een Japanse prent van een geisha-opvrijende man, die een penis heeft zo dik als zijn bovenbenen. The rich man's porno, zeg maar. Er is een wand met ondeugende uitgaven door de eeuwen heen, van *The Romance Of Lust* (1873-1876, vier delen) tot *Deux filles de leur mère* (1925). The rich man's vieze boekjes.

Het huis van Freanne en Nic is erg bijzonder: een voormalig bejaardentehuis in Jugendstil, dat ze delen met nog twee gezinnen (broers van Nic). Het huis ligt midden in een kasteelwijk (uitgever Wim – Ha zeug! – woont drie huizen verder), en van binnen is het, voor een eenvoudige onbenul als ik, onvoorstelbaar ruim. 's Avonds zat ik met Freanne in de huiskamerbalzaal van haar en Nic, en ik vergaapte me aan de metershoge, stampvolle boekenkast. Wat zijn rijke mensen toch rijk, als je erover nadenkt. Later zaten we buiten op het overdekte terras met een glas Armagnac te kleumen en te kijken naar de vijver in de enorme tuin. 's Nachts sliepen we in het echtelijk bed, Freanne was onnavolgbaar opgewonden, maar ook een beetje treurig. De volgende ochtend keek ik op het privé-balkon van Nic en Freanne uit over de tuin, de bomen, de vijver en de villa's. Kijk, als je komt uit een rijtjeshuis-milieu, als je je studie hebt verknald, als je verder niets kunt dan in een eetcafé een biertje tappen, een bord voedsel serveren, en daarbuiten af en toe een lullige kritiek schrijven voor de plaatselijke heikneuterkrant, dan weet je gewoon dat je eigen privébalkon (tuin, bomen, vijver, villa) simpelweg onhaalbaar is. Daar dacht ik aan, op dat balkon, in die Armani-pyjama van Nic. Ik ben niet jaloers, helemaal niet, maar zo'n enorm kasteel, die aristocratische wereldvreemdheid van de bewoners, die bergen met geld en goede betrekkingen: ik wil dat ook. Ik werd er nogal puberaal van, van dat staan op dat balkon, van dat luisteren naar het serene geritsel van de wind door de bladeren, het getjilp van de vogels. Ik durf je bijna niet te schrijven wat ik daar dacht. Ik dacht niet: Jeez, wat is het hier mooi. Ik dacht: Wat wil ik nou eigenlijk in mijn leven, *wat wil ik nou eigenlijk*? Heb jij het nou nooit dat je je dat een beetje in het geniep zit af te vragen? Heb jij van die stiekeme reflecties? Of verpest ik nu alles door dit te vertellen? Minacht je me nu? Ik bedoel: ik stond niet te huilen op dat balkon, of zo, en ik weet ook niet zo goed waar het vandaan kwam dat ik plotseling mijn leven stond te overdenken, wat ik doe, wat ik gedaan heb, wat ik wil gaan doen, en ik weet ook niet zo goed waar het nú vandaan komt, want ik wilde helemaal niet schrijven over dat kutbalkon, en die kutvragen als waarom ik ben wie ik ben, vind wat ik vind, en waarom mijn vrienden mijn vrienden zijn. Ik stond gewoon even zachtjes te zuchten, heb jij dat nooit, dat je gewoon even zachtjes moet zuchten?

Toen ik weer in de slaaphal van Freanne stapte (zelfs in die kamer ontelbaar veel boeken), zei ik dat ik hen toch maar allejezus rijk vond, Nic, bedoelde ik, Freanne, die broers, en Freanne antwoordde: 'Ja, maar we geven veel aan goede doelen.'

Die ochtend zat Nic volslagen onverwachts aan de ontbijttafel. Ik schrok. Nic! Aan de ontbijttafel! Nic las de krant en liet deze even zakken. Nou krijgen we het, dacht ik.

'Hallo Freanne,' zei hij vrolijk. 'Hallo Giph.' Hallo Giph? Zei hij dat? Die rare rijke mensen. Freanne gaf Nic een kus. Ze zei: 'Lieverd.' Lieverd en Noëlle waren (geheel tegen plan) die nacht al uit Düsseldorf teruggekomen, en Lieverd had in een van de logeerhallen geslapen. Tussen het geroosterd brood en de eieren heb ik nog met hem gepraat over Thaise bordelen, Jeroen Brouwers en de reparatie van de uitlaat bij een 2CV (terwijl ik intussen dacht: Jezus man, ik heb vannacht in *jouw* bed met *jouw* vrouw geslapen). Nu Lieverd er toch was kon hij ons best even naar Utrecht brengen, vond Freanne. Dat kwam goed uit, want Lieverd moest zelf ook naar Utrecht. Lieverd en ik stonden in de halhal te wachten op Freanne, toen Noëlle de statige trap afkwam.

'Goedemorgen,' zei ze, 'gaan jullie nu al weg?'

Lieverd zei ja.

'Gaat Giph ook al weg?' vroeg ze.

Freanne kwam de hal in.

'Gaan we?'

Noëlle zei: 'Ah, Giph, blijf nog even. Blijf vanmiddag. Zij gaan toch naar hun werk.'

Ik keek naar Freanne.

'Ja, Giph, waarom blijf je niet?' zei Lieverd.

'Oké,' zei ik.

Freanne schudde haar hoofd, en liep naar de deur.

'Dág Giph, dág Noëlle,' riep ze nog.

Video (*Monty Python, Kentucky Fried Movie,* de scène van de vrouw met die enorme borsten, die ritmisch tegen een natte, doorzichtige douchedeur worden gedrukt. Noëlle herhaalde dit fragment een paar keer en deed de geluiden na: 'Doinkdoinkdoinkdoink'), volleybal in de tuin, hockey, tennis, een frisbee, haar kamer, haar dagboek, haar school; ik voelde me weer zeventien jaar, echt waar. 's Middags belde Freanne naar Noëlle om te zeggen dat ze helemaal vergeten waren dat er de volgende dag een beurs zou zijn voor de boekhandel, en dat Nic en zij daar moesten staan. Dat was in Meppel of zo, of Antwerpen, in ieder geval ergens héél ver weg, en ze gingen er dan ook nu al heen, om te slapen in een hotel. Uit het laatste antwoord dat Noëlle gaf, begreep ik dat Freanne vroeg of ik er nog was.

Na dit gesprek besloot Noëlle dat ik nog langer wilde blijven. Video (*Police Academy*, en een of andere soft-erotische film waarin een opa allemaal Franse dienstmeisjes versierde), pingpong, tafelvoetbal, haar jeugd, haar liefdeleven. 's Avonds stopte ze twee diepvriespizza's van een delicatessenzaak in de oven. Toen ik terug naar Utrecht wilde gaan, zei ze: 'Ga je nu al weg? Maar vannacht is het luilak. Heb je geen zin om te luilakken?' Sterker nog: ik wist niet eens wat luilakken was. Luilak bleek een of ander boers/christelijk gebruik dat eruit bestond dat de jongeren van het dorp op de vroege zaterdagochtend voor Pinksteren het dorp introkken om zoveel mogelijk lawaai te maken en iedereen wakker te houden.

'Heel leuk,' zei Noëlle. 'Heel spannend.'

'Maar dan mis ik mijn laatste trein.'

Noëlle haalde haar schouders op.

'Dan blijf je toch slapen.'

Baarn by night. Luilakken. Een ervaring om nooit meer te vergeten. Om twee uur 's nachts verlieten Noëlle en ik het bejaardentehuis. Doodstil was het op straat. Volgens Noëlle moesten we oppassen voor auto's, want de politie reed tijdens de luilaknacht met volle mankracht in gewone auto's door het dorp.

'Politie?'

Noëlle fluisterde: 'O ja, luilakken is verboden.'

Verboden. Nee, er zal eens iets niet verboden zijn in dit koleireland (eerst het doodschieten van mensen, toen onze heroïne, en nu ook weer het luilakken). Luilakken bleek erg verboden. Tijdens luilak gold er in het dorp een soort avondklok, begreep ik. Na twee uur 's nachts waren alle jongeren verdacht. We hadden nog geen tien meter gelopen of in het begin van de laan zagen we twee koplampen.

'Een auto!' gilde Noëlle, wat ik overdreven vond, maar ze trok me aan mijn arm naar de voortuin van een villa. De auto kwam snel in onze richting gereden en we verschuilden ons achter een regenton. Ik zei: 'Noëlle...' want ik vond het eigenlijk maar een zielige bedoening om ons voor twee koplampen te verstoppen. Ik bedoel: we waren volwassen mensen, we hadden stemrecht, we waren belastingplichtig, noem maar op. Twee volwaardige individuen in een volwaardige samenleving. De twee koplampen hielden stil bij de villa waar wij ons verstopt hadden en we hoorden twee mensen uitstappen.

'Kom mee,' fluisterde Noëlle. In het donker zag ik bijna niets. Noëlle hield mijn hand vast, en over de grasbaan langs de oprijlaan slopen we naar de achtertuin van het huis. Daar verstopten we ons in wat struiken. Over het grind hoorden we iemand lopen. Er was dus daadwerkelijk iemand naar ons op zoek! We hoorden een hele tijd niets, toen vlak bij ons een mobilofoon (wat heel angstaanjagend was), en daarna weer een hele tijd niets (wat nog veel angstaanjagender was). Zouden we nu werkelijk gearresteerd worden omdat wij op straat liepen? Noëlle en ik drukten ons tegen elkaar aan en we maakten ons zo klein mogelijk. Noëlle trilde over haar hele lichaam. Ik zag het licht van een zaklantaarn. Na enige tijd hoorden we weer voetstappen op het grindpad: de politieagent vertrok, de auto reed weer verder.

We zuchtten het uit. Ik riep: 'Jezus! Welkom in Baarn! Waar ben ik in terechtgekomen?!' waar we allebei vreselijk om moesten lachen, heel erg zelfs, zo erg dat er in de villa een bovenraam openging en een vrouw riep: 'Als jullie niet weggaan, bel ik de politie.'

Een kwartier later kwamen we een paar lanen verder een groepje jongeren tegen, waar we ons bij aansloten. Noëlle kende een paar mensen van school. Van nu af aan was het wij, dit groepje, tegen de rest van de wereld. Nu moet je me niet meteen van fascistoïde neigingen beschuldigen, maar ik voelde me eindelijk ergens thuis. Er was eindelijk iets waar ik op kon terugvallen: mijn groep. Met onze groep (een man of vijftien) liepen we door de lanen, af en toe stak er iemand een rotje af, of liet er iemand een windhoorn blazen, een paar van ons keken constant naar achter, een paar naar voor. De taakverdeling was hecht. Als er iemand AUTO! riep, stoof de groep uiteen, richting tuinen, geparkeerde auto's en andere verbergplaatsen. Een paar maal moesten Noëlle en ik in tuinen schuilen, eenmaal verstopten we ons in een schuur, eenmaal (we werden steeds inventiever) in een leeg zwembad. Er reden erg veel politiewagens. Volgens de jongens reden er ook dorpelingen voor de grap met hun wagens door het dorp. Zielige mensen. Eigenlijk maakte mij dat niet zoveel uit. Steeds maar weer verstopten Noëlle en ik ons in de struiken, steeds maar weer hielden we elkaar stevig vast, steeds maar weer trilden we tegen elkaar aan, steeds maar weer moesten we giechelen als iemand het sein VEILIG! gaf. Die zinderende scheut van angst als we in een donkere laan liepen en iemand achter ons heel hard DUITSERS! (Duitsers? Hoe kom ik daar nu weer bij? Sorry hoor, ik bedoel:) AUTO! schreeuwde, die angst vergeet ik nooit meer. Na een tijd begonnen de leiders van onze groep hun greep te verliezen: sommigen van ons werden steeds achtelozer. Bij een T-splitsing werden we klem gereden en we schoten naar alle kanten. Ik hoorde hoe twee meisjes door de politie werden ingerekend, en hoe zij daarom moesten huilen. Plotseling was er in die laan heel veel politie, van alle kanten kwamen de wagens. Een razzia. De tuin waarin Noëlle en ik stonden, was ogenblikkelijk vergeven van de agenten. Mannen riepen, jongens schreeuwden. Het was heel hectisch. Noëlle stompte me in mijn zij en klom kordaat over een muur. Ik klom haar achterna. Onmiddellijk was het pikkedonker. We zaten onder een grote naaldboom. Terwijl we hoorden hoe van ons groepje de een na de ander uit de aanpalende tuin werd afgevoerd, zaten Noëlle en ik heel stilletjes dicht bij elkaar te bibberen. Noëlle fluisterde nauwelijks hoorbaar: 'Vind je het leuk? Heb je er spijt van dat je bent gebleven?'

'Nee,' ademde ik, 'ik heb er geen spijt van.'

Noëlle pakte me nog steviger beet.

'Mag ik je wat vragen?' hijgde ik ingehouden verder. 'Waarom deed je eerst stom, toen leuk, toen weer zo heel erg stom en nu weer zo leuk tegen mij? Ik begrijp er niets van.'

'Wil je het echt weten?' blies ze.

'Ja.'

'Oef, ik ben blij dat het hier zo donker is. Ik durf het bijna niet te zeggen...'

Ze zweeg heel lang.

Zachtjes zuchtte ze iets.

Ze zuchtte dat ze verliefd op me was.

(Hier een commercial.)

Ik kon het wel uitschreeuwen! Een half leven lang had ik mijn best voor haar gedaan, ik had haar honderdduizend maal geprobeerd te verleiden, ik had aan haar gedacht, voor haar geschreven, voor haar gestort, haar uiteindelijk vruchteloos en vernederd laten gaan, en nu was zij // verliefd op mij. Godsallejezusmariamozesboeddhamohammedamorcupidovenusaphroditvaginafallusurocaprocopulerendechristus... dat ik nooit iets van vrouwen zal begrijpen! Noëlle was verliefd op mij!

En toen werd het plotseling heel even heel mooi. Onze lippen raakten elkaar zacht aan. Achter ons werd onze groep nog steeds afgevoerd, en wij kusten elkaar. Liefde in tijden van oorlog. Oorlog in tijden van liefde. Mooie woorden: schuchter, angst, ontluikend, huiver, pril, spanning, teder, trilling. Ik voelde hoe Noëlles greep verslapte, ik pakte haar hand en kuste haar vingers. Het begon tijd te worden dat ik iets terugzuchtte. Dit stoere meisje had een belangrijke emotionele overwinning behaald door mij haar diepste zieleroerselen te onthullen, en ik zat daar maar te zwijgen. 'Kom eens,' fluisterde ik. Ik pakte haar steviger beet, boog me naar haar toe, hield haar heel lief vast, en werd gestoord door

POLITIE! SCHIJNWERPERS! MANNEN IN DE TUIN! UNIFORMEN! AUSRADIEREN! AUFMACHEN! AUSWEIS! SCHWEINHUNDEN! BECKENBAUER!

We zaten als ratten in de val. Vliegensvlug doken we in lage bosjes naast de naaldboom. We maakten ons zo klein mogelijk, ik probeerde krampachtig mijn hoofd in te graven. Een bundel licht trok langzaam over ons heen. Van al mijn spieren, trilden mijn sluitspieren het hardst. Iemand riep iets in een mobilofoon. Een ander iemand riep: 'Hier liggen er twee!'

Gesnapt! Noëlle schoot overeind, ze probeerde weg te rennen, maar een politieagent greep haar bij haar arm, en sleurde haar mee. Ze schreeuwde het uit. Ik stond op, en riep: 'Zou u haar willen loslaten,' want ik vind dat je in alle gevallen redelijk en menselijk moet blijven. Een andere agent schoot op mij af en pakte me beet.

'Moet dat nu met zoveel geweld?' probeerde ik een goed gesprek tussen twee beschaafde mannen op gang te brengen, maar als antwoord, echt waar, greep de agent mij in mijn nek. En hij kneep lekker hard door. Daarna drukte hij me voorover. Wat doe je dan, op zo'n moment, als intellectueel bedoel ik. Ik dacht: ik, wij, onze generatie, wij zijn Nederland zo langzamerhand aan het overnemen. Ik ken jongens van mijn leeftijd die basisarts zijn, rechter-in-opleiding, begrafenisondernemer, kunstenaar, groenteboer, oude klasgenoten van mij bestieren hele afdelingen op stadskantoren, faculteiten, laboratoria, ik heb vorig jaar zevenduizend gulden belasting betaald, naast alle accijnzen en heffingen, ik functioneer, hoe lullig ook, ik functioneer in deze maatschappij – en hier sta ik, met deze man, in deze tuin, in dit dorp, wij beiden (het hoge woord moet er maar eens uit) *volwassen*, hij mij zo'n beetje een dwarslaesie knijpend, en ik me afvragend of ik soms crimineel ben, illegaal, onderduiker.

'Ik wens behandeld te worden volgens de regels van de Geneefse Conventie,' piepte ik, maar de man had geen gevoel voor humor. Noëlle en ik werden ruw meegenomen naar een politiewagen. Onderweg naar Godweetwaarnaartoe, lulde Noëlle als Brakman, maar de mannen bleken voor geen enkele rede vatbaar. In plaats daarvan vertelde er een triomfantelijk aan de mobilofoon dat ze er weer twee hadden. Een stem riep: 'Mooi zo.' Kan je je het voorstellen? 'Mooi zo.' In wat voor dorp was ik terechtgekomen? En zonder dat we het echt wilden werden Noëlle en ik een beetje vervelend. We begonnen te roepen dat de mannen het vast lekker vonden om mensen op te sporen en zo, dat ze in '40-'45 vast bij de Groene Politie hadden gewild, dat joden verraden toch maar een grote voldoening moet hebben gegeven, dat als ons land binnenkort weer door de herenigde Duitsers wordt bezet, ze alvast op de onvoorwaardelijke steun van twee supercollaborateurs kunnen rekenen, dat als ze weer onschuldige mensen gaan vergassen er hier twee zitten die de treinen wel weer willen vullen. Je begrijpt dat we probeerden de conversatie een beetje levendig te houden. Gelukkig voor ons onderbrak de mobilofoon ons gesprek: 'Wat gaan jullie met ze doen?' riep de stem. De ene agent draaide zich naar ons om. Hij keek ons met zijn lagere-schoolglimlach heel gemeen aan, pakte de microfoon, en zei dreigend en langzaam: 'Het Raboes.'

Het Raboes. Zo'n naam verzin je natuurlijk niet. Het Raboes bleek een jachthaven aan het Eemmeer, op een paar duizend kilometer afstand van het centrum van Baarn. De agenten lieten Noëlle en mij uitstappen, en reden toeterend weg. Waar sloeg dit op? Noëlle vertelde dat politie met luilak opgepakte jongeren altijd ergens ver uit het dorp afzette, om een beetje terug te pesten. Wat een kinderachtige wereld.

Het was half vier. Het was donker. Het was koud. Noëlle en ik omhelsden elkaar.

'Ik vrees dat we terug zullen moeten lopen,' zei ik.

'Ik vrees van niet,' zei Noëlle. Aan mijn arm trok ze me mee in de richting van de verlaten jachthaven.

'We hebben hier een boot.'

Ik nestelde me (na onze simpele inbraak) tussen de dekens in de kleine bedstee onder het voordek. Ons eigen onderduikbootje. Door de patrijspoortjes scheen maanlicht, romantisch. In het kombuis vond Noëlle een fles rum. Ze kroop naast me en gaf me de fles. We lagen heel knus, heel cosy. We zoenden wat, zeiden dat het toch maar raar was dat we elkaar al zolang kenden, zolang verliefd waren geweest, maar nooit iets hadden gedaan omdat we het niet van elkaar wisten. We vermeden het te praten over Freanne of Pascal. Ze wilde dat ik wat vertelde over mijn vorige vriendinnen. Daarna waren we vrij lang stil. Noëlle keek me indringend maar lief aan. Ze vroeg of ik haar jong vond.

Zonder iets te zeggen kietelde ik met mijn vingers zachtjes haar lamswollen trui. Eerst de stof op haar buik, toen langs haar borsten door naar haar hals. Ze bleef me strak aankijken. Ik liet mijn hand weer iets zakken en begon over de stof heen en weer te tippelen tussen haar borsten, wat ze toestond. Ze vroeg nog een keer of ik haar jong vond. Ik trok een lijntje naar haar buik, waar ik probeerde haar trui in haar navel te drukken. Noëlle zei: 'Kietelt!' en ze richtte zich op om kordaat haar trui uit te doen, en meteen ook maar haar Fido Dildo T-shirt. 'Jij ook wat uittrekken,' zei ze. Ze hielp me met het losknopen van mijn overhemd. Toen ook ik mijn bovenlijf ontbloot had, legde ze bijna plechtig haar handen onder haar borsten en boog ze zich naar me toe. Ze drukte zich tegen me aan, draaiend met haar romp. Ik streelde haar arm. Het werd koud en we trokken de dekens over ons heen. De spanning van het luilakken was nog niet verdwenen. Noëlle nam een paar slokjes rum en ging op haar rug liggen. Steunend op mijn zij, speelde ik met haar tepels. We zeiden dat we zo mooi waren. Ik zei dat haar lichaam zo glad was, zo zacht. Ik streek met de palm van mijn hand over haar platte meisjesbuik. Voorzichtig ging ik met mijn pink onder haar spijkerbroek. Noëlle zuchtte opvallend. Ik streek opnieuw met mijn hand over haar buik, en ging met twee vingers onder haar broek, met drie (ze ademde heel diep in), met mijn hele hand. Weer keek Noëlle me gespannen aan. Aan het donker gewend, wrongen mijn vingers zich dieper in haar spijkerbroek. Door de dunne stof van haar slipje heen, schuurde (schurkte) ik zachtjes haar schaamhaar. Nog iets lager ging ik met mijn hand. Ik drukte met mijn middelvinger het slipje een beetje tussen haar schaamlippen, en zocht door de stof heen haar kittelaar. Gelijktijdig verschoof mijn duim onder haar slip, en tussen haar schaamhaar. Noëlle zuchtte hard. Even maakte ik een vuist, om onmiddellijk daarna mijn hele hand in haar onderbroekje te laten verdwijnen. Noëlle trok me met haar hand naar me toe, en we kusten. Ik cirkelde mijn duim langs haar kittelaar, terwijl mijn andere vingers haar kutje zochten. Het topje van mijn middelvinger stak ik er voorzichtig in. Noëlle stopte met zoenen. 'Verder,' zei ze, 'verder.' Mijn vinger gleed heel soepel naar binnen, en ik maakte draaiende en zachtstotende bewegingen. Ik vond het mooi naar haar te kijken. Ze zette haar nagels in mijn rug, en streelde mijn zij. Hoe harder ik mijn vinger in en uit haar bewoog, hoe meer de boot schommelde op het water, romantisch. Noëlle ademde regelmatig, maar toen ik mijn middelvinger terugtrok en deze op haar kittelaar legde, begon ze te kraaien en te kreunen. Ze draaide zich om en stopte een kussen onder haar buik. Met haar beide handen drukte ze tegen haar schaambeen. Ik hielp haar cirkelen, drukken en trillen. Het duurde niet lang. Na een paar minuten rekte ze zich uit en kwam ze sereen klaar, heel natuurlijk en ongedwongen. Toen ze overeind ging zitten, en een slok rum nam, vroeg ze of ik haar nou jong vond, of niet.

We werden een beetje aangeschoten. Nee, ik vond haar niet jong, helemaal niet, en Asja was een truttebel, en Freanne vond ze eigenlijk maar heel erg raar (met mij erbij) en met die sul van een Pascal had ze het natúúrlijk nooit gedaan. Ik nam nog een slokje rum, terwijl zij mijn vingervinger zoende.

'Ik kan het overigens helemaal niet met Pascal gedaan hebben,' zei ze, 'want ik ben nog maagd.'

Ik verslikte me bijna. Noëlle proestte.

'Ik geloof je niet,' zei ik.

Glimlachend nam ze de fles van me over.

'Dan geloof je me niet.'

Stoer en schuchter, lief en baldadig, zakelijk en speels, jongens- en meisjesachtig. Noëlle, verdomme, ik werd verliefd. Serenade voor een ongrijpbare heilige maagd. Lief en verlegen, flink en uitdagend. Ze zei dat ze zich zo vertrouwd bij mij voelde, alsof ze me altijd al had gekend. De eeuwige dingen die je zegt tegen elkaar.

Onder de dekens werd het veel te warm, vond ze. Ze sloeg ze weg en ging in kleermakerszit naast me zitten. Haar hand legde ze achteloos op mijn gulp.

'Mag ik hem zien?' vroeg ze. Ze kneep in de stof.

'Er valt niet zoveel te zien in het donker,' zei ik.

Noëlle rekte zich uit en deed een boordlichtje aan.

Ze keek me aan, jongen, afwisselend spottend, lief, uitdagend, minachtend. Langzaam knoopte ik mijn broek los. Ze zei: 'Wacht! Ik wil het doen.' Onbeholpen begon ze mijn broek uit te trekken (de boot sloeg bijna om), en meteen ook maar mijn boxershort. 'Dit is hem nu,' zei ik, 'mijn lul.' Noëlle boog zich voorover en keek aandachtig hoe hij stijf werd. Met schokjes werd hij harder en harder. Ik vertelde dat ik een beetje een scheve stijve had, maar zoiets had ze al gehoord, zei ze. Ze draaide met haar hoofd en bekeek mijn pik vanuit verschillende posities. 'Wat een raar ding eigenlijk, hè?' Ze vroeg fluisterend: 'Is hij nu op z'n stijfst?' Ik knikte. Voorzichtig tikte ze er met haar vingers tegenaan. Hij wiebelde een beetje op en neer. Noëlle maakte van haar hand een vuist. 'Mag ik erin knijpen?' vroeg ze, en ze kneep abrupt, zoals volgens mij alleen jonge meisjes kunnen knijpen: ongedwongen enthousiast, maar pijnlijk baldadig en meedogenloos. 'AU!' riep ik. 'Ja hé,' zei ze, 'het is ook allemaal een beetje nieuw voor me' (dit laatste overdreven plechtig).

Ik begon de drang te krijgen om te zeggen dat ik haar zo leuk vond, dat ik zo verliefd was, dat ik het ook vertrouwd vond, dat ik van haar hield en dat soort dingen. Dingen die je nooit moet zeggen, maar wel erg snel denkt. Dingen die je misschien niet helemaal meent, maar wel heel erg op dat moment.

'Ik vind *aftrekken* eigenlijk maar een domme term,' ging Noëlle verder. 'Kijk, onder aftrekken versta ik dit...' ze pakte m'n pik weer beet en trok deze zo ver mogelijk naar zich toe, genadeloos.

'Au!'

'Dát noem ik aftrekken, niet wat júllie ervan maken, dat stomme...' ze nam me weer in haar hand, en geniepig gaf ze een paar rukjes.

'Vind je dit lek-ker?'

Ze kwam naast me zitten, maar hield mijn lul in haar hand. Van dichtbij keek ze me in mijn ogen, terwijl ze af en toe trok. (Camera zwenken, en inzoomen op het boordlampje.)

Laten we zeggen dat het kwam door het maanlicht, door de spanning van het luilakken, door het kabbelende water, de rum, het gefluit van de vogels, onze jeugdige bleuheid. Noëlle zei heel serieus: 'Giph, ik ben verliefd op je,' en ze zei het nog een keer. Ze vond me zo lief. En omdat zij het zei, zei ik het ook. Ik vond haar ook zo lief. Zij was verliefd, ik was verliefd, we waren samen *heel erg* verliefd. We wilden eigenlijk dat het voor altijd was, besloten we. We wilden elkaar altijd blijven vasthouden. Altijd bij elkaar zijn. Altijd dit schip. Altijd wij. Het zou nooit meer voorbij mogen gaan. Het was voor eeuwig.

We hebben dit echt en gemeend tegen elkaar gezegd. Schrijf dit op in een roman, en in het gunstigste geval zullen ze zeggen dat je als *statement* de bouquetreeks imiteert. En toch heb ik geen woord gelogen. Noëlle en ik moesten bijna huilen, zo verliefd waren we op elkaar. Daar was geen statement bij. 'Ik geloof dat ik nog nooit zoiets voor iemand heb gevoeld,' zei ze, en ik moest gewoon even zuchten. Zuchten omdat alles zo perfect was, zo onverwachts, zo puur en mooi. Wij tegen de rest van de wereld.

Later kroop de heilige maagd uit de bedstee, zocht ze in haar spijkerbroek de Durex die ze 'toevallig' bij zich had, en gingen we heel expliciet neuken. Het enige onromantische was dat het bootje net niet zonk.

GIPH EN DE STROPER VAN TJOD IDI

(Manuscript in een pak melk gevonden)

Utrecht, 6 juni 1991
Er heerst vrede in het land, op het veld waait de wind rustig door het koren, de zon schijnt de hele dag, in de steden is het gezelligheid troef, bier op terrassen, dineren aan de gracht, gelieven lopen hand in hand en zoenen op de hoeken van de straten, er is een nieuwe condomerie, vanavond komt er een voetbalwedstrijd op tv of anders wel weer blote borsten, kortom, iedereen is gelukkig – behalve ik.

Ik ben ziek. Terwijl het buiten 45° C is, probeer ik binnen in mijn benauwde, stinkende kamertje bibberend, rochelend en mezelf onderpoepend te pitten in mijn met liters snot en bacillen besmeurde bed; 's nachts kan ik vervolgens de slaap niet vatten en loop ik helemaal wezenloos rondjes te ijlen en oplossingen te vinden voor de honger in de wereld en de zin van het leven.

En iedereen brengt fruit, dat is ook zo grappig. Nu nog mijn middenstandsdiploma en ik kan een groentehal beginnen. Céline, Freanne, Noëlle, Monk en Thijm, honderden delegaties ziekenbezoek, Dop, de Karinnen, Merel, Andrea, Tonny, Pier, de halve Wingerd, noem maar op: ik wou dat ik weer beter was, dan had ik rust. Was jij hier maar, dat zeg ik zachtjes tegen mezelf, was jij hier maar.

Kotsen. Ik zit op mijn knieën voor de wc, mijn hoofd in de pot, en met krampachtige bewegingen van mijn maag komt de kots mij mijn strot uit, door mijn mond, door mijn neus, kots in mijn neus, kots op de gevoelige reukplaatjes achter in mijn neus, zout vocht stroomt uit mijn mond, ik baal almaar, en almaar moet ik denken aan iedereen die zwemmen is, het sluimerende gevoel van onbehagen, altijd weer, ik baal almaar, de opeenstapeling van alle onvervulde verlangens en gemiste kansen, het is niet anders dan een moedeloosmakende treurigheid, een pueriele droefenis, een immense ellende, ik kots, ik zucht, al die mensen, al die beslommeringen, het nutteloze van alles, van hier te kotsen op mijn knieën en me te verbijten bij de gedachte aan de allesbepalende infantiliteit, weer een golf maagblubber, en weer één, als je maar lang genoeg doorkotst, kots je stront op den duur, dat houdt me op de been, dat wil ik meemaken, ik baal almaar...

Ze zijn vandaag allemaal zwemmen, zonnen en zeilen in Loosdrecht, al mijn vrienden en huisgenoten; ik ben helemaal alleen op de wereld achtergebleven. Dampend van koorts probeer ik vreugdeloos wat te schrijven, maar hoe nutteloos en ondermaats komt alles op me over. Dood zijn, nooit meer slepen. Ik zit maar een beetje naar buiten te kijken, en me te ergeren aan al het verkeer en de mensen. Soms heb ik zo'n hekel aan alles, dat het eigenlijk maar raar is dat ik nog geen kanker heb.

Voor de rest ben ik wel gedegenereerd. Ik ben zelfs al geen intellectueel meer, volgens Freanne. Ik zei dat ik in principe niet geïnteresseerd ben in Afrikaanse, Aziatische, Zuidamerikaanse en vooral niet in Oosteuropese literatuur, en dat ik me ook niet kan voorstellen dat er iets van waarde uit die streken zou kunnen komen. Ik zal uit mezelf nooit in iets van iemand uit Roemenië beginnen, maar als nou later blijkt dat ik wat wereldliteratuur gemist heb, wil ik er met terugwerkende kracht best een artikel over lezen, want zo ben ik dan weer wel. Freanne minachtte mij hier echter om. Zij vond het 'misschien wel de grootste intellectuele gebeurtenis van deze tijd': het verdwijnen van het communisme uit het Oostblok. Ze zei: 'Ik denk dat we echt overstroomd zullen worden door een *flow* van hele goede Oosteuropese schrijvers én denkers. Zoiets zal echt een *impact* hebben op de hele ingekakte, door postpostpostmodernistische gekkigheid stuurloos geraakte Westeuropese literatuur. Er komt weer een generatie Europese schrijvers die iets te vertellen heeft!'

Ja, en als iemand zoiets zegt, word ik altijd erg moedeloos. Hoe moet het nu met mij, vraag ik me dan af, met ons, met Monk en Thijm? Wanneer ik voor mezelf eens even helemaal waanzinnig retrospectief na ga wat in mijn ogen nu de 'misschien wel grootste intellectuele gebeurtenis van deze tijd' is, dan kom ik eigenlijk alleen maar op de verbouwing van de Dagmarkt aan de Biltstraat. Vroeger namelijk was de Dagmarkt aan de Biltstraat een onooglijke supermarkt voor lelijke, in trainingspakken gestoken mensen. Na een grondige renovatie echter, Tjechische lezers, is het een plek van louter schoonheid en mooie mensen. Studenten, eerstejaars, laterejaars, bullen, promovendi, jaarclubs, aio's, rio's, agnio's, todo's, docenten, assistenten, hoogleraren, een ware cour d'intelligence, een superforum intellectuale. Soms, als ik me terneergeslagen voel en rot, ga ik er wel eens heen om iets overbodigs te kopen (een blikje Seven Ibsch, een rolletje Shakespearmint, een pakje melkchocolade Hegel) en me even onder te dompelen in deze *wave* van vrolijke, jonge, begenadigde, zorgeloze, westerse uitvreters. Van alle levens is, in tegenstelling tot wat iedereen altijd beweert, dat van studenten toch het mooiste.

Kotsen. De laatste tijd heb ik veel gewerkt voor het uitgeverijtjeshuis van Nic en Freanne. Er is een assistente zwanger, en ik mocht invallen. Freanne deed het voorkomen alsof ik nu eindelijk defintief zou worden ingewijd in de fascistinerende wereld die Het Boekenvak heet, maar tot nu toe heb ik louter en alleen nog maar postzegels geplakt, en gebeld met boekhandels. Als ik ergens van heb moeten kotsen de afgelopen tijd dan is het wel van Het Boekenvak. 'De enige goede boekhandelaar is een dode boekhandelaar,' pleeg ik hardop tegen mezelf te zeggen voor het slapen gaan als ik de volgende dag moet werken, en verdomd dat het helpt. In mijn dromen worden er midden op het Vredenburg boekverkopersverbrandingen gehouden, en iedereen mag zijn eigen verdorven boekverkopers op de stapel gooien. Boekverkopers zijn mensonterend slecht geïnformeerde, altijd beknibbelende, door de Vaste Boekenprijs lui en verwaand geworden, betweterige kruideniers. Wist je dat een schrijver in Nederland per verkocht boek maar tien procent van de netto verkoopprijs verdient? Tien zielige procentjes... Wist je dat een boekverkoper van ieder boek dat hij gapend en verveeld verkoopt *veertig* procent krijgt?

Wist je dat een beetje uitgever-directeur per jaar een ton opstrijkt? Wist je dat een schrijver per titel gemiddeld maar zesduizend gulden verdient? Wist je dat in bijna iedere boekhandel de meeste boeken jonger zijn dan drie maanden, omdat na die drie maanden het misdadige 'recht van retour' vervalt? Wist je dat boekverkopers de boeken in hun winkel helemaal niet lezen ('Ja meneer, als we daar aan moeten beginnen'), maar zich uitsluitend laten leiden door wispelturige bastions van inteelt en afgunst als *de Volkskrant*, het NRC *Handelsblad* en *Vrij Nederland*? Wist je dat als er binnen twee maanden na verschijning nergens een recensie heeft gestaan een boek uit de winkel verdwijnt? Wist je dat in bijna geen enkele winkel boeken liggen die ouder zijn dan een jaar? Wist je dat je in de boekhandel door hersenspoelende inrichtingstechnieken (presentatietafels, *routings*) gedwongen wordt boeken te kopen die je niet wilt hebben (*impuls buying*)? Ik ben waarschijnlijk nog vertederend naïef. Ik dacht werkelijk dat boekverkopers mensen waren die van literatuur hielden, echt waar. De ontluisterende wetenschap dat alles altijd alleen maar om geld verdienen gaat.

Maar goed, dit even helemaal terzijde. Van kotsen word ik nu eenmaal niet vrolijker. En van ziek zijn nog minder. Ik heb er wel eens over gedacht om daar een enorm uiteindelijk boek over te schrijven, over ziek zijn. Over iemand die ziek wordt en zich door die ziekte allemaal dingen gaat zitten afvragen, over zijn leven en zo, over wat hij tot nu toe 'gedaan heeft'. En vervolgens raakt deze jongen zijn vriendin kwijt, want die bleek toch niet genoeg van hem te houden om zijn ziekte voor lief te nemen. En door die ziekte teert hij langzaam weg, en verliest hij naast zijn kracht ook nog zijn baan. En dan blijkt hij op de keper beschouwd geen vrienden te hebben, echte vrienden bedoel ik, vrienden die hem steunen, met hem zwemmen, ook nu hij ziek is. En dan sterft hij vrij plotseling in eenzaamheid, waarna er eigenlijk niemand om hem treurt. Even m'n zakdoek pakken.

Ik hou heel erg veel van mijn vrienden. Ik ben iedere dag weer blij dat mijn vrienden mijn vrienden zijn. Mijn vrienden zijn mooie mensen. Wie kan dat zeggen in dit land?

Mijn vrienden. Ik vind het echt een genot naar hen te kijken. Het zijn knappe, grote, blakende goden, en als ze dat niet zijn dan zijn ze vreselijk intelligent of kun je enorm 'met ze lachen'. Ik hou van hen, maar ik word er wel een beetje zwaarmoedig van dit te schrijven. Van alles heeft de tijd ons wel geleerd dat je je nooit moet laten bedotten door het aanschijn der dingen, dat uiteindelijk alles tegenvalt, voorbijgaat, vergeten wordt. Voor alle groepjes, clubjes, en *scenes* waar ik tot dusverre toe heb behoord geldt hetzelfde: pas toen ze niet meer bestonden, bestonden ze pas. Ik word daar niet vrolijker van. Zoals we bij voorbeeld vorige week nog met onze halve groep bij elkaar kwamen op ons balkon, en Pier zijn gitaar pakte (het is weer allemaal zo walgelijk *camp*) en we in de warme nachtlucht tot een uur of drie weemoedige smartlappen zongen, en we dronken, en we andere mensen belden, en er spontaan een feest ontstond, en Noëlle langs wipte, en er op de gang gevreeën werd, en op de zolder ook, en ik later in mijn bed lag te kijken naar Noëlle, ik dacht: dit gaat allemaal voorbij, dit komt nooit meer terug. Het eeuwige toen en toen, dat en dat, met die en die. Ik durf dit op te schrijven omdat ik ziek ben.

Als ik ziek ben, mag ik altijd veel meer. Mijn kinderboeken herlezen bij voorbeeld. *Rob en de stroper van Tjod Idi* van J.B. Schuil, ken je dat? Rob wil niet meedoen aan het komplot van zijn klas om de opgaven voor de laatste repetitie wiskunde te stelen. Hij haalt uiteindelijk een zes min, maar de rest van de klas alleen maar negens en tienen. Totdat iemand verraad pleegt, en op Rob na iedereen wordt gediskwalificeerd, waarna de verdenking van deze laffe daad uiteraard op Rob valt. Rob wordt door zijn klas doodverklaard, wat wil zeggen dat niemand meer met hem mag praten, of met hem om mag gaan. Rob is verslagen, want onschuldig. Wat moet hij nu gaan doen tijdens de Grote Vakantie? Zijn moeder is arm, zijn vader is als soldaat in de Oost gesneuveld. Rob gaat met een fiets van zijn oom de bossen in, en ontmoet daar de stroper van Tjod Idi, een excentrieke vent die honden fokt en in een hut woont. De man blijkt Robs vader te hebben gekend, zelfs door hem van de dood gered te zijn. Dat wordt neuken, zou je denken, maar nee. Rob krijgt van de stroper een hond, en zo is hij minder eenzaam. De hond verdedigt Rob tegen vervelende klasgenoten en als een van hen, de bolleboos, op het water in een storm terecht komt, redt de hond de jongen van een wisse dood. Op zijn ziekbed vertelt de jongen aan zijn vader, een rechter, dat hij het is geweest die zijn klasgenootjes heeft verraden. De rechter zorgt ervoor dat Rob, die natuurlijk al lang wist wie de schuldige was, in ere wordt hersteld, de stroper benoemt hij tot boswachter, en de Koningin geeft hen allebei een lintje. Zo komt alles toch nog goed! (*Besproken: Rob en de stroper van Tjod Idi*, H.J.W. Becht, Amsterdam. 250 pagina's. ISBN 90 230 0258 X.) Alleen als ik ziek ben, hervoel ik de woede die ik als kind gevoeld heb voor het doodverklaren van Rob. Ik vond het zo gemeen, zo intens zielig, ik stond zo machteloos. Ik weet nog dat ik dit boek las, de volgende dag op school kwam en tegen mijn vriendjes zei: 'Oké, wie gaan we doodverklaren?'

Maar geen gezeik over mijn kindertijd. Dáár heb ik zo'n hekel aan, aan literatuur over kinderjaren. In kinderen die geen kinderen zijn ben ik niet geïnteresseerd, in kinderen die wel kinderen zijn nog minder. En ik zit me nu al in bange afwachting te verbijten bij de gedachte dat er eerdaags een tijdgenoot zal opstaan die onze kinderjaren zal gaan boekstaven, de jaren zeventig. Laten we hopen dat dit ons bespaard blijft.

Doodverklaren, daar had ik het over. Iedereen uit mijn huis is zwemmen, behalve ik (omdat de bloedleidinkjes in mijn lichaam bijna uit elkaar spatten van koorts) en onze huisgenoot Fritsjof. Fritsjof wordt nooit gevraagd voor dat soort dingen. Fritsjof is namelijk gek. Het wordt tijd dat iemand eens heel bevrijdend gaat schrijven over het onderwerp gekke huisgenoten. Er zijn in Nederland heel veel huizen, en aangenomen dat wij willekeurig in het onze terecht zijn gekomen, kun je – gekeken naar de enorme karavaan waanzinnigen die in de loop der jaren ons huis bevolkten – niet anders concluderen dan dat op een paar mensen zoals wij na, verder iedereen gek is. Wij hebben een onnavolgbare stoet halve zolen in huis gehad: prachtig, echt waar. De jongen die met je praatte, onderwijl een potlood in zijn arm stak en langzaam zei dat hij daar gewoon even zin in had. Het meisje dat aan iedereen vertelde dat ze een vibrator in de ijskast legde, omdat deze dan zo lekker koud aanvoelde. De jongen die in alle ernst kwam vragen of hij je vriendin mocht lenen. Het meisje dat op de gang met een stiletto rondliep, omdat in haar jeugd haar buurjongetje een keer haar spleetje wilde zien. De jongen die onophoudelijk riep dat hij zijn vader ging vermoorden ('Doe dat dan gewoon een keer, zeikerd,' zei Thijm op een goede dag, waarop de jongen binnen een week vertrokken was). Het meisje dat een keer aan mij kwam vragen of ik in het vervolg 'wat rustiger wilde neuken'. Maar met voorsprong de gekste van het hele stel: Fritsjof, de kleptomane huisdebiel. Op een vergadering (hij is als dertigjarige de huisoudste) stelde hij aan de orde dat hij subiet tegen een wc-verfrisser was (zeven reguliere en tientallen aanverwante onderschijters bevuilen dagelijks het enige toilet), omdat hij 'poep' zo lekker vond ruiken. 'Ik vind dat lekker. Volgens mij is het aangeleerd dat poep vies is. Als kind ging ik zo vaak eventjes naar het toilet. Gewoon,' zei hij, 'even ruiken.'

Op het spontane zomerfeest van afgelopen week ging Fritsjof gelukkig snel weer weg, maar niet voordat hij een halve fles Chiv had leeggedronken en met z'n onuitstaanbare graaihandjes in zowat alle pindabakjes had gezeten, ook Het Bakje van Brouwers. Bij het eindelijk weggaan, kreeg hij Debby zover dat ze met hem mee ging om 'even op zijn kamer wat tekeningen te bekijken die hij gemaakt had in een periode dat het niet zo goed met hem ging'.

'Jaja. Hij wil gewoon met je naar bed,' riep Monk uit de keuken naar Debby. 'Gewoon dat jij die madeirabruine onderbroek van z'n reet trekt, aan z'n poepertje snuffelt en dan zegt dat je het zo lekker vindt ruiken. Daar geilt hij namelijk op.' We kregen de indruk dat Monk Fritsjof niet zo mocht. Fritsjof kreeg een rood hoofd, keek door zijn neus ademend indringend naar Monk en verdween in zijn kamer, waarschijnlijk om zich daar driftig af te tekenen. Het feest kon beginnen.

Als ik over Fritsjof nadenk, word ik wel erg treurig. De verschrikkelijke eenzaamheid van die jongen. Hij heeft geen vrienden. Hij heeft nog nooit een vriendin gehad. Hij is heel lelijk. Hij draagt rare kleren. Hij doet de hele dag niets. Als de telefoon gaat, stuift hij de gang in om op te nemen, maar er wordt nooit voor hem gebeld. Als er iemand op de voordeurbel drukt en uit de hoeveelheid rinkels blijkt dat het niet voor hem is, vliegt hij toch de trap af, zogenaamd omdat hij dacht dat het zijn code was. Als er mensen op bezoek zijn, komt hij altijd heel ostentatief iets onbenulligs lenen. Hij snuffelt in onze kamers als we er niet zijn. Hij weet precies waar wij wat bewaren. Hij gebruikt onze spullen. Hij leent. Hij steelt. Er is altijd bier weg. Er verdwijnt hagelslag. Er liggen altijd briefjes. Het klinkt nogal zielig, maar Monk, Thijm en ik ergeren ons daar kapot aan, sterker nog: we haten Fritsjof. Laatst werd het heel gevaarlijk, we liepen van De Wingerd naar huis, en we wisten dat we nog twee zakken Ringlings hadden (toen nog onze favoriete zoutjes, de vervulling van ons leven). Thuisgekomen lagen er geen twee zakken Ringlings, maar wel twee uit het telefoontikkenboekje gescheurde papiertjes met de mededeling van Fritsjof dat hij zo'n trek had en wat te knabbelen had geleend. Twee hele zakken Ringlings noemde hij *wat te knabbelen*. 'Ik word niet goed,' zei Monk almaar, toen hij de briefjes had gelezen, 'ik word niet goed.' Terneergeslagen zaten we later op mijn kamer met een allerlaatste Chiv en een sigaar. Geen Ringlings. Het gesprek ging voornamelijk over Fritsjof en hoe zeer we een hekel aan hem hadden. Na een stilte schraapte Thijm zijn keel. 'Ik heb een voorstel,' zei hij langzaam en weloverwogen. We waren vol aandacht.

'Laten we Fritsjof vermoorden.'

We keken elkaar lange tijd zwijgend en vrijwel uitdrukkingsloos aan. Ik knikte. Monk zei: 'Er valt wat voor te zeggen.' En daarmee was het besluit genomen. We gingen Fritsjof vermoorden. Een beetje eng was het wel. 'Het belangrijkste is dat we een waterdicht plan hebben,' zei Thijm, en weer was het lange tijd stil. Er hing een vreemd soort spanning. Een niet te achterhalen, risicoloze moord moest het worden. Niemand zou er mee zitten, voor de wereld was het beter. Bijna een uur bedachten we fluisterend allemaal scenario's, we zouden naar de Ardennen gaan, ons daar overal laten zien, 's nachts terugrijden naar Utrecht, Fritsjof meevragen voor een nachtwandeling, hem voor zijn eigen bestwil doodknuppelen, en weer terug naar de Ardennen scheuren. Een perfecte moord, leek ons. We trokken onze agenda's om de ideale datum te prikken. Ergens in augustus, als onze hele huis op vakantie is, dat zou het beste zijn. Toen we gingen slapen gaven we elkaar een beetje nerveus giechelend een hand. In bed vroeg ik me af of er ooit mensen waren geweest die erover hadden gefantaseerd *mij* te vermoorden.

Als ik me compleet beroerd voel zoals nu, krijg ik altijd de neiging achter mijn tekstmachine te gaan zitten, en een soort *stream of consciousness* uit te kotsen. Over het leven en zo en allemaal associaties met dingen om me heen. *Beroerde tepels* als titel voor een dichtbundel bij voorbeeld of dat *dramatic licence* in het Nederlands dichterlijke vrijheid betekent en een tikker een soort druiper in je mond is, ik een wonderbaarlijke jongen ken die zijn lul een feminist noemt, er altijd heel literair manuscripten in jaszakken worden gevonden, en klinieken, en roze smokings, maar nou nooit eens in een pak melk en als vrouwen op je hebben gelegen, je bent klaargekomen en ze van je af gaan er altijd koud en vies sperma op je buik druipt, dat Noëlle zei dat ik haar vrijand was (your days are numbered, bimbo), er niets zo stompzinnig is of er wel weer een neerlandica iets nog dommers zegt, luisterend naar de opzwepende Tom & Jerry-muziek van Dimitri Sjostakovitsj (Symfonie no. 8 in C mineur, het allegro non troppo) me afvragend: is dit genoeg: een stuk of wat gedichten, voor de rechtvaarding van een banaan?

Ik bedoel: van die lekker gezellige, onnavolgbare, onbegrijpelijke woordpoep à la de tachtigers, de negentigers, de dichters van het verlangen, de generatie van '16, de avantgardisten, alle achtduizend verschillende expressionisten, de dadaïsten, de modernisten, de vijftigers, de barbarbers, de ander-prozasten, de rasteraars, de revisoren, de post-modernisten, de maximalen, de nieuwe wilden, of noem al die koleire stromingen maar op. Maar ik hou me in. Ik wil niet onbegrijpelijk schrijven. Ik heb een grote hekel aan mensen die glunderend over een literair werk uitroepen: 'Ik begreep er geen barst van, maar ik vond het hartstikke mooi!' Rot toch op, denk ik dan, word eindelijk eens volwassen.

En aan stromingen heb ik helemaal een nog grotere hekel. Jezus, ik haat stromingen, echt waar. Gelukkig haat Monk stromingen ook. En Thijm ook. En Pier en Dennis ook. En Freanne heeft ultiem de schurft aan stromingen. En Nic ziet er ook niets in. Nee, we denken er hier in Utrecht allemaal hetzelfde over.

Al weken zijn Thijm, Monk en ik noest aan het werk. Eén ding herhalen we almaar tegen elkaar, we zeggen het bij wijze van ochtendgroet, we knikken het elkaar toe als we elkaar in de gang naar de wc bij De Wingerd tegenkomen, we schrijven het op briefjes en op het mededelingenbord: *We gaan de Nederlandse literatuur kapotmaken*. Dat klinkt zo lekker, vind je niet? Eerst was het *We gaan Hans Warren kapotmaken, fiets mee naar Zeeland*, maar in een dolle bui besloten we het dan meteen maar groots aan te pakken. De literatuur kapotmaken, ik vind het echt de beste vondst sinds tijden. Het boek dat we in voorbereiding hebben (zolang wij elkaar kennen, hebben we altijd een boek in voorbereiding) heet vanaf vorige week *Zo kan het ook, de Nederlandse literatuur herschreven*, en er komen allemaal veranderde laatste hoofdstukken in van belangrijke literaire werken (alle romans van W.F. Hermans bijvoorbeeld eindigen bij ons voor de verandering eens gelukkig, net als *De val* van Marga Minco en *Het dagboek van Anne Frank*) en daarnaast hebben we nog een knusse literijre potpourri over van alles, een prachtig essay over de eerste Nederlandse dichter met aids in zijn gezicht (Willem Kloos), een levensbeschouwing over het gebruik van het woordje 'de' in Nijhoffs *Awater* in vergelijking met het gebruik van het woordje 'de' in T.S. Eliots *Waste Land*, een stuk over Elvis Presley (onder de titel: 'Vestdijk is not dead'), een lijstje met de namen en adressen van alle duizend vrouwen van Harry Mulisch, de incest-versie van Vondels 'Kinderlijck' (Constantijntje Cherubijntje et cetera), maar – en dat wil ik hier even heel duidelijk zeggen – geen enkele mop over Dirkje Kuik.

Het is soms wel eens een beetje zielig, zo enorm grappig

als wij toch bij voortduring blijken te zijn. Bij Sub Rosa kunnen ze althans niet zo heel erg om ons lachen. We hebben ons boek al bij Freanne en Nic aangeboden, maar het leek hun onwaarschijnlijk dat ze het gingen uitgeven. Freanne zei: 'Leuk, maar studentikoos.' Dáár word ik zo moe van. Als je in Nederland jonger bent dan vijfenzeventig, en je schrijft iets waar in een bijzin zowel de woorden 'student' als 'poep' staan, krijgt je van alle balkende meelopers onmiddellijk het onuitroeibare stigma: *studentikoos*. Studentikoos is namelijk in hoge mate onsympathiek. Ik maak me daar wel eens zorgen om. Maatschappelijk gezien, bedoel ik. Iedereen heeft altijd de mond vol over racisme, fascisme, discriminatie, en zo verder, maar je hoort nu nooit iemand over een misschien wel net zo schrijnend fenomeen: het studentisme. De haat van de samenleving tegen studenten. Tijd voor een mooie dissertatie, dunkt mij. Waarom studenten uitsluitend leergierige, onschuldige, hardwerkende, toekomstige pijlers van de maatschappij zijn, terwijl het (domme) volk hen veracht, hen uitscheldt, vernedert, ja zelfs uitmelkt. Hoe vaak gebeurt het niet dat een uitkeringstrekker met een pitbullhond ons in het voorbijgaan toebijt dat wij op zijn kosten uit onze neus vreten, bier drinken en neuken (dát laatste is natuurlijk jaloezie). Sorry hoor, maar als er toch één volk kinderachtig is, dan zijn het wel de mannen die op hun tiendehands Mercedes van die 'zogenaamde verfklodders' plakken, van verkeersdrempel naar verkeersdrempel scheuren, ondertussen hun asbak legen, plastic frikadelbakjes op straat gooien, niemand voorrang geven, en met open ramen rondrijden onderwijl het volume van hun megaturbo-discodreun nog wat opvoerend. Debielen zijn het.

En dat gelul als zouden studenten leven op kosten van de trouwe belastingbetaler. Wie is die man? Ik bedoel: en wat dan nog? Als ik een eeuw terug leefde, zou ik een prachtige naturalistische roman schrijven over een studentmeisje uit een arm gezin, dat ruzie heeft met haar ouders, in een totaal vreemde stad woont, en moet zien rond te komen van slechts vijfhonderd gulden studiefinanciering, een klein bijdragetje van haar familie, en een OV-jaarkaart (waar ze niets aan heeft, want de treinen reden toen alleen nog maar tussen Haarlem en Amsterdam). Ze zou driehonderd gulden huur moeten betalen, en dus maar tweehonderd gulden per maand overhouden om van te leven. Ze zou niet kunnen bijverdienen omdat haar studie al haar tijd opeiste. Kortom, als de resultaten van dat meisje door de honger en de financiële beslommeringen achter zouden blijven, en ze nog harder zou gaan werken, en nog minder sociale contacten zou hebben met andere studenten die wel rijke ouders en een makkelijke studie hebben (Algemene Letteren, Mediaevistiek, dat soort overbodige richtingen), dan zou ze eenzamer en eenzamer worden. En als ze dan op een koude dag volslagen uitgehongerd en labiel na haar maandelijkse discoavondje (als ze gespaard heeft om één cola te kunnen kopen) wordt meegenomen en verkracht door een meedogenloze pooier met een vriendelijke glimlach, en daarna nog eens, en nog eens, en dáárna nog eens door al zijn pooiervrienden, wat zou er voor dit vernederde studentmeisje overblijven dan – hoe erg en tegelijkertijd hoe begrijpelijk ook – de prostitutie? En als het meisje vervolgens op een avond door een wat al te wilde klant met een mes bewerkt wordt, en ze krimpend van de pijn op haar bed valt, zal ze zich rochelend in haar eigen bloed richten naar het roze beertje dat altijd naast haar lag, en spugend haar laatste woorden uitbrengen: 'Het... is... de... schuld... van... den... trouwe belastingbetaler.' Vae soli, wee de eenzame. Nu moet ik weer even overgeven.

Maar goed, Freanne en Nic gaan *Zo kan het ook, etc.* dus niet uitgeven. Bon. Oké. De lafbekken. Als er...

Als er toch iets is waar ik de afgelopen maanden echt de schrijverij van heb gekregen, dan is het wel de Nederlandse literatuur (ook wel de Madurodamse grachtengordel). Nu zul jij zeggen dat ieder 'wereldje' kleinzielig, achterbaks en vol femelarij is, van 'het sportgebeuren' tot de artsenij, maar persoonlijk denk ik dat het Nederlandse literaire wereldje nóg erger is dan al die andere wereldjes, dat het door Amsterdam gedomineerde literaire wereldje van alle wereldjes het meest wereldjeslijke wereldje ter wereld is. De Nederlandse literatuur is een door lafheid en schaamteloze hypocrisie verziekte en volledig corrupte communistische partij. Iedereen houdt iedereen voortdurend in de gaten, iedereen volgt wat iedereen zegt of doet, en het zijn niet de goede, geestige en gedreven boeken die het klimaat van de literatuur bepalen, maar de benepen, op hun weg naar de Olympus gefnuikte roddelneefjes (zeg maar uitgevers, critici en wetenschappers). De literatuur in dit land is een *vriendjes en vijandjes*-literatuur, een *samenzwerinkjes, richtingenstrijdjes, bloedgroepjes, ruzietjes en relletjes*-literatuur, maar vooral een *clubjes*-literatuur. Er zijn uitsluitend elkaar beconcurrerende clubjes en kampjes; de literaire-tijdschriftenclubjes, de cultuurbijlagen-clubjes, *Het Parool*-clubje (ook wel de Holmannetjes), de mond- en teen schrijvertjes van het *Propria Cures*-clubje (ook wel de Jostiband van de Nederlandse journalistiek), de literair-café-clubjes, de elkaar voortdurend de hand boven het hoofd houdende, van enig talent om helder te schrijven gespeende wetenschappersclubjes, de literaire-prijzenclubjes, noem maar op. Als het niet zo intens zielig en gereformeerd was, konden we er misschien om lachen. Vriendjes en vijandjes, daar gaat het om. Uit recensies in Nederland blijkt nooit iets over de inhoud of de betekenis van literaire werken, maar wordt alleen duidelijk of de schrijvers vriendjes dan wel vijandjes van de recensent zijn. Schrijft iemand voor een tijdschrift en publiceert hij een roman, dan krijgt hij in zijn eigen tijdschrift uiteraard een positieve beoordeling. Heeft iemand ooit eens een negatieve kritiek over een collega-schrijver geschreven, dan zal hij in een concurrerend blad onherroepelijk worden 'teruggepakt'. Zo werkt dat. Stel dat een schrijver het zou wagen Carel Peeters van *Vrij Nederland* een ondermaatse, filosofie met literatuur verwarrende, ordinaire fatsoensrakker te noemen, Reinjan Mulder van het *NRC Handelsblad* een maffiabaas met een blote-billengezicht, Michaël Zeeman van *de Volkskrant* een heel, heel erg corpulente en gecorrumpeerde nuf, en Tom van Deel van *Trouw* zijn leven lang al een metafoor voor een penis (gekeken naar dat lange lichaam en dat eikelachtige kale hoofd), dan kan hij een positieve recensie uiteraard wel vergeten. De slangekuil die Amsterdam heet, het wespennest, het maaiveld: het is een schrijver in Nederland geraden mensen te vriend te houden, want hij zou toch maar eens een opmerking maken die zijdelings als kritiek op een of ander zou kunnen worden uitgelegd, onmiddellijk staat hij dan te boek als diens vijand, en als vijand van diens vriendjes, onmiddellijk zullen in recensies zijn boeken worden afgeblaft, en wordt hij daarna doodverklaard. Thematisch gezien heeft de Nederlandse literatuur de mond vol van verheven zaken als waarheid, moreel, normen en waarden (zie bij voorbeeld de stukken van Carel Peeters), maar terug naar waar de literatuur gemaakt wordt (de uitgeverij, de gratis advertentieruimte in de vorm van literaire kritiek, de televisieprogramma's, de boekwinkels) en alles blijkt even verrot en omkoopbaar. De Nederlandse literatuur is simpelweg niet *integer*, en dat is niet zo netjes voor een bedrijfstak die van overheidswege een speciale 'cultuurstatus' heeft toegewezen gekregen en zich derhalve niet hoeft te storen aan een kapitalistische verworvenheid als vrije concurrentie. Dát zou de 'misschien wel grootste intellectuele gebeurtenis van deze tijd zijn': de deïnfantilisering van het Nederlandse boekenvak, het verdwijnen van de communistische literatuurpartij.

Half negen 's avonds, en ik ben nog steeds alleen in het grote huis, in mijn kleine benauwde kamer. Ik heb niemand gezien vandaag, dat is het ergste dat een echte misantroop kan overkomen. Het is koopavond, ik zou naar de Dagmarkt in de Biltstraat kunnen gaan in de hoop een bekende tegen te komen, maar stel dat ik lang moet wachten in de rij voor de kassa en onverhoopt diarreedrang krijg: dat zou verschrikkelijk zijn. En mocht ik die hindernis zonder al te veel buikkramp overwinnen, dan bestaat er nog altijd de redelijke angst dat ik plotseling de vrouw van mijn leven tegen het lijf loop, de moeder van mijn kinderen. Als zij dan met haar liefste stem zou vragen of ik 'nog steeds geen zegeltjes spaor', dan mag het natuurlijk nooit gebeuren dat ik even zo lief nee zeg en zij denkt (terwijl ik echt tien keer mijn tanden heb gepoetst): Oei, wat een stank. Liever zie ik de hele dag helemaal niemand, dan dat ik bij mijn geheime uiteindelijke caissière mijn kansen verspeel.

Dan maar uitgekotst in bed liggen en me ongemakkelijk wat afschrijven. Ik stel me een groot kampvuur voor, Pier met zijn gitaar, Daniëlle ruggelings tegen Pier aan, Thijm in kleermakerszit en Andrea liggend op zijn schoot, Dop dito bij Monk, Timon bij Huib, gepofte aardappels, een fles Chiv, een joint, het ondergaan van de zon boven het kabbelende Loosdrechtse water, krekelgeluiden, maanlicht.

En plotseling een politiewagen. De wagen stopt. Iedereen kijkt op. Een wat oudere agent stapt uit.

'Jongelui,' roept hij naar het groepje. Thijm en Monk staan op om de man van dienst te zijn. De man loopt naar hen toe en neemt zijn pet af. 'Kennen jullie ene Giph?' vraagt hij.

Monk en Thijm knikken. De groep wacht gespannen af.

'Ik heb een treurige mededeling voor jullie...' gaat de man verder. 'Het gaat over jullie vriend Giph.' De man heeft moeite met wat hij wil vertellen. 'Jongens, ik zeg het maar gewoon meteen. Giph is dood. Hij is vanmiddag gestikt in zijn eigen braaksel.'

Monk en Thijm doen een stap achteruit. In de ogen van Noëlle, nee, áchter de ogen van Noëlle, wordt het donker en mistig. De politieagent knikt nog eenmaal en loopt terug naar de auto (niemand weet dat hij ooit zelf een zoon heeft verloren). In het groepje is het merkwaardig stil. Monk gaat zitten naast Noëlle en slaat zijn arm om haar heen. Giph is dood. Langzaam dringt het tot iedereen door. Langzaam dringt het door dat dit verlies de groep zal tekenen, dat het nooit meer hetzelfde zal zijn, dat het voorbij is.

'Ik heb zin om die hele fles whisky leeg te drinken,' zegt Noëlle na een tijdje, en ze zet de Chiv aan haar mond. Monk kan niet voorkomen dat ze de fles vrijwel geheel leegdrinkt. Als de alcohol na een kwartier begint te werken, murmelt Noëlle alleen nog maar troosteloos dat het de schuld is van de trouwe belastingbetaler... de schuld van de trouwe belastingbetaler... de schuld van de trouwe belastingbetaler...

NORMALE LIEFDE

Utrecht, juli 1991
Soms stel ik me voor dat ik door de stad loop (meestal langs een coffeeshop of een obscuur café) en dat ik dan geraakt word door een verdwaalde kogel. Ik val op de grond, maar ik ben niet onmiddellijk dood. Omstanders komen naar me toe en vangen mijn laatste woorden op. Stamelend weet ik een meisjesnaam te zeggen, voordat ik sterf op het warme asfalt. Het meisje wier naam ik gestameld heb, wordt op de hoogte gebracht van mijn dood en van mijn laatste woorden. Ze is heel verdrietig, maar ze weet dat ik van haar gehouden heb en tot het laatst aan haar heb gedacht.

Mijn probleem is dat als ik vanmiddag in de stad per ongeluk geraakt zou worden door een rondvliegende kogel, ik niet weet of ik liggend op de vuile straat 'Freanne' zou stamelen, of 'Noëlle'. Misschien zeg ik jouw naam wel, dat zou misschien nog wel het mooiste zijn. Jouw naam op mijn lippen, terwijl ik langzaam wegzak in het eeuwige asfalt van de gelukzalige vergetelheid.

Het was de avond voordat ik met Freanne naar Limburg zou vertrekken voor onze windstille dagen in een nogal afgelegen kasteel. Er was 's middags een receptie van een of andere vage oud-studiegenoot die zijn bul had gehaald, en aanvankelijk was het een beetje een benepen bijeenkomst want over ieder biertje werd enorm lastig gedaan. Toen de vader van de bul zelf echter het nodige gedronken had en plotseling wilde laten zien dat hij toch echt nog wel een toffe vent was, toen begon de drank te stromen, ja, toen wel. Het was het soort feestje waar je met iemand stond te praten en je je plotseling afvroeg: wie is deze man, waar gaat dit gesprek over en waarom vertel ik jou dit allemaal? Ik werd een beetje aangeschoten, dat geef ik toe. Op een gegeven moment stond ik alleen nog maar te lachen, terwijl het samenzijn maar duurde en duurde. Plotseling bleek het afgelopen. Dat was lullig, want noch Pier, noch mijn echte vrienden Monk en Thijm kon ik ergens ontdekken. Gelukkig zag ik Dop en Andrea bij de uitgang staan, en die ben ik toen maar om de hals gesprongen, waarna we eerst met z'n drieën bij Mahanakorn iets zijn gaan eten, om later naar de Catwalk te gaan, een erg trieste dertigersdisco. Ik voelde me wel heel stoer, met twee meisjes aan mijn zijde, en Dop en Andrea speelden het spelletje mee door allebei heel geil met me te dansen en tegen me aan te hangen. Door de drank was ik halverwege de nacht echt te moe om nog te swingen en dus stond ik maar een beetje glimlachend (à la Mickey Rourke) tegen een pilaar geleund te kijken naar Dop en Andrea, die een soort lesbische act opvoerden. Af en toe maakte een van hen een obsceen gebaar of zo, en dan wees ik breed lachend met mijn sigaret en dan wezen zij terug; we waren een team. Toen ik een paar Spa rood op had, trokken Andrea en Dop me aan mijn stropdas weer op de dansvloer en draaiden ze uitdagend om me heen. Dansen met twee vrouwen, ik was echt *tonight's bink*, dat snap je wel. We hadden veel bekijks van al die dertigers (vind jij dat ook niet van die intens zielige mensen?) en toen de DJ het rondje soft inzette, beginnend natuurlijk met het onvermijdelijke 'What a wonderful world' van Sam Cooke, langzaam dansten we heel provocerend met z'n drieën tegelijk. Ik hield op dat moment heel veel van zowel Dop als Andrea. Zoenen wilde ik met hen, zo leuk vond ik het, en heel even gaven we elkaar een triokusje. Later stonden we elkaar in een hoek alleen maar strak aan te kijken, dat was ons nieuwe spelletje. De muziek stond hard, het aantal beats per minute werd opgevoerd, we rookten alle drie geconcentreerd maar casual een sigaret, en we keken elkaar strak aan. Dat was een erg mooie scène. Ik maak soms dingen mee, waar ik dan ter plekke een soort (even pathetisch) goddelijk artistiek eeuwigheidsgevoel van krijg. De meeste mensen krijgen dat van een zonsondergang, of van de geboorte van een kind, ik word overstroomd door scheppingsdrang en mooie gedachten over mijn schrijverschap van stiltes in een gesprek, van mensen die elkaar zwijgend aankijken. Dop, Andrea en ik rookten nog een sigaret, en er waren alleen maar onze ogen. Het duurde zeker een kwartier. Later hebben we (for old acquaintance) op de kamer van Dop nog een halve fles whisky gedronken en sliepen we alle drie in Dops eenpersoonstwijfelaartje, zonder dat er uiteraard ook maar iets gebeurde.

Het enige is dat ik mezelf nog niet zo snel met Freanne en Noëlle aan mijn zijde naar een disco zie gaan. Het is niet zo dat zij elkaar niet mogen, ze kunnen elkaar gewoon niet uitstaan. Er zijn waarschijnlijk heel wat romans waarin een man liefde heeft met twee vrouwen tegelijk, ik ken echter maar twee boeken waarin een man een verhouding heeft met zowel moeder als dochter. In *La Ciociara* van Moravia (twee keer verfilmd met Sophia Loren in de hoofdrol) is een partizaan verliefd op Sophia Loren, maar wordt hij begeerd door haar dochter Rosetta, in *Lolita* van Nabokov trouwt Humbert Humbert met een weduwe, terwijl het hem eigenlijk te doen is om haar nimfijnlijke dochter.

In míjn geval is het gelukkig allemaal véél simpeler. Ik word begeerd door zowel de moeder als de dochter, en ik begeer zowel de moeder als de dochter. Het is alleen jammer dat de moeder de dochter niet begeert en andersom, dat zou ideaal zijn. Freannes zorgeloze jaren-zeventig-ik-wil-tien-minnaars-vrijheid-blijheidopvattingen stokken zodra het om Noëlle gaat, en Noëlle doet alsof mijn relatie met Freanne haar allemaal niets kan schelen, maar ondertussen rivaliseert ze opzichtig met Freanne als het gaat om haar slankheid, haar lenigheid, haar teint, en haar aantal orgasmes. Wat erg grappig is: Freanne gedraagt zich tegenover mij het liefst zoals zij denkt dat Noëlle zich gedraagt (laat uitgaan, spannende nachtwandelingen, uitdagende branieteiten) en Noëlle zoals zij denkt dat Freanne zich gedraagt (diepe gesprekken over het leven en literatuur, luxe uit eten, cognac bij de koffie). Het zinnetje 'voor iemand kiezen' is godzijdank van beide kanten nog niet gevallen, maar ik voel dat er een gevecht gaande is, waar ik eigenlijk een beetje buiten sta. Monk vindt dat ik hierover zou moeten schrijven. Oom Thijm roept alleen maar dat hij het zo gaaf vindt, zo gaaf.

Ik heb besloten dat ik denk dat ik vind dat ik van mening

ben dat het me niet zoveel kan schelen dat ik met twee vrouwen tegelijk een verhouding heb. Wildvreemden houden me wel eens aan op straat, of beginnen een gesprek in een stadsbus, en dan zeggen ze: 'Giph,' zeggen ze dan, 'Giph, wordt het niet eens tijd dat je een keuze maakt?' En dan zeg ik: 'Mevrouw, meneer, mijn antwoord is: ik weet het niet. Ik zit misschien wat raar in elkaar maar al ben ik nog zo verliefd op een meisje, er geldt bij mij altijd: "Als ze bij me is, is ze overbodig; als ze weg is, is ze overal." Uw vraag luidt: kan iemand iets hebben met twee mensen? Ik zou, met respect, deze vraag willen transformeren tot: kan iemand verliefd zijn op twee mensen tegelijk? Ik denk eerlijk gezegd dat zoiets mogelijk is. Wat ik alleen met stellige zekerheid kan zeggen is dat als ik bij Freanne ben, ik aan Noëlle denk, en bij Noëlle aan Freanne. Daar kan ik niets aan doen, daar word ik zelf ook niet vrolijker van. Mocht ik nu voor een van hen kiezen, dan doe ik niet die ander te kort, maar juist degene voor wie ik kies. Ik weet namelijk dat ik almaar zal denken aan degene die ik niet gekozen heb. Derhalve lijkt het me het beste dat ik geen keuze maak.' Meestal krijg ik na zo'n antwoord een bemoedigende schouderklop, of een meewarige glimlach (als ze niet gewoon tegen hun voorhoofd tikken).

Ik leid al sinds een tijdje een dubbelleven. In de afgelopen twee weken bij voorbeeld nodigde Freanne me uit voor een verrassingsreisje naar Limburg, en een paar dagen nadat ik daarvan terug was, nam Noëlle me mee voor een onverwachte zeiltocht. Met Freanne heb ik geslapen in het hemelbed van de roze Laura-Ashleykamer van een kasteel (met uitzicht op de slotgracht), met Noëlle onder het voorsteven van de kleine zeilboot, dobberend op het water. Met Freanne heb ik gegeten bij 't Kloâske aan het Onze Lieve Vrouwe-plein in Maastricht, en met Noëlle heb ik op een geïmproviseerd vuurtje aardappels gepoft en sjasliks geroosterd. Met Freanne heb ik gelopen in de koele mijngrotten van Valkenburg, met Noëlle sloeg ik bijna om op het water van het IJsselmeer.

Mijn dubbelleven heet: *zo moeder, zo dochter.*

De dag dat ik wakker werd in Dops eenpersoonstwijfelaar

had ik afgesproken met Freanne op het station. Ze stond bij het loket op me te wachten, met een sigaret in haar hand. Ik was niet geschoren en ik had snel wat spullen in een plunjezak gestopt. Ik zei: 'Ik ben vannacht...' maar Freanne hoefde het allemaal niet te weten, zei ze. Ze had al een kaartje voor me gekocht. Opzichtig zocht ze naar vuur. Op het perron zocht ze nog steeds naar vuur. Ik zei: 'Ik was niet bij Noëlle, ik sliep bij Dop en Andrea, en er is niets gebeurd.' Freanne deed een greep naar mijn broek. 'Je aansteker,' zei ze. Ze propte haar hand in mijn achterzak, bevoelde daarna geagiteerd met haar andere hand mijn rechterzak en pakte mijn Zippo. Ze stak haar sigaret aan. Plotseling haalde ze uit met haar been en gaf ze me een soort karatetrap. Toen kreeg ik de aansteker weer terug. De rest van de treinreis was ze poeslief tegen me.

De eerste avond legden we aan bij een soort (schier?)eilandje. We trokken samen de boot tegen de kust en Noëlle zette hem vast met een touw aan een boom langs het water. Het leek alsof we de enigen waren in de omtrek. De sfeer op het eilandje was vrij etherisch, zij het dat er behoorlijk veel troep lag. Overal zagen we lege, verweerde flessen, en restanten van kampvuren. Een vies paradijs.

Limburg, wie had dat ooit kunnen denken? We sliepen in de gerestaureerde bijgebouwen van het op een soort terp gelegen kasteel Limbrigt, in de buurt van Sittard. In het kasteel zelf was (maar dat wist Freanne van te voren ook niet) het 'Volksmuseum Limburg' gevestigd, een echt lachwekkende, zwaargesubsidieerde potpourri van carnavalskostuums, foto's van vlaaien, en relikwieën van godsdienstwaanzinnigen. Voor *f* 2,50 raakten we zolang we wilden verdwaald in typisch Limburgse interieurtjes op ware grootte, diapresentaties van plaatselijke gebruiken; authentieke, tweezijdig beschilderde grafplanken (een delicatesse, naar het schijnt), en in een woud van koptelefoons met de meest verschrikkelijke muziek die je je kunt voorstellen. Een hel op aarde, dit museum, en we liepen er dan ook schaterlachend rond.

In het oranjegele namiddaglicht verkenden we het eiland, we wrongen ons door de stekelige bosjes aan de rand van het vervuilde meerstrandje. Erachter lag een rotsig, nogal rauw landschap. Een stuk verderop stonden enkele rotsen van een paar meter hoog dicht bij elkaar. Noëlle klom erheen. De rotsen vormden samen een soort kuip. 'Het is een meertje!' riep ze. Met een paar stappen was ik bij haar. Het minimeertje lag ongeveer anderhalve meter hoger dan de rest van het eiland. Een lagune in het IJsselmeer.

Ieder dagdeel aten we in een restaurant. We ontbeten in de gelagkamer van het kasteel, we lunchten in een Nederlandse variant van een Amerikaanse variant van een Italiaanse pizzeria, we dineerden in een Grand Café in Maastricht, we soupeerden, theeden, snackten, tafelden, schaftten, noem maar op. Ze heeft verstand van culinatuur. Bij haar is een maaltijd geen maaltijd maar een kunstuiting. Het voedsel is het decor, de entourage het podium, en zij en ik vertellers en toehoorders. In ieder restaurant deden we doordacht geformuleerd steeds verdergaande onhullingen over onze liefdelevens, onze *brothers in lay*. Zeg maar: ritsloos eten.

Misschien dat opspattende golven zo nu en dan voor vers water zorgden, verder was het rotsvennetje afgesloten van de buitenwereld. Er kwamen nauwelijks mensen, want er was nauwelijks vervuiling. Op het anderhalfpersoonsstrandje in een hoek van de lagune, vonden we die eerste keer alleen een uitgeslagen Barbiepop, dat was alles. Ze was naakt, miste een beentje, en we vroegen ons af waarom ze er lag.

En als we niet aten, lagen we op het hemelbed (met uitzicht op de slotgracht). We lazen elkaar 'mooie dingen' voor. Zij uit Milan Kundera's *The Unbearable Lightness Of Being*: 'Tomas came to this conclusion: Making love to a woman and sleeping with a woman are two separate passions, not merely different but opposite. Love does not make itself felt in the desire for copulation (a desire that extends to an infinite number of women) but in the desire for a shared sleep (a desire limited to one woman).' Ze deelde deze conclusie niet, want haar verlangen strekte zich niet uit tot een oneindig aantal mannen, noch kon ze slechts met één man in slaap vallen, noch vond ze beide passies zó tegengesteld dat ze niet voor één of twee personen konden gelden. Toch was het volgens haar een mooie gedachte: 'Voor de overgave aan de slaap in aanwezigheid van een ander is, voor mij althans, een weerloosheid nodig, die veel radicaler is dan de weerloosheid bij seks. Bij seks verlies je jezelf alleen in het al te korte moment van je hoogtepunt.' Ik knikte. Ze las in stilte verder. Later dommelde ze, met Kundera op haar borst, in slaap.

Toen we midden in de nacht, na een dronken zoek- en sparteltocht, weer bij onze lagune kwamen, was de Barbie er nog steeds. Ik ging liggen op het twijfelstrandje en ze legde een halflege fles rum in het water. Het zand van het strandje voelde heel koel aan. Ze kwam niet bij me liggen. Aan de rand van het vennetje stak een rots gedeeltelijk uit het water. Ze sprong erop, en bleef als een standbeeld naar de hemel kijken.

Nog later schrok ze weer wakker, boos dat ik haar had laten slapen.

'Ik wil wakker blijven als jij wakker bent,' zei ze. We zaten in het lage raamkozijn aan de slotgrachtzijde. De toegangsbrug naar het kasteel was gesloten.

'Laten we naar de overkant waden,' fluisterde ze; zonder mijn antwoord af te wachten deed ze haar schoenen uit en stapte ze uit het raam tussen het riet, ons' zot. Daarna liet ze zich langzaam in het slotwater zakken.

'Koud,' fluisterschreeuwde ze naar mij, 'kom!'

Ik ging haar achterna. De gracht was veel dieper dan ik had gedacht.

De nacht was helder, de sterren fel. Ze zei iets, maar ik verstond niet wat. We hadden de hele zeiltocht over hele gore seks gepraat, nu ging het over liefde, en de dingen die we hadden meegemaakt, en de dingen die we vonden, en we waren het heel erg met elkaar eens. Ik sprong naast haar, en samen stonden we op het kleine rotseilandje in het kleine rotsmeertje. We hielden elkaar vast, anders zou een van ons erin glibberen.

Samenzweerderig slopen we druipend langs het kasteel. In een grote nis gingen we zitten onder nogal freudiaanse schietgaten (openingen in de vorm van een penis). Het gesprek ging over 'ons'. Fluisterend, bibberend en giechelend kwamen we erachter dat toen ik op de kleuterschool zat, zij ontmaagd werd.

Ze zei dat als je je ging voorstellen dat het universum eindig was, en dat als je omhoog ging, je altijd maar door kon blijven gaan, en dat als je opzij ging ook, en omlaag ook, en dat het *echt* altijd maar door ging, dat ze daar dan best wel een beetje droevig van werd. We omhelsden elkaar nog steviger toen ze dat zei, en samen keken we naar boven. Altijd maar doorgaan.

Ze zei: 'Het is heel koud als je die natte kleren aanhoudt.' Ik keek om ons heen, maar ik zag niets en niemand. Aarzelend trok ik mijn poloshirt en mijn boxer uit, die ik op haar kleren wierp. Poedelnaakt kropen we dicht tegen elkaar aan. Toen. Plotseling. Zomaar. Begon ze te huilen. Eerst dacht ik dat ze zat te lachen, maar ze huilde. Wat was dat nou? Ze hield haar lippen krampachtig op elkaar, en schudde haar hoofd. 'Heeh,' zei ik zacht. Ik kuste haar schouder, streelde haar haar. Ze huilde dat ze niet wilde huilen.

De mens eigenlijk maar nietig was. Je zoveel niet kon begrijpen. Er heel veel onverklaarbaars gebeurde, zwarte gaten en mensen die de toekomst konden voorspellen. We vertelden elkaar heel spannend over UFO's, en Indiaanse medicijnmannen, en zwarte magie, en het met spelden bewerken van poppen, en mensen die onder narcose hun operatie meemaken, en reïncarnatie, godsdienst, waarzeggerij, schijndood, hemel, wat leven is, wat liefde, wat dood.

Zelfs toen ze huilde, bleef ze een wetenschapster. 'a),' zei ze door haar tranen heen, 'ik wil steeds maar dingen zeggen die ik niet wil zeggen, en b) ik weet het gewoon soms niet meer. Ik weet niet wat er is, sorry.'

'Wat is er dan?' vroeg ik zacht. Ik kuste de tranen van haar gezicht. Ze vermande zich. Ze zuchtte en zei langzaam: 'Het komt misschien wel door jou, het heeft met jou te maken.'

En toen tongzoende ze me en sprong abrupt met kleren en al van ons mini-eilandje het meertje in. Ze gilde in haar sprong. Ik dook haar achterna. Het water was heel donker, koel, en toen ik probeerde te staan, ging ik kopje onder. Ze zwom naar me toe. We hielden elkaar beet, klappertandend en lachend tegelijk.

'Ik weet niet waarom, maar ik ben op een gegeven moment opgehouden met dromen van de Enige Echte Eeuwige Grote Liefde, van die Ene, die "ebenbürtig" was, die alles bood wat ik nodig had en die ik op mijn beurt alles kon bieden wat hij nodig had.'

Ik kuste haar hand, en zij zweeg. (Ik durfde niet te vragen wat *ebenbürtig* betekende.)

Ze duwde zich van me af en verdween in het zwarte water. Ik ging haar niet achterna, maar wachtte tot ze weer boven zou komen. Het duurde heel lang. Ze kwam niet boven. Ik wachtte maar. In een flits zag ik een voet vastzitten tussen twee rotsen op de bodem van het rotvijvertje, ze kon niet meer loskomen en zat in ademnood. Ik moest wat doen. Ik dook naar beneden, ik zwaaide met m'n armen om haar te raken, maar ik raakte haar niet. Ik draaide me om, kwam weer boven, hapte naar lucht en dook weer onder. Ik voelde met mijn handen over de bodem, greep me vast aan de stenen, maar weer vond ik haar niet.

Ze zei: 'Romantische, onvoorwaardelijke, volledige liefde is een bedrieglijke illusie. Maar soms, sinds ik jou ken, droom ik stiekem van wat ik onmogelijk achtte: een schrijversliefde à la Eddy en Elisabeth, Anbeek en Mutsaers, Harold en Vita, Henry en Anaïs, Belle en Benjamin, twee grote persoonlijkheden, maximaal met elkaar verbonden in emotionele, intellectuele en seksuele zin, elkaar wederzijds stimulerend, tegelijk elkaar maximale vrijheid latend – en soms maximaal botsend.'

Ze bibberde. Fluisterend ging ze verder: 'Jij hebt die droom weer wakker geroepen, en wat meer is: er zijn momenten dat die droom werkelijkheid wordt. Er zijn maar weinig mensen met wie ik naakt over literatuur kan discussiëren.'

'Maar waarom huilde je dan?'

'Omdat ik me afvraag of ik mezelf niet bedrieg door te denken dat het toch weer allemaal illusie is. Soms zit ik naar jou te kijken, en dan denk ik: Verdomme. Het Ene, Echte, Eeuwige, ademloos verwacht, nooit verschenen. Soms vraag ik me af wie nu eigenlijk mijn nummer één is. Waarom niet alles *normaal* kan gaan. En dan wil ik je allemaal dingen zeggen. Dingen waarvan ik niet weet of ik ze meen, of zal blijven menen. Dingen die misschien iets zouden uitlokken waarvan ik niet weet of ik dat zou willen. Als ik daar dan over ga zitten nadenken, word ik een beetje treurig.'

Ze keek me lang aan.

Ik zag dat ze dood was en een seconde later zag ik dat ze er nooit was geweest en dat dit kwam omdat we over de sterren hadden gepraat en over zwarte gaten en de relativiteitstheorie en verschillende dimensies en dat de mens zo nietig was en dat als er een God was hij haar tot hem had genomen en dat ze gematerialiseerd was en tot stof wedergekeerd en ik dook naar de laatste hoek van de rotsven en het water was nog steeds zwart en fris en leeg en ik zocht en vond niets en zoog mijn longen vol zuurstof en zag mezelf in mijn eentje terugzeilen naar het vasteland, en wie moest ik het zeggen en hoe moest ik het haar ouders vertellen, haar moeder, die ontmaagd werd toen ik op de kleuterschool zat. Dat Freanne ontmaagd werd toen ik op de kleuterschool zat, daar dacht ik aan, de splitseconde voor ik Noëlle in lotushouding zag zitten op het kleine koele strandje met de verminkte Barbiepop in haar handen. Naakt. Ze lachte. Ik drukte me op een rots en stapte naar haar toe. Ik was God betere het ongerust geweest. Ik was in paniek geweest. Verbeten keek ik haar aan.

En toen spreidden ze allebei hun armen. Ze zeiden: 'Kom

eens hier.' Wat moest ik doen? Ik boog me naar hen toe, en ze omhelsden me. Ze zuchtten allebei. Hun natte lichamen tegen me aan. Teder en trillerig zoenden we, terwijl ik hun borsten streelde. Ik likte de druppels van hun lichamen, en speelde met het zand dat plakte op hun zij. Een kort moment daarop lagen we heftig en onstuimig te vrijen, en toen we veel later op onze rug liggend keken naar de blote hemel, citeerde ik voor hen allebei heel plechtig en zo mooi en gevoelig mogelijk twee regels van Boutens: *Waar tijd en eeuwigheid elkaar ontmoeten, worden sterren in de nacht geboren.*

HET GEZELSCHAPS-SPEL

Utrecht, 2 augustus 1991
Een van mijn favoriete plekken op aarde is de wc van De Wingerd, als het heel druk is in het café en ik een paar biertjes gedronken heb. Dan luister ik naar het lawaai van de pratende mensen, en zoek ik mijn ogen in de spiegel boven de wasbak om mezelf aan te kijken en vast te stellen dat ik eigenlijk maar een lieve jongen ben, charmant, beschaafd, guitig, ontwapenend, en niet in staat tot normaal menselijk contact. Het is de grenzeloze tragiek van mijn leven dat ik de drang heb mezelf te allen tijde ongeliefd te maken, terwijl ik eigenlijk voortdurend overstroomd word door gevoelens van liefde en genegenheid. Ik leef als ik merk dat mensen een hekel aan mij hebben. Ik leef als ik van Céline of Monk hoor dat mensen die ik niet mag (omdat ik uit pure liefde iederéén niet mag), mij ook niet blijken te mogen. Hoe kan het dat iemand mij niet zou kunnen mogen? Dat vraag ik mij vertwijfeld af. Hoe kan iemand een hekel aan mij hebben? Hoe kan ik niet de leukste op aarde blijken te zijn? Mijn probleem is waarschijnlijk dat ik zo volmaakt tevreden ben met mezelf. Ik hou van mezelf, en dat is eerlijk gemeend. Ik krijg voortdurend hartaanvallen van het lachen om mezelf. Ik hecht grote waarde aan alles wat ik zeg. Ik vind mezelf uitermate geschikt, sterker nog: ik ben mijn beste vriend, mijn favoriete auteur, mijn liefste minnaar, mijn bondgenoot, door dik en dun!

Trouwe medestrijder, saluut.

Gisteren was er een groot geil gezellig feest, misschien wel het laatste grote geile gezellige feest van deze zomer. Op een uitgeleefde feestboot langs de Oude Rijn hadden Andrea, Dop en een meisje dat ik niet kende een surprise-party georganiseerd, een soort house-feest, maar dan op een boot.

Er was wat met dat feest. Allereerst was het niet duidelijk of we nu uitgenodigd waren of niet. Ik ben daar heel kleinzielig in. Men moet mij op zijn blote knieën hebben gesmeekt of ik mij in al mijn goedheid zou willen verwaardigen de gemiddelde schoonheid en intelligentie met mijn stralende verschijning te verrijken, wil ik er überhaupt over *nadenken* mijn feestblazer uit de kast te halen. Maar goed, voor deze ene keer deed ik net als Monk en Thijm niet lullig, en gingen we, na thuis op ons balkon eerst de nodige Chivs te hebben gedronken, zonder officiële invitatie naar het schip.

Zoals ik al zei: er was wat met dat feest. Je hoopt natuurlijk altijd dat als jij een feest betreedt alle gesprekken verstommen, iedereen zich omdraait, en er een oorverdovend gejuich opstijgt. Giph is er! Giph is er! Giph is er! Deze keer was dat dus niet zo. Ik was nog niet binnen (Monk en Thijm verdwenen spoorloos naar het toilet) of er kwam niemand bij me staan. Het is altijd heel erg, als er niemand bij je komt staan. Dat betekent dat jij bij iemand moet gaan staan, en zoiets vind ik altijd zo mensonterend. Gelukkig zijn er lieden met wie je een soort stilzwijgende afspraak hebt dat je elkaar op een feest of in een café op onnavolgbaar enthousiaste wijze begroet, zelfs al zag je elkaar dezelfde dag nog. Het duurde even, maar plotseling schalde het langs de bar: 'GIIIPH!' en een wat kalende, roodverbrande randdebiel stond met zijn handen low-jivend voor me. 'PIIIIEEEER!' schalde ik terug, en de randdebiel en ik omhelsden elkaar. Erg grappig: als Pier en ik elkaar in de stad treffen, brommen we beiden een bijna onhoorbaar 'moi', als we elkaar tegenkomen op een feest is het plotseling 1947, en zien we elkaar na vele ellendige jaren weer terug, jaren waarin we van elkaar dachten dat we met onze squadrons waren neergestort. 'We'll meet again, don't know where, don't know when,' klinkt er door de luidsprekers, en bijna huilend vragen we: 'Hoe ís het met je?' 'Nee maar, hoe ís het met *jou*?'

'Pier hier, bier hier,' zei Pier, na onze omhelzing, voor de honderachtentwintigduizendste maal, en hij drukte een pilsje in mijn handen. Wat een onontkoombare gezelligheid. Ik werd voorgesteld aan het meisje dat het feest mede-organiseerde, Inge heette ze, en ze begon onmiddellijk een heel gesprek met me, terwijl ik intussen zo cool mogelijk glimlachend vaststelde dat Inge een wit topje droeg, waar op de plek van haar borsten in piepkleine lettertjes gedrukt stond: 'Ja, dit zijn ze.' Ik hou niet van meisjes met macho-achtige grappen. In Prince' videoclip 'Batman' dragen twee niet onbemiddelde vrouwen een T-shirt met de tekst: 'All this, and brains too!' Dan denk ik: nounou, ironisch hoor, maar goddomme wel heel slim de aandacht trekkend. Het valt me op dat we weer in aardig genitaal-fysieke tijden leven. Als ik op zo'n feest als gisteren om me heen kijk, dan vraag ik me af wat er in godsnaam van de feministische en seksuele revoluties is overgebleven. Het was gisteren echt een slagerij van gladgeschoren benen, platte blote buiken, brede schouders, strakke kontjes, goedgeknipte kapsels, en vooral ronde borsten.

Ronde borsten ja. Het komt mij voor dat de 'algemene vorm van de borsten' met de jaren verandert. Het lijkt me, hoewel ik in die jaren natuurlijk nog geen volleerde mammoloog was, dat de borsten in de jaren '60 en '70 over het algemeen meer peervormig waren dan appelvormig, zoals heden ten dage. De roaring twenties komen me voor als een typische appelvormige tijd, en de jaren voor de oorlog weer meer peer. Zou er een curve zitten in de overheersende vorm van de borsten, een soort golfbeweging? Zou het te maken hebben met de vorm van de bustehouders? Laat ik daar eens met Inge een boompje over opzetten dacht ik, maar Inge lulde en lulde maar over haar eigen kleine probleempjes, dus dat feest ging niet door. Eigenlijk vond ik Inge een beetje te veel would-be. Tijdens het praten stond ze maar supervrouwelijk haar haar achterover te gooien en zwoel haar sigaret af te zuigen, en deed ze alsof wij elkaar al jaren kenden. Om niet onbeleefd te zijn, gaf ik haar zo nu en dan antwoord, en ik knikte regelmatig heel geïnteresseerd, maar na een kwartier door haar te zijn verveeld, werd het me toch echt te dol. Ik stop ermee, besloot ik, je kan lullen wat je wil, maar ik zeg niets meer. No feed-back anymore, baby, you're through. Inge had mijn ondermijnende gezwijg in het geheel niet door, ze blééf maar praten. Wat was dit? Net op een feest, word je opgeslokt door een je plat pratende parfumzwam. Zuchtend stond ik om me heen te staren, geconcentreerd niet te luisteren. Niemand kwam me redden. Ik kon er niet meer tegen, tegen Inge.

'Kan jij nu niet gewoon eens even je kop dichthouden?' vroeg ik abrupt.

Inge keek me aan, heel even met open mond.

'Sorry hoor,' zei ik bijna giechelend, 'maar je kan toch wel *even* je kop dichthouden? Ik ben net op dit feest, we kennen elkaar nauwelijks, en...'

Inge keek om zich heen.

'Nou ja,' brieste ze.

'Nou ja,' brieste ze nog een keer. Boos liep ze van me vandaan. 'Nou ja,' hoorde ik haar voor de derde keer briesen. Opgelucht haalde ik adem. Het feest kon beginnen, want ik was binnen.

Ondanks de zomer en alle vakanties werd het toch nog vrij druk. Ik zag veel bekenden, maar ook veel onbekenden. Sympathieke mensen, zo te zien. Ik stond in een groepje over de wintersport te praten (hoe leuk het wel niet was geweest), toen een van die chimpanthieke mensen bij ons kwam staan. Mijn probleem is dat ik zo eenkennig ben, dat ik spontaan diarree krijg als een wildvreemde zich opdringt aan een gezelschap, vooral als die iemand ook nog amusant blijkt te willen zijn. 'Ik ken een leuk gezelschapsspel,' zei de jongen ongevraagd tegen Andrea, maar eigenlijk tegen ons allemaal, 'dertien mensen (veertien zou eventueel ook nog wel mogen), dertien mensen gaan in een afgesloten kamer in een cirkel op de grond zitten. Alle dertien nemen zij een fles whisky en alle dertien drinken zij hun fles helemaal leeg. Een van de dertien verlaat vervolgens de kamer, en doel van het spel is dat de resterende twaalf mensen proberen te raden wie dat ook al weer was.'

Niet alleen Andrea, iederéén schoot in een ultieme kwijlepilepsie van het lachen. Ik keek van de jongen, die superieur glimlachend om zich heen stond te staren, naar zijn over de grond rollende toehoorders. Er is iets met dit feest, besloot ik, maar wat? Wat was hier aan de hand? Hoe kon dit allemaal? Wat ging er langs me heen? Wie de neuk was die jongen? 'We zien het,' bedacht ik met de bijbel, 'maar we doorgronden het niet.'

Later verkende ik met Andrea het dek van de boot. Er stonden bankjes, er hingen lampionnen, en er waaide een warme nachtwind. We keken uit op een hoge spoorlijn en een verlaten gebouw van de HTS. In een hoekje op het dek zat een groepje te drinken. Andrea en ik hadden het over de vraag of aids kon zwemmen of iets van dien aard, in ieder geval een echt feestelijk onderwerp. Andrea had iets nieuws. Ze riep als antwoord op alles wat je zei alleen maar: 'Brááák.' De eerste driehonderd keer vond ik dat best stoer en vertederend, maar gaande het gesprek begon ik me eraan te ergeren.

'Hou daar eens me op,' zei ik, toen ze het weer deed. Glimlachend keek ze me aan.

'Waarom ben jij zo chagrijnig?' vroeg ze. 'Ik hoorde dat je tegen Inge ook behoorlijk bot bent geweest.'

'Ik ben helemaal niet chagrijnig,' zei ik, vanaf dat moment chagrijnig. Dat eeuwige geroddel altijd.

'Waarom doe je dan zo chagrijnig?'

Ik mompelde kortaf dat ik helemaal niet zo chagrijnig deed.

'Het komt door al die gekke mensen,' zei ik, toen Andrea me maar glimlachend aan bleef kijken. 'Dan ben je op een feest en dan hoop je dat je onder elkaar bent met je vrienden om rustig een paar honderd biertjes te drinken, komen er plotseling allerhande wildvreemde golems op je af, om je te vervelen met prietpraatjes. Die jongen van net, allemachtig, echt zo iemand van wie ik onmiddellijk denk: hem mag ik niet, alles aan hem is verkeerd, wat hij nodig heeft is een flinke beurt met een spijkerharde godemiché in zijn reet. En dan doet zo iemand tot overmaat van ramp echt een bedroevende poging om grappig te zijn, en dan gaan al mijn vrienden daar heel schaapachtig een half uur om staan grinniken. Goddomme. Mijn vrienden. Dan denk ik, waarom ben ik hier?'

Klonk dat chagrijnig?

Andrea knikte.

'Je bent gewoon een beetje chagrijnig,' zei ze langzaam,

'en eh, Giph, geeft verder niet hoor, maar die golem is mijn broer.'

Aha. Gelukkig gaf het verder niet, hoewel deze volkomen overbodige opmerking van Andrea het gesprek eerlijk gezegd niet veel goed deed. Na een tijdje besloot ze, zonder mij daar even in te hebben gekend, weer benedendeks te gaan, de spelbreekster.

'We hadden ook gewoon over seks moeten praten,' riep ik, toen ze bij de trap stond.

'Omdat dat het enige is waar jij over *kunt* praten.'

'Nounounou,' riep ik.

Halverwege de trap naar beneden hield ze stil.

Ze keek me hoofdschuddend aan.

Haar lippen maakten pesterig het woord brááák.

Tot zover Andrea. Of er iemand van het groepje op het dek zin had om in het water te worden gegooid, vroeg ik. Nee, dat hadden ze niet, zeiden ze, en een nogal dikke jongen vond dat ik maar beter weg kon gaan. Joodse profeet, in wat voor een vreselijke gezelligheid probeerde ik mij in godsnaam te mengen?

Weer beneden bestelde ik eerst nog wat te drinken en kwam ik vervolgens terecht in een achterafgesprek tussen Thijm en nog wat andere jongens. Er werd gefluisterd en nogal geheimzinnig gedaan.

'Geef mij maar pijpen,' ving ik op.

Iemand anders zei: 'Ja, maar jij houdt volgens mij dan ook meer van pijpen dan van neuken...'

'Als ik ga, ga ik voor het pijpen.'

'En verdomd dat hem dat altijd lukt!'

'Maar hoe krijg je dat voor elkaar?' vroeg weer een ander. 'Je bent uit met een meisje, en je wijst op een gegeven moment gewoon naar je onderbuik? Zo van: "Daar moet je wezen"?'

'Je moet gewoon je nagels in haar hoofd persen, en dan dat hoofd langzaam maar trefzeker naar beneden drukken.'

'Hè ja, romantisch...'

'Je moet gewoon een zielig verhaal ophouden, dat je vroeger ooit eens heel erg lekker, bijna goddelijk gepijpt bent door een onbekend meisje, en dat het daarna wat het pijpen betreft eigenlijk alleen maar is tegengevallen. Je moet zeggen dat je nog altijd hoopt dat die ervaring ooit eens zal worden geëvenaard, maar dat zulks tot nu toe nog niet is gebeurd. Vooral dat *tot nu toe* moet je heel duidelijk uitspreken.'

'Je moet er gewoon om vragen, dat is het hele eieren eten. Je moet gewoon zeggen: "Hé, heb je zin om mij te pijpen? Het lijkt me echt fantastisch om door jou gepijpt te worden. Je zou me daar een groot plezier mee doen." Gewoon eerlijk vragen, dat werkt altijd.'

'Bij jou misschien.'

'Nee echt, altijd.'

En zo praatten ze nog een tijdje verder, af en toe schichtig om zich heen kijkend, niet alleen over pijpen, maar ook over borsten, standjes, masturberen; erg kinderachtig allemaal. Toen kwam er een mij onbekend meisje bij ons staan. Ze bleek de vriendin van een jongen, die ze vrolijk van achter beetpakte. Het gesprek verstomde. Zo, en nu werd het eindelijk mijn beurt om me er ook eens in te mengen.

'Het lijkt me echt fantastisch om door jou gepijpt te worden,' zei ik tegen het meisje, 'je zou me daar een groot plezier mee doen.'

Lichte consternatie (maar mooi dat het niet werkte).

The social event of the year doopte ik dit fantastische feest. The ultimate experience. Ik kon werkelijk nergens staan of ik beledigde wel weer iemand, of er liepen mensen weg, of ik kreeg ruzie, ja zelfs mijn trouwste discipelen ontweken me. Behalve Pier, dat moet ik toegeven. Die bleef maar als een Gilles de la Tourette-patiënt 'Pier hier? Bier hier!' roepen, en me constant van pilsjes voorzien. 'GIIIIPH!' riep hij dan, en ik al even lullig: 'PIIIEEER!'

En weet je wie er ook was? Asja, mijn oud-en-nieuwmeisje, mijn kousbroekje, mijn gymnasiumserveerstertje, mijn et cetera. Ze werkte inmiddels niet meer bij De Wingerd, maar ze was toch op dit feest. Ik besloot dat ze natuurlijk voor mij was gekomen. Ze stond bij een pilaar met haar rug naar me toe. Voordat je verder leest, wil ik eerst dat je dit bedenkt: Freanne zat in Hongarije, Noëlle in Parijs, en oude liefde roest niet. Bij mij blijft mijn liefdeleven over het algemeen beperkt tot een klein schotsje oud ijs in een oceaan van onbevroren water. Asja en ik op één feest, dat was verkeerd maar onvermijdelijk. Asja was the girl out there with my name on her forehead. Ik dacht, ik moet op haar gevoel inwerken, ik moet haar week maken, en dus verzon ik een warme, vriendelijke, overrompelende openingszin, waarna ze zich naar me toe zou draaien, verrast een *cri du cœur* zou slaken, haar armen zou spreiden en me liefdevol zou omhelzen...

Ik zei: 'Je hebt geen panty aan.'

Asja keek me aan.

'Nee,' zei ze uitdrukkingsloos.

'Toen ik je voor de eerste keer ontmoette, droeg jij een panty die je zelf beschilderd had met wolken en vogels en de zon en...' probeerde ik nog.

'Ja,' zei ze.

'Ja,' zei ik.

'Tijden veranderen, hè?'

Tijden veranderen inderdaad, dat was een wijs en waar woord van Asja, hoewel ik het in het licht van onze ontluikende conversatie maar een onzinnige opmerking vond.

'Hoe bedoel je?' vroeg ik.

'Ik bedoel niets.'

'O, je bedoelt niets.'

Ik vroeg hoe het met haar ging. Het ging *goed* met haar.

'Daar gaan we even een persberichtje van maken,' zei ik lachend. Asja zei niets.

Ik vroeg: 'Maar, ga je studeren?'

Asja zei: 'Ja.'

En na een lange nadenkpauze: 'In ieder geval niet iets wat met literatuur te maken heeft.'

'Hééh,' zei ik opgewekt, 'heeft dat met mij te maken?'

Asja zuchtte.

'Giph, ik ga even bij mijn vriend staan.'

'Hééh,' zei ik nog opgewekter, 'heb je een vriend?'

'Doei,' zei Asja, en ze stak de dansvloer over naar haar nieuwe vriend. Het zal toch niet waar zijn, dacht ik, maar het was waar. Haar nieuwe vriend begon juist superieur aan een groepje te vertellen: 'Dertien mensen (veertien zou eventueel ook nog wel mogen), dertien mensen gaan in een afgesloten...'

Gelukkig was daar al snel mijn innerlijke radar Céline, mijn steunzool, mijn praatpaal, mijn ziele-afknijpster.

'Hoera! Céline! Ik hou zo vreselijk veel van je,' riep ik. 'Kom eens hier. Ik ben blij dat je er eindelijk bent. Er zijn alleen maar enge mensen op dit feest. Laat me je omhelzen.'

Ik probeerde Céline te zoenen, maar ze hield me af. We stonden een beetje bij de bar, ik bestelde wat te drinken. 'Er zijn echt alléén maar enge mensen,' zei ik nogmaals. Céline zag er heel mooi uit, helemaal niet zeikerig of zo. Ik vroeg of ze het dek al had gezien, en ik troonde haar mee naar boven, waar niemand was. We gingen zitten op een bankje, dicht tegen elkaar aan.

'Ik ben zo blij dat je met me bent meegekomen,' zei ik, 'het wordt tijd dat ik jou eens even wat beken, een bekentenis die als een loden last op mijn geweten rust.'

Céline rekte zich uit, en ze was adembenemend.

'Nou, ik ben benieuwd,' zei ze.

Even zweeg ik, want ik was zelf ook wel benieuwd.

'Ik ben al jaren – Céline, luister je? –, ik voel al jaren diepe, verliefde gevoelens voor jou.'

Céline zei niets.

'Echt waar.'

Céline zei weer niets.

Toch wel. Ze zei: 'Je bent dronken.'

'Dronken van verliefdheid, ja, dat geef ik toe. Céline, hoe vaak heb ik niet aan je gedacht? Jij, die zo'n mooie jonge vrouw bent, en ik, zo intelligent en vriendelijk. Waarom is er nu nooit eens iets gebeurd tussen ons?'

'Krijgen we dat weer.'

'Al die avonden dat we geteisterd door hormonen op elkaars kamers zaten, elkaars lichamen ruikend, ons voor te stellen hoe het zweet parelde in onze oksels, ons voor te stellen hoe het zou zijn tussen ons, wij samen onder één dekbed...'

'Zullen we naar beneden gaan?'

Ze ging een beetje van me vandaan zitten.

'Jij met je benen langs mijn benen, ik als een locomotief

ertussen... Waarom is dat nooit gebeurd? Laat me uitpraten, ik weet het antwoord! Dat komt, Céline, omdat wij *vrienden* zijn, en...'

'Giph, hou eens op.'

'Vriendschap is een mooi goed, Céline, maar ik ben zo langzamerhand tot de conclusie gekomen dat je het ook kunt overdrijven. We leven in een copulatiemaatschappij, en nu kun jij heel hard "weg met de copulatiemaatschappij!" roepen, maar dan ben je niet realistisch bezig, geloof me. Ik denk dat het gewoon het beste is, voor de vriendschap bedoel ik, als wij vanavond eindelijk met elkaar naar bed gaan.'

Ze keek me zuchtend aan.

'Je bent een beetje vervelend,' zei ze.

'Sterker nog: ik ben een beetje verliefd.'

'Zoals je ook verliefd bent op Noëlle, Freanne, Debby, Andrea, Merel, Dop, Asja, een skilerares, Tonny, noem ze allemaal maar op.'

'En vergeet Céline niet,' zei ik, waarop ik haar naam over het water schreeuwde. 'Nu hier op dit moment ben ik verliefd op jou,' ging ik verder, 'daar gaat het toch om? Verliefdheid is toch de drang je seksueel te verenigen? Ik heb sterk de drang me met jou seksueel te verenigen, dus ik ben verliefd. Wat is daar mis mee? Zoiets moet toch een compliment zijn om te horen, als vrouw?'

'Alsof ik de eerste de beste slettebak ben, zeker?'

Ik haalde mijn schouders op.'Dat ben jij helemaal niet. Echt niet. Jij bent anders.'

'O.'

'Heus.'

'Hmm.'

'Jij bent gewoon een ontiegelijk normale burgertrut, sorry dat ik het zeg. Geeft verder niets, maar een bekrompen, almaar zeurend kneutermeisje ben je altijd geweest. En daarom hou ik ook zo van je.'

We zwegen allebei lang.

'Ah, nee, sorry, ik bedoelde...'

'Nou, mooie vriendschap hebben wij,' ontvlamde Céline, 'echte vrienden zijn we. Godgod, we gaan eindelijk eens zeggen wat we van elkaar vinden. Neem eens vaker een pilsje, Giph, dan spreek je tenminste de waarheid. Mooie vriendschap.'

Dat laatste zei ze nog een keer.

'Hoe bedoel je vriendschap?' vroeg ik. 'Vriendschap? Hebben wij vriendschap? Céline, wij hebben nooit vriendschap gehad. Echt niet. Ik heb alleen maar vriendschap voorgewend, omdat ik hoopte zo ooit nog eens met je naar bed te kunnen. Ik dacht dat lukt me wel. Als vriend lul ik haar wel het bed in.'

'Alsjeblieft Giph, hou op.'

Plotseling kon ik niet meer stoppen.

'En eigenlijk mag je die vriendschap van ons wat mij betreft gevoeglijk in je reet steken. Ik meen het. Ik wil helemaal geen vriendschap met jou. Rot op met je vriendschap.'

'Giph, hou op!'

'Zal ik eens wat zeggen? Ik wil met je neuken, dat is wat ik eigenlijk wil. Dat is eerlijk gemeend het enige dat ik al die tijd gewild heb. *Mijn* pik in *jouw* kut. Fuck die hele vriendschap van ons. Liever één stevige beurt, dan nog drie jaar vriendschap.'

PETS! Daar kreeg ik zowaar een vlakke meisjeshand tegen mijn gezicht. Céline stond plotseling woedend voor me.

'Vuile vieze smerige dronkelap,' schreeuwde ze. Ze rende naar het trapgat. 'Vuile hufter. Ik wil je nooit meer zien, hoor je dat? Ik wil je nooit meer zien.'

En toen verdween ze. Zomaar. Weg was ze.

Het duurde lang voordat ik ademde. Ik voelde aan mijn wang en bewoog mijn kaak. Mijn hoofd suisde. Wat een feest. Plotseling werd ik beroerd, als je het mij vraagt van de drank. Ik waggelde naar de reling en toen ik overgaf in het water, kwaakte er een peloton eenden. Er kwamen twee golven uit mijn maag; toen ik ze kwijt was, voelde ik me meteen een stuk beter. Lodderig en trillerig ging ik weer op het bankje zitten. Ik maakte met mijn lippen het woord brááák en ik ademde diep in en uit.

Toen hoorde ik kabaal bij de loopplank naar de ingang. Ik stond op en zag hoe een paar sterke jongens een oudere man verwijderden. Het was een zwerver. Hij werd afgesnauwd. Ik hoorde hoe de toegangsdeur werd dichtgesmeten. De man bleef een beetje hangen bij de fietsen in het gras.

'Wilt u wat drinken?' riep ik, vanaf het dek.

De man keek naar me op.

'Stomme studenten,' zei hij.

'Zal ik een biertje voor u halen?' vroeg ik. De man gaf geen antwoord maar liep in mijn richting. Ik wees hem hoe hij via de loopplank en de reling van het schip bij mij kon komen. Strompelend wist de man me te bereiken, joviaal klopte hij mij op mijn schouder. Hij zag er verlopen uit. Ik gebaarde hem op me te wachten. Céline zag ik beneden nergens, en verder besteedde er niemand aandacht aan mij, omdat ze allemaal wild-erotisch en fysiek-genitaal aan het dansen waren op house-muziek. Ik besloot me niet meer te ergeren. Bij de bar bleek het bier op, dus nam ik twee glazen wijn mee. 'Moet dan maar,' zei de zwerver, toen ik hem zijn drank gaf. Hij dronk zijn wijn met toegeknepen ogen, alsof het sterke drank was. Ik dronk ook maar weer, want anders stond het zo onbeleefd. De zwerver zei zomaar: 'Ik haal de winter niet.' Ik zei niets, want ik ben een beetje paranoïde als het om dat soort leed gaat. De man zei nogmaals dat hij voor de winter dood zou zijn, zo achteloos dat ik hem geloofde. Ik zat naast iemand die de winter niet zou halen, en die dat zelf wist. Op een of andere manier werd ik daar behoorlijk droevig van. Ik kon niets beters bedenken dan mijn arm om de man heen te slaan. Glimlachend maar ook hijgend keek hij mij aan. Hij knikte almaar. Hij zou de winter niet halen.

Toen onze glazen leeg waren, ben ik weer naar beneden gegaan om nieuwe te halen. Er was nu ook geen wijn meer, of misschien was het er nog wel, maar wilde men mij het niet meer geven. Ik verzamelde wat halflege glazen aan de rand van de dansvloer, een oud zwerverstrucje. Met een dienblad vol glazen kwam ik weer boven.

Samen dronken we van de lauwe wijn en het doodgeslagen bier. Het maakte ons allemaal niets uit. De man vroeg wat ik deed, ik zei dat ik neerlandicus was, of nee, zou zijn geworden als ik niet voortijdig gestopt was.

'Ik ook neerlicus,' zei de man, 'ik ook gestopt.' Hij zweeg

en zei toen fluisterend dat ik weer moest gaan studeren. 'Anders word je net als ik,' fluisterde hij. Ik kon mijn lachen bijna niet inhouden.

'Echt waar,' zei de man. Ik sloeg mijn arm weer om hem heen, en met ergens in mijn achterhoofd een prachtig essay over een vergeten en verguisde dichter, vroeg ik of hij ook schreef of had geschreven. De man gaf geen antwoord maar dronk van het zoveelste glas. Langzamerhand kwamen er meer mensen op het dek zitten. Het werd zowaar nog gezellig. Beneden draaiden ze hardrockballads, ik hoorde het gegil van meezingende mensen.

'Ik heb vandaag een beetje rot gedaan tegen al mijn vrienden,' zei ik tegen de zwerver, 'ik heb me echt vervelend gedragen.'

De man schudde zijn hoofd.

'Niet doen,' zei hij, 'nooit doen. Ik ben ik de loop der jaren al mijn vrienden kwijtgeraakt. Al mijn vrienden. Dat is niet goed.'

Ik wist niet wat ik moest zeggen. Beneden ging het volume van de muziek weer omhoog. Met schorre stem en met soms onverstaanbare klanken begon de man mij het verhaal van zijn leven te vertellen, te schreeuwen; een droevige opsomming van tegenslagen. Ik luisterde en pakte af en toe een glas van het blad. De man was midden in zijn verhaal toen Andrea naar me toe kwam. Ze hurkte naast me neer en zei dat ik moest oppassen met die zwerver, dat ik niet te dicht bij hem moest zitten, dat ik zeker niet zo dicht met mijn mond bij zijn mond moest komen, dat dat soort mensen nu eenmaal alle mogelijke enge bacillen en virussen bij zich droegen.

'Voor je eigen bestwil, Giph,' zei Andrea, 'kom met me mee.'

Dat was nog eens een mooi en vererend teken van liefde, vond ik. Andrea maakte zich bezorgd om mij. Nu zag ik ook Asja en de broer van Andrea op het dek en Inge en Céline en nog veel meer mensen. Iedereen maakte zich bezorgd. Allemaal keken ze naar mij. Ik draaide me naar Andrea.

'Luister,' zei ik, 'deze meneer en ik zitten midden in een gesprek, en ik kan je verzekeren dat, mocht het daarop uitdraaien, ik deze meneer een tongzoen geef als ik daar zin in heb. Ik zal hem zelfs afzuigen als hij mij daarom vraagt en als de omstandigheden daar naar zijn.'

De zwerver zat uitdrukkingsloos voor zich uit te staren. Andrea deed haar ogen dicht, trok haar wenkbrauwen op en schudde haar hoofd.

'Ik geloof dat jij gek begint te worden,' zei ze. Ze liep naar de anderen.

Eerlijk gezegd geloofde ik dat zelf ook. De zwerver vervolgde zwaar hijgend zijn verhaal. Ik weet niet of ik nog luisterde. Op ons dienblad stond nog één glas wijn. De man pakte het en dronk ervan. Hij kneep zijn ogen weer samen alsof het whisky was, alsof hij ervan genoot maar tevens getergd werd door de alcohol. Toen gaf hij mij het glas en ik zette mijn mond aan de plek waar hij gedronken had. De man praatte verder en ik begreep er allemaal niets meer van: het was helemaal geen wijn wat in zijn glas zat, het was lauwe cola. De zwerver trok zijn ogen samen voor een slok uitgebubbelde cola...

Hoe het kwam, weet ik niet, maar ik hapte naar adem. Ik werd er plotseling intens moedeloos van, van dat schip, van die zwerver, van dat T-shirt van Inge met 'Ja, dit zijn ze', van die muziek en dat geile gedans, van die roddels en al die honderden relatietjes, van die dertien mensen in die kring en dat geraad wie er de kamer is uitgegaan, van dat gepierhierbierhier, van dat schijnophouden, van die verontwaardigde ogen van Céline, van die kwakende eenden, van die troosteloze HTS, van dat 'de winter niet halen', van dat trieste gevlooi en geklit bij de bar, maar vóóral van die wijn die cola was. Hoofdschuddend nam ik nog een slok. Ik proefde lauwe, zoete, stroperige cola, maar ik doorgrondde het niet, ik doorgrondde er helemaal niets van.

STORM EN DRANK

Houffalize (Ardennen), 15 augustus 1991
Als iedereen bij zijn geboorte een zelfmoordpilletje kreeg, dat hij of zij naar eigen goeddunken en onvoorwaardelijk zou mogen gebruiken, dan waren er heel wat minder mensen, dat weet ik zeker. Zélf zou ik zo'n pilletje in ieder geval al lang hebben geslikt, vermoedelijk al een paar uur na mijn geboorte. Niet omdat ik onoplosbare problemen met mezelf heb, maar uit pure ergernis. Toch kan ik niet ontkennen dat ik soms ook onaangenaam getroffen in elkaar krimp om alle domme dingen die ik in mijn leven zelf heb gedaan, de blunders die ik heb gemaakt, de overbodige beledigingen, de zinloze leugens die ik heb verteld en later natuurlijk weer ongemerkt heb tegengesproken. Soms baal ik van mezelf zoals ik van anderen baal. Gelukkig komt dit niet vaak voor. Een van mijn sympathieke trekken is dat ik van mezelf veel meer kan hebben dan van anderen. Hoe diep is mijn minachting voor mensen die openlijk debiteren 'depressief' te zijn, zich 'down' voelen, het niet meer zien 'zitten'. Allemachtig, denk ik dan, de hongerende kinderen in Somalië, *die* hebben het moeilijk, waar praten we eigenlijk over? Maar vanzelfsprekend gelden er voor mezelf afwijkende regels. Ik vind het een van de meest bevredigende stemmingen die er zijn: zwaarmoedigheid. Eigenlijk ben ik pas echt gelukkig als ik me rot voel, daar komt het wel op neer. Wat dat betreft kan ik nu ten dage mijn lol weer aardig op. We verblijven op het ogenblik in de Ardennen (België) in het toeristendorpje Houffalize, waarover niets meer valt op te merken dan dat Lodewijk van Deyssel er een tijdje heeft gewoond. We zitten op een camping, dat is het goede nieuws, langs een uiterst lullig geultje dat de Ourthe heet. Mijn God, ik hou van campings. De dikbuikige trainingspakken, de onbeschaamde onbeschaafdheid, maar vooral de manier waarop elke ochtend iedereen met

zijn toilettasje onder zijn arm verveeld staat te wachten op zijn beurt bij de gesammtwasbakken en de gesammtplees. Wat een heerlijke wereld. Iedere ochtend dat ik in zo'n rij sta, denk ik: Zat er maar een zelfmoordpilletje in mijn toilettas. Gelukkig voor jou (en voor de hele contemporaine literatuur) heb ik ook vanmorgen dat pilletje weer niet gevonden, en ben ik derhalve gedwongen je deze brief verder te schrijven, je te verhalen over de trieste afloop van mijn ménage à trois met Freanne en Noëlle. Aaj, een krimp van schaamte...

Freanne was een week terug uit Hongarije (ze hebben daar ook zon, heel verrassend) en Noëlle uit Parijs. Er zou een groot tuinfeest gegeven worden in het achterpark van het bejaardentehuis van Freanne en haar familie. Monk, Thijm en ik gingen er 's middags al heen omdat we beloofd hadden ons met de bar te bemoeien. Noëlle en Freanne zagen er allebei zomermooi en verleidelijk uit. Terwijl de tuin versierd werd met lampionnen, slingers en fakkels, bouwde men een podiumpje voor een band, bestierde en bevarkende Nic een enorme barbecue, en sleepten wij met vaten, kratten en glazen. Toen alles min of meer geregeld was en klaarstond, duurde het zeker nog een uur voor de eerste gasten kwamen. In dat uur nam Freanne me mee naar haar studeerkamer voor een herdersslaapje.

'Ik wil gewoon dat je me een beetje vasthoudt,' zei ze, waarop ik haar gewoon een beetje vasthield.

Maar daarover straks misschien meer. Onze camping heet 'La Chasse et Pêche'. We zijn hier nu drie dagen. Aanvankelijk wilden we wat rondtrekken in de buurt, maar de Ardennen zijn toch nog tamelijk steil, en dat kan onze gammele Cinquocento niet trekken (onderweg hiernaar toe stonden we, met een kapotte handrem, op een heuvel van 25%, in een file, vooraan natuurlijk). We hebben hier een driepersoonstent, eigenlijk is het een ruime tweepersoons maar we slapen er met z'n drieën in. Thijm is ongeveer twee meter dik, en dus is er voor Monk en mij samen nog ruim anderhalve decimeter tentbreedte over. Toch slaap ik niet slecht, maar dat komt door de Mort Subite, een toepasselijk luguber biertje, dat we in het groot hebben ingeslagen en aan touwtjes te koelen hebben gelegd in het water van de Ourthe. Thijm is de stevigste drinker van ons drieën, ik vraag me wel eens af of het medisch gezien mogelijk zou zijn een soort stoma naar zijn maag te maken, zodat we daar een biervat op aan kunnen sluiten. Dat zou heel wat statiegeld schelen.

Vandaag is het de grote competitiedag. Met houten rackets en een oude bal spelen we wedstrijdjes tennis. Het speelveld is een verlept stuk geel gras, waar tot vanmorgen een grote familiecaravan stond. Met tenttouw hebben we een net gespannen. Monk en Thijm zijn nu al een uur bezig aan hun eerste echte match (vijfsetter, geheel volgens de regels).

Vind je niet dat het tijd wordt dat ik Monk en Thijm eens even bij je introduceer, want anders blijven die karakters toch een beetje hangen, denk je niet? Ik heb er een hekel aan als in literatuur niet al vanaf het begin af aan duidelijk is wie wie is, en wie wat. Als een schrijver niet eens even de moeite neemt zijn personages helder te tekenen, laat dan maar, vind ik. Zes jaar geleden zaten Monk, Thijm en ik bij toeval ingedeeld in één groep tijdens de nuldejaarsintroductie die de stad en de universiteit de nieuwbakken studenten aanboden. Al op de eerste dag onttrokken we ons aan het beklimmen van de Dom en andere ludieke activiteiten om ons op de kamer van Thijm terug te trekken. Daar zaten we in zijn rookstoelen, dronken we brandy, las ik hardop de eerste bladzijde van *The Picture of Dorian Gray*, rookten we sigaren en voelden we ons godvergeten decadent. Op de laatste dag van deze introductie zaten we aan een enorme ochtenddis, streek Thijm zijn bordeauxrode satijnen kamerjas glad en zei hij: 'Jongens, ik vind dat we met z'n drieën maar een clubje moeten vormen.' Monk en ik spraken dat niet tegen, en zo ontstond het driemanschap, de heilige drievuldigheid, de vrolijke drie, de driemaster van met onbetwijfelbaar talent en oprechte boosheid begiftigde jonge literatuurmusketiers. We kwamen in hetzelfde huis te wonen, we gingen hetzelfde studeren, we lazen dezelfde boeken, we trokken er in de zomer gedrieën op uit, we aten bij dezelfde snackbar en we kregen, ondanks een heftig bevochten erecode, dezelfde vriendinnen. Van ons drieën is Monk de intellectueel, de grootste lezer. Monk doet dapper mee als Thijm en ik debateren over W.C. Boutens of de kutscheten van Hella S. Haasse of als we weddenschappen afsluiten wie van de Grote Drie er het eerst zal overlijden ('Hermans natuurlijk...' – 'Ben jij gek? Mulisch!'), maar als hij terug is op zijn kamer leest hij stiekem gedichten van Coleridge en Walt Whitman. Ik heb hem daar wel eens op betrapt, dat hij dat doet. Monk is al jaren bezig aan 'Het Meest Serieuze Boek Ter Wereld Ooit Geschreven' (titel van mij), maar hij laat ons er nooit iets uit lezen. Kenmerkend voor Thijm is zijn geniale zelfoverschatting, zijn onvermoeibare luiheid. Altijd plannen, altijd ideeën, altijd werk in voorbereiding: nooit enig resultaat. Op instigatie van Thijm hebben we ons in de loop der jaren gestort op ontelbare romanprojecten, brievenboeken, tijdschriften, polemieken, revolutionaire dichtbundels en literaire stromingen, om maar te zwijgen van de speelfilm, de soapserie, het café, het paintballterrein, het tomatensoeprestaurant, de vereniging van liefhebbers van het uiterlijk van de Franse schrijfster Elisabeth Barillé, en onze honderden andere ondernemingen.

De ellende met Monk en Thijm duurt, zoals ik al zei, nu al zes jaar. Soms heb ik het gevoel alsof we eigenlijk al lang geen vrienden meer zijn. In het begin wel natuurlijk, maar gaandeweg is er iets anders gegroeid. We kennen elkaar zo lang en zo goed: langzaam aan zijn we elkaar geworden. Monk en Thijm (oui? c'est moi): dat ben ik eigenlijk zelf, wij zijn elkaars plaatsvervangers, woordvoerders, dependances. Dit klinkt eigenlijk allejezus literair, als ik erover nadenk, en zo is het ook bedoeld. Nu moet ik tennissen.

Ik had besloten me op het tuinfeest van Freanne en haar familie heel vriendelijk en beminnelijk te gedragen. Zelf vind ik ongeïnteresseerde, gemene en ingeteerde afzeikerds de sympathiekste mensen op aarde (mag ik misschien, godverdomme?), maar ik ben geloof ik de enige die dat vindt. Als ik naar een feest ga en er wordt van mij verwacht dat ik mij sociaal aanvaardbaar gedraag, dan moet ik dat echt van te voren besluiten, dan moet ik me daar op voorbereiden, dan eist dat concentratie en doorzettingsvermogen. Maar goed, deze keer lukte het me! Achter de bar was ik de vriendelijkheid zelve, en rondlopend op het feest knikte ik de mensen hoffelijk en amicaal toe. Het werd een druk feest, voornamelijk waren er heel veel (artistieke) dertigers. Dertigers of pubers, ik weet niet waar ik meer van walg. Ik vind: er zijn te veel dertigers in dit land. Hoe vaak gebeurt het niet dat een dertiger met zo'n optimistisch 'ik ben nog wel jong'-gezicht, zo'n Atte-Jongstra-bril en een air van gelijkheid een gesprek met je probeert aan te knopen, waarna de enige beschaafde manier om hem zijn kop te laten houden is hem consequent met U te blijven aanspreken? Je hebt ook een categorie cynische dertigers, daar kun je helemaal om lachen: die verkrampen echt als ze gedwongen zijn met een jonger iemand te praten. Rijp voor het bejaardentehuis, zullen we maar zeggen. Maar de meeste dertigers reageren over het algemeen overdreven welwillend en vertederd als iemand van laten we zeggen mijn leeftijd iets steekhoudends zegt, iets leuks, iets intelligents. Dat vind ik nog het zieligst aan ze. Als je met dertigers praat wéét je gewoon dat, hoewel zij ouder zijn en meer geld verdienen, jij knapper bent, strakker, sterker, scherper, puurder. Het grote probleem van dertigers is dat bij dertig de kwabjes komen, de buikjes, de kwaaltjes, de Eckjes, ofwel het verval, de aftakeling, de dood.

Ik werd aan veel dertigers voorgesteld. Freanne pochte met me, op het feest. Ze leidde me aan mijn arm de hele tuin door, en ze introduceerde me bij een peloton kennissen die allemaal verrast en vriendelijk reageerden: 'Zo, dus jij bent Giph?' of 'Ah, eindelijk! Giph!' Er was zelfs een hartsvriendin van Freanne die me halverwege de avond begon te vertellen dat ze in het NRC *Handelsblad* een advertentie had gezet, dat al haar vriendinnen een jongere vriend hadden, en dat zij dat ook wilde. 'Dat komt door jou, door al die mooie verhalen van Freanne over jou,' zei die vrouw, en ik voelde me eigenlijk wel vereerd. 'Het lijkt me echt fantastisch,' ging ze verder, 'niet te weten wat je deed op de dag dat John F. Kennedy werd vermoord.' Toen ze later nogal lodderig over mijn been begon te wrijven, ben ik maar weer achter de bar gaan staan.

Monk en Thijm zijn bezig aan hun return. Ik ben vernederd. Monk heeft mij met 3-0 van het veld gemept, en op zijn beurt versloeg Thijm mij ook met 3-0. Monk heeft van Thijm gewonnen, en dus staat Monk nu bovenaan en ben ik de grote verliezer. Er schiet me een citaat van Cees Nooteboom te binnen (uit: *Een lied van schijn en wezen*, geloof ik): 'Winnen is niets. Winnen laat geen sporen na. Winnen is bevrediging. Verliezen is leven.' Ik weet niet of ik dit juist citeer, je begrijpt dat ik het niet even kan nazoeken, want ik blijk het boek niet bij me te hebben. Ik heb het voor de zekerheid nog even in mijn koffer gezocht, maar nee. Het had gekund natuurlijk, sommige mensen nemen de zotste dingen mee op vakantie. (Vroeger ging ik nooit ergens heen, zelfs niet naar de Dagmarkt, zonder dat ik het belangrijkste werk van mijn toenmalige schrijversgod bij me had. Als ik op vakantie ging, bestond het hoofddeel van mijn bagage uit boeken die ik al gelezen had. Monk, Thijm en ik waren uren bezig met de pikorde van onze favoriete schrijvers en boeken, onze 'Galerij der Groten'. Het favorietst waren de boeken die mee mochten op reis. We sleepten zowat onze hele bibliotheek door de halve EG Dat was in de tijd dat we nog de *ianen* waren. Salingerianen, brusselmannianen, philiprothianen, tom-lanoyeianen, boccaccioianen, kees-vankootenianen, enzovoort, enzovoort, maar vooral brouwerianen. Eigenlijk was het een beetje zielig zoals wij een aan godsdienstwaanzin grenzende verering voor schrijvers koesterden, maar dit terzijde.)

Verliezen is leven. Wat ik je nog niet vertelde was dat Freanne tijdens ons herdersslaapje zomaar begon te huilen. Heel even, maar toch. Ik smelt als vrouwen huilen, daar kan ik werkelijk niet tegen. We lagen op Freannes sofa, ik streelde haar gezicht en vroeg zacht wat er was. Freanne wist het niet. Ze twijfelde af en toe, zei ze. Ik vroeg waaraan dan. Freanne twijfelde wel eens aan alles.

'Aan alles?'

'Ik hou er absoluut niet van om me te binden,' zei ze snotterend, 'en jij houdt daar gelukkig ook niet van. Daarom gaat het nu juist zo goed tussen ons, denk ik. Maar omdat het zo goed gaat, krijg ik toch de drang om me op een of andere manier te binden, je op te eisen. En dan word ik weer bang dat ik je daardoor kwijtraak...'

Ik ben geen vrouwenhater, echt niet, maar soms ontgaat me de logica en de noodzaak van bepaalde redeneringen.

'En zit je daarom nu een beetje te huilen?' fluisterde ik. Freanne lachte, zuchtte en huilde tegelijk.

'Ja, stom hè?'

Later op het tuinfeest ging Noëlle zich bij vlagen ook aanstellerig gedragen. Nu kan Noëlle sowieso nogal moeilijk in de omgang zijn, net als overigens iedereen in mijn omgeving. Ik ken eigenlijk maar één echt probleemloos en opgeruimd iemand, en dat ben ikzelf, maar enfin. Eerst negeerde Noëlle me een tijdje, zonder aanwijsbare reden, toen probeerde ze me in gezelschap van wat dertigers zomaar af te zeiken, en vervolgens had ze een lang gesprek met een man met een drol onder zijn neus. Al zou ik in de binnenlanden van Afrika verdwalen en voor tijden verstokt zijn van stromend water of elektriciteit, dan nog zou ik mijn snorharen liever met mijn nagels epileren, dan dat ik ze zou laten staan, zoveel angst boezemt de correlatie snor–domheid mij in. Per definitie praat ik niet met besnorde mannen (om van besnorde vrouwen maar te zwijgen). Noëlle had er geen moeite mee. Het leek wel of ze de drol onder zijn neus probeerde te versieren. Ze giechelde almaar, sperde gillend van de lach haar ogen wijd open, slaakte vreugdekreetjes, en legde net iets te opvallend haar hand voortdurend op de drol onder zijn neus z'n arm. Toen de funkband ging spelen zwierde Noëlle heel opzichtig met de drol onder zijn neus over het dansveld. Noëlle was zeker vijftien jaar jonger dan de drol onder zijn neus, ik vond het geen gezicht.

'Is hij niet een beetje te oud voor je?' vroeg ik, toen haar drol even naar de wc was.

'Moet jij zeggen,' zei Noëlle.

Later zei ze achteloos: 'Misschien probeer ik je alleen maar jaloers te maken...'

Bij ons kampvuur, 17 augustus 1991
's Avonds hangt er hier in het dal een wazige rookwolk boven het water, van alle kampvuren op de camping. Overal de geur en de geluiden van brandend hout. We lezen of

schrijven alle drie, en we drinken Mort Subite. Vandaag hebben we weer iets meegemaakt dat rechtstreeks kan worden opgenomen in ons Grote Anekdotenboek Van Vermakelijke Tot De Verbeelding Sprekende Bijna Ongeloofwaardige Gebeurtenissen. Het plan was vanochtend een lange wandeling te maken door het woud achter de Ourthe. Ons wringend door dichtbegroeid bos, klauterend langs modderige heuvelruggen en strompelend door met stenen bezaaide beekjes, kwamen we te praten over ons aloude 'moordplan Fritsjof'. Fritsjof, je weet nog wel: onze huisgenoot.

'Ik dacht dat we hadden afgesproken dat we naar de Ardennen zouden gaan als cover-up voor de moord op Fritsjof?' zei Thijm. We namen het plan nog eens door (snel naar U. rijden, F. doodknuppelen, snel weer terug naar H.), maar we besloten dat het, gelet op de staat van onze kleine 500, niet waterdicht was. Ik zei (veel serieuzer van toon dan Thijm dit gesprek had ingezet) dat als ik dieper over Fritsjof ging nadenken, ik (eigenlijk) nogal treurig van hem werd. 'Het is allemaal zo kinderachtig,' zei ik, 'dat er op de kleuterschool gepest wordt, oké, maar in een studentenhuis kun je je dat toch moeilijk voorstellen. Je ziet gewoon *leed* in zijn ogen als wij met z'n drieën luidruchtig staan te koken en Fritsjof altijd alleen en altijd alleen voor zichzelf in een pannetje staat te roeren. Dan denk ik: Waarom overkomt hem dat toch? Waarom doen wij zo?'

'Ben ik soms mijn huisgenoots hoeder?' zei Thijm.

'Ik stel me wel eens voor dat ik in een wildvreemd studentenhuis zou komen te wonen,' ging ik verder, 'zou het dan kunnen gebeuren dat ik door toevalligheid of onoplettendheid de Fritsjof van de groep zou worden, dus dat m'n huisgenoten me zouden uitlachen achter mijn rug, over me zouden roddelen, me zelfs zouden haten, of zou zoiets niet mogelijk zijn?'

'Ik denk het niet. Misschien horen wij gewoonweg tot een slag "leukere mensen" die simpelweg vlug contact met anderen hebben,' zei Monk, 'Fritsjof is veel moeilijker in de omgang. Kijk, echte vrienden en kennissen die zeik je af in het openbaar, dat is een teken van genegenheid. Bij Fritsjof zou ik het niet durven hem openlijk te pesten. Je hoeft hem maar een heel klein beetje te plagen, en onmiddellijk zie je zijn grote angstige ogen. Hij is net een soort zeehondje, zo zielig.'

'Hoe komt het toch dat iedereen zo intens om hem moet lachen, achter zijn rug? Waar ik ook kom, meteen beginnen ze om Fritsjof-verhalen te zeuren. Dat is toch verschrikkelijk. Stel dat hij allemaal zou horen wat we over hem vertellen, maar ook hoe we nu over hem praten. Stel je voor dat je plotseling doorkrijgt dat er zo over jou gepraat wordt.'

'Eh, Giph, we moeten je iets vertellen...' zei Monk.

'Volgens mij zou je, als je het een beetje slim aanpakt, Fritsjof zelfs naar zelfmoord toe kunnen praten,' zei ik, 'als je hem dit soort dingen vertelt.'

'Hééh,' zei Thijm, 'dat is nog eens een goed idee! Dat is een veel perfecter moordplan dan wat we eerst hadden bedacht. Hem er gewoon naar toe lullen. Een tribunaal beleggen en hem het overtuigende bewijs leveren dat het maar beter zou zijn als hij er zelf een einde aan zou maken. Wat een fantastisch idee! Je zou toch maar geen enkele moraal hebben, dan zou je met zoiets makkelijk kunnen experimenteren.'

Tijdens het klimmen en uitglijden praatten we verder over dit zelfmoordtribunaal, terwijl het landschap veranderde. We liepen niet meer in het woud, maar door vrolijk glooiende akkervelden, een nogal bucolische bedoening. We wandelden verder, en later kwamen we weer in een bos terecht, en daarna weer in arcadische velden, en weer in een woud, en weer tussen het koren, en weer bij een rivier, en bij bos, en in een stuk of wat gehuchtjes, bos, maïs, en dit zo nog een paar uur door, tot ik voorstelde om maar eens terug naar de camping te gaan.

'Als jullie gevoelsmatig de camping zouden moeten aanwijzen, waar ligt die dan, volgens jullie?' vroeg ik, en dat had ik beter niet kunnen doen, want we wezen alle drie in een totaal andere richting. We waren verdwaald ('verloren gelopen', zoals dat hier heet), het was vier uur, en we hadden vanaf ons vertrek niets meer gegeten en gedronken. Thijm wist ons ervan te overtuigen dat we in zijn richting moesten lopen, maar twee uur later (na een echt bizarre tocht door een oerwoud en een delta van meanderende, met salmonella vergiftigde stroompjes) bleek hij het ook niet meer te weten. Toen zagen we midden in het bos een houten huisje (... hier begint de ongeloofwaardige anekdote).

Een onooglijk mannetje met een vaalbruine ribfluwelen broek tot aan zijn nek deed open. Que nous étions perdus, zei Thijm. De man stapte naar buiten, kwam erachter waar we heen wilden, gebaarde ons hem te volgen, waarna hij met blubberschoenen weer zijn huis in liep. We gingen hem achterna. Binnen was het donker en koel. Er hingen geweien aan de muur, en jachtgeweren. In een hoek zat een dikke vrouw met een oranje bloemetjesjurk. Ze groette vriendelijk. De man wees ons een zithoek en begon in onnavolgbaar Frans met zijn vrouw te overleggen. We waren heel ver van onze camping, maakte hij ons duidelijk, we konden beter eerst even uitrusten. Hij verdween en kwam terug met drie flessen bier, die we gretig aanpakten. Te gretig, want door de hitte, onze lege magen en de uitputting steeg de alcohol ons onmiddellijk naar het hoofd. *En toen gebeurde het.* Terwijl de man de flessen weghaalde en weer met zijn vrouw begon te redetwisten, ging er een deur open, heel langzaam. Het was donker in de huiskamer, maar in de kamer achter de opengaande deur scheen een felle lamp. We keken gebiologeerd naar de steeds breder wordende streep helder licht die de bedommeling van het vertrek in tweeën sneed. Plotseling zagen we een schaduw. Plotseling was alles anders. Plotseling (maar rustig en gracieus) kwam *zij* de kamer in, *zij*, met lange blonde haren, *zij*, met een wit doorschijnend gewaad, *zij*, met een rank en sierlijk lichaam, *zij* kortom. Ik keek van de oude man en de vrouw naar haar. Was dit hun dochter, en hoe was dit mogelijk? Toen ze ons zag, slaakte ze een gilletje. 'Oe!' zei ze. 'Oe!' zeiden wij alle drie. Ze liep naar ons toe en stelde zich superieur glimlachend voor. Thijm zegt zeker te weten dat ze Jessica heette, Monk houdt het op Rebecca, volgens mij was het Madeleine, maar haar naam doet er eigenlijk niet toe. Allervriendelijkst stond ze voor ons, en verdoofd van ongeloof keken we naar haar op. Haar vader (het was inderdaad haar vader) zette weer drie bier voor ons neer. Zij kwam bij ons zitten en keek ons alleen maar aan, lachend, betoverend. Later probeerden we in een soort dronkemans-

Frans een conversatie met haar te voeren, maar ze zei weinig en was alleen maar mooi. Nog weer later werden we geroepen door de vrouw des huizes. Het was werkelijk ongelooflijk. In de keuken stond een onvoorstelbare maaltijd klaar, met wild, en patatten, en vooral met heel veel wijn. Er is nog goedheid in de wereld, geloof me. Madeleine at niet mee, maar ze schoof wel aan, weer voortdurend glimlachend. Na de maaltijd dronken we koffie en praatten we met de man over de oorlog en de Duitsers, terwijl we eigenlijk alleen maar volgden hoe Madeleine de afwas deed. Toen zei de man: 'Allons,' en hij wenkte ons mee naar buiten. Madeleine liep met hem mee. Uiteraard namen we alleroverdrevenst afscheid van de vrouw. Buiten stond een Peugeot op ons te wachten. De man zat achter het stuur, Madeleine naast hem. Zoveel altruïsme deed onze harten definitief smelten, ontroerd namen we plaats op de achterbank. De rit naar de camping duurde zeker een half uur. We stapten allemaal uit. Hoe konden we hen bedanken, vroegen we, waarop we geen antwoord kregen. Natuurlijk nodigden we hen uit voor een Mort Subite bij onze tent, maar de man sloeg ons aanbod af. Hij groette, stapte weer in, en even stonden we alleen met Madeleine. Ze lachte nog steeds, liep naar Thijm, gaf hem een hand, boog zich voorover en kuste hem. Thijm stond perplex. Daarna liep ze naar Monk, en ze kuste hem ook. Daarna kuste ze mij. Toen stapte ze in. Toeterend en zwaaiend reden ze weg. De wagen verdween achter een helling.

'Ze kuste ons...' stamelde ik. Monk en Thijm knikten. We zagen er volgens mij alle drie uit zoals Obelix, net nadat Walhalla hem op zijn wang heeft gezoend (in *Asterix en het 1ste legioen*, geloof ik, ik kan niet precies nazoeken waar, want ik blijk het boek niet bij me te hebben).

'Ze kuste ons...'

Verslagen, echt waar, stonden we bij de campingingang. We waren verdwaald. We hadden ergens aangeklopt. Zij kwam uit een kamer, *zij*, die mooi was, jong, slank, *zij*, die een doorzichtig gewaad droeg, *zij*, die lange blonde haren had, die lachte om alles wat we zeiden en die ons kuste bij het afscheid, *zij* kortom.

'We zullen haar nooit meer zien,' zei Monk, 'we vinden dat huisje natuurlijk nooit meer terug.'

Thijm en ik knikten.

Zwijgend liepen we naar de tent. We gaven elkaar de Mort Subiten door, Monk en ik pakten beiden een schrijfblok, Thijm een roman van Cortázar, en het enige dat we sindsdien gedaan hebben is schrijven, lezen, en ons af en toe oprichten, om lichtelijk verdwaasd tegen elkaar te zeggen: '...Ze kuste ons...' '...Ja, ze kuste ons...'

De volgende middag
Het onheilspellende gekletter van regen op een tent, de wind gierend over de velden: *lekker*. Het werd vannacht zowaar nog even zinderend noodweer. Dat was overweldigend, maar ook vervelend want we waren nogal dronken. We hadden namelijk besloten dat gisteren onze muze zich eindelijk had laten zien, dat het een teken was, dat we haar moesten eren, en dat (na nog een paar Morten Subites) het weer eens tijd werd voor Grobe Arfspaken.

'Lasten we jelkaar een goede briervenboek over lieterbuatuur gaan scrijven!' riep Monk, vrolijk met zijn hoofd de binnen- tegen de buitentent drukkend, 'vor ojns muze! Vor ojns muze!'

'Jwa!' schreeuwde ik, al even geinig ongemerkt met een vork gaatjes prikkend in het tentzeil, 'Jwa! En lok met vel humroe enzo, wat huorlr vind ik alitj heel erzj belangrijk!'

'Homorj is het luekjte op aarde,' bulderde Thijm, gekscherend met zijn voeten de tentstokken verbuigend en met zijn handen de tent onherstelbaar openritsend, 'hunor en literatuum, dat it wat in die bierfen moet stana... Dat it wat in die briefnen moet stana... Voor de mujze!'

'We gana het doen!' pruttelde Monk.

'We gana het deez keer ecjt doen!' gorgelde ik.

'Hurmor en lietradauur!' rochelde Thijm en dat werd onze strijdkreet, ook toen we later in een ongelijke strijd met de elementen verzeild raakten en het plotseling zo hard begon te regenen dat de Ourthe van een lullig geultje in snel tempo Amazone-achtige proporties kreeg. Omdat we onze tent niet zeewaardig vonden, moesten we hem in de stromende regen ('Hurmor! Lietradauur!') een stuk landinwaarts verplaatsen, terwijl de halve camping ons vanaf de kade uit stond te lachen (want zo zijn ze dan weer wel, die arbeiders). Later kregen we, weer in de tent, de slappe lach omdat Thijm het de hele tijd maar bleef hebben over zijn waterbed en zijn waterslaapzak. Hurmor!

Dronkenschap, aaj... Eerlijk gezegd hou ik niet van dronken mensen. Op het tuinfeest in Baarn stonden wij (zoals we Nic hadden beloofd) nuchter achter de bar, terwijl om ons heen de feestgangers steeds aangeschotener werden. Een swingende, hilarisch-vrolijke, ongegeneerd-geile uitspatting was het. Daar word je niet vrolijker van. Ook Noëlle was een beetje tipsy. Op een gemoment kwam ze me achter de bar vandaan halen om me het dansveld op te trekken.

'Moet je niet met je snor dansen?' vroeg ik.

'Nee, nu dans ik met jou, want jij bent jaloers.'

Ze zoog haar lichaam tegen het mijne.

'Hoe kom je daarbij?' fluisterde ik in haar oor.

'Ik voel het: jij bent jaloers...'

Daarna dansten we zoals we een half jaar daarvoor in een Veysonnaze discotheek ook al eens hadden gedanst. Wild, gepassioneerd. Ik zei: 'Ik heb wel eens een Antilliaans meisje horen vertellen dat er één simpele manier is om goed te dansen, en dat is door tijdens het dansen bewegingen te maken alsof je met elkaar in bed ligt: "Doe maar gewoon of we de liefde bedrijven," zei ze, en toen we later echt in bed lagen, bleek het andersom ook te gelden.'

Noëlle bewoog haar lichaam tegen het mijne, en zweeg.

Ik heb je ooit geschreven: 'Noëlle is mijn zuchtmeisje.' Wat ik bedoelde was: als ik met Noëlle ben, dan krijg ik zo'n jubelgevoel, dan voel ik me zo godvergeten *begenadigd*. Ik woon in het rijkste land van de wereld, ik eet in de beste restaurants, ik lees de mooiste boeken, en ik dans met de mooiste en krachtigste vrouwen van mijn tijd. In alle volgende eeuwen zullen jongens dansen met de danmalig knapste vrouwen, maar godzijdank dans ik er nú mee. Want wat er ook gebeurt: dat ontnemen ze me niet meer. Ik schaam me er niet voor dat ik met Noëlle danste en met intens genoegen (en een soort Lee-Towersachtige melodielijn) vaststelde: 'Ik heb... ge... lééfd.'

'Ik heb zin om te vrijen,' fluisterde Noëlle.

Ze stopte abrupt met dansen en nam me aan mijn arm mee door de tuin naar de (vooroorlogse) garage, waar ze tegen een muur leunde en mij naar zich toe wenkte.

Ze wilde iets zeggen, maar zei niets.

We kusten elkaar kort, terwijl zij met haar hand mijn spijkerbroek streelde.

'Heb jij zin?' vroeg ze.

Weer zoenden we. Ze drukte zich tegen me aan.

'Kom...'

Ik beet zacht in haar hals.

Plotseling hoorde ik achter ons: 'Zijn jullie nu helemaal gék geworden?'

Het was Freanne die dit riep. Ze was ons achterna gelopen. Noëlle liet me onmiddellijk los.

'Niet op míjn feest, in míjn tuin niet,' schreeuwde Freanne, en ze liep op ons af.

'Gek mens,' krijste Noëlle.

Freanne was met een paar stappen bij haar. Ze reageerde furieus: 'Wat zei jij? Zal ik jou eens een gek mens voor je kop geven?'

'Rustig!' riep ik, 'doen jullie even normaal? Er wordt hier niet gemept.'

'Dronken tor!' gilde Noëlle.

'Je bent zelf dronken!' gilde Freanne.

Noëlle begon te huilen en ze rende van ons vandaan, richting bejaardentehuis.

Freanne draaide zich naar mij.

'Hoe kún je me dit aandoen?' zei ze, nu ook huilend, 'op mijn eigen feest. Je weet dat ik er nooit wat van heb gezegd, van jouw onzin met Noëlle, ik heb je altijd vrij gelaten' (harder huilend) 'en er nooit problemen van gemaakt, maar niet op mijn feest, met al mijn vrienden erbij, ik had me er' (nog harder huilend) 'zo op verheugd om je te showen, en ik dacht dat, waarom doe je me dit aan, hè verdomme' (een Amazone van tranen) 'hè verdomme, sorry maar het komt door jou dat ik hier zo sta te janken omdat jij me op een of andere manier helemaal gek maakt, verdomme Giph, het komt door jou.'

Toen rende ook zij weg. Volkomen verbouwereerd bleef ik achter. Ik wandelde langzaam naar de bar, naar Monk en Thijm.

'Doe mij maar een Chivas,' zei ik tegen Monk, 'of nee, doe me er maar twee.'

Zelfde camping, zelfde dag, vooravonds
Sinds vanmiddag staan er twee schorre corpsmeisjes uit Amsterdam naast ons: Daan en Floor. Er is wat met nymfomanie, vind ik. Vooral die Floor heeft een mond, een stem en een lach die iedere jongen lijken aan te moedigen: *hang your yaya's out right now!* De komst van de meisjes was het startschot voor de altijd terugkerende strijd tussen Monk, Thijm en mij wie er hier nu eigenlijk de leukste is. Zodra er meisjes in de buurt zijn, is het direct afzeiktijd, ofwel proberen we elkaar voortdurend alleen nog maar voor penis te zetten.

Daan en Floor zijn leuke stoere beestmeisjes, dat bleek meteen. Bij onze gebruikelijke namiddagdrink (dat is als we in alle rust onder het helende genot van een aperitief de gemeenheid van de wereld plegen te bespreken) schoven ze onmiddellijk aan, en nog geen tien minuten later zongen ze onophoudelijk clubliederen in de trant van: 'Steek je vinger in mijn reet, tralalalalalala, want dan kom ik lekker kláááááár!' Er is wat met nymfomanie, vind ik. Ik denk wel eens: Zoals wij ons storten op de Inca-cultuur, Chinese keizerlijke dynastieën en het Egypte van de Farao's, zal men zich in de toekomst ook zo storten op onze beschaving, die van Nederlandse studenten anno het laatste anderhalve decennium van de twintigste eeuw? En wat zal er van ons beklijven, vraag ik me bijkans wanhopig af, tralalalalalala? Dit echter maar weer eens terzijde, zoals volgens mij in feite alles, het hele droevige leven, één langgerekt terzijde is (jongens, filosofie!). Het is mijn stellige voornemen ooit nog eens een roman te schrijven die alleen maar uit terzijdes bestaat. Maar dit terzijde.

Een oudere vrouw hoeft ondanks haar gegroefde gezicht en haar gerijpte huid haar schoonheid niet te verliezen, niet voor de man althans die haar als jonge vrouw heeft gekend, want hij zal in haar gelaatstrekken altijd de ideale gelaatstrekken zien die zij vroeger heeft gehad. (Deze gedachte is niet van mezelf maar van Monk, in het verleden nog een tijdje socratesiaan.)

Na die enorme scène bij de (vooroorlogse) garage ging ik naar de studeerkamer van Freanne. Even dacht ik verbaasd Noëlle op de slaapbank te zien liggen, maar het was toch Freanne. Ik vroeg of ik binnen mocht komen. Freanne haalde haar schouders op. Buiten hoorde ik het feest en de muziek. Ik hurkte naast haar en legde mijn hand tegen haar gezicht. Met mijn duim streelde ik haar wang.

'Heeh,' zei ik zacht.

Freanne perste om niet te huilen, maar het lukte haar niet. Er kwam een snotterige, dronken litanie van verwijten en verontschuldigingen, die eindigde met: 'Ik denk dat ik zo langzamerhand te veel van jou ben gaan...' Ze maakte deze zin niet af, en perste weer haar ogen dicht.

'Wat?' fluisterde ik.

Ze huilde hevig en kon pas na een tijdje uitbrengen: 'Jij hebt mijn leven veranderd, ik wou dat ik wist hoe dit kwam, maar het is nu eenmaal zo. Het was allemaal niet mijn opzet, maar gebeurd is het. Jij bent belangrijk voor mij geworden, daar ben ik achter gekomen, en ik denk dat het probleem is dat ik er meer van ben gaan verwachten dan jij en...' Weer kon ze haar zin niet afmaken.

'En wat?'

Het duurde lang voordat ze weer praatte. Almaar kon ze me niet aankijken.

'Ik heb vaak gedacht,' zei ze langzaam, 'om het je te vragen, wij samen bedoel ik, wij samen verder, wij alleen bedoel ik, maar ik durfde het niet. A) omdat ik bang ben dat zoiets Nic enorm zou raken, en ik weet niet of het mij dat waard is, en b)...'

'En b)...' ging ze zelf verder.

'Zeg het maar,' zei ik, de tranen van haar gezicht vegend.

'Omdat ik niet wist hoe jij daarop zou reageren...'

Lange huilstilte.

'Misschien zou het je vreselijk beklemmen omdat ik zelf altijd gezegd heb dat het leuk is zolang het leuk is, en dat soort onzin. Ik was zo bang hoe jij daarop zou reageren...

Hè, shit! Het is ook allemaal zo anders gelopen dan ik gedacht had! Shit!'

Ze zei nog een keer hard: 'Shit!' omdat ze zich opzichtig aan het vermannen was.

'Hè, wat een gezeur!' riep ze. 'Hè!'

Ze sloeg haar armen om me heen, en kuste m'n hals.

'Hé sorry, het was helemaal niet mijn bedoeling om zoveel problemen te maken,' fluisterde ze, 'nou, ik ben het weer kwijt, sorry.'

'Weet je ook wat het echte probleem is,' ging ze verder, niet meer huilend maar glimlachend nu, 'het echte probleem is dat jij zo onvoorstelbaar lief bent. Ik ken maar weinig mensen die zo lief kunnen zijn als jij, dat is het echte probleem. Als je bij me bent, als we vrijen, je bent zo lief dan. Dat is niet leuk hoor. Was je maar een rotzak, zoals mijn andere minnaars, dan was het allemaal veel gemakkelijker. Jij bent te leuk, te lief, dat moet je niet meer doen.'

'Nee,' zei ik. (Ik ben te lief. Als ze dat soort dingen over je gaan zeggen, kun je er maar beter een einde aan maken. *Te lief.*)

Ik kuste Freannes vingers.

Freanne haalde een paar keer diep adem.

'Denk je niet dat je gasten zich gaan afvragen waar je bent?' vroeg ik. Ze knikte. Toen we wilden opstaan, werd er geklopt.

Noëlle deed de deur open.

'Mag ik binnenkomen?' vroeg ze huilend.

19 augustus, 's avonds, nee, aan het eind van de middag
The struggle for wife. Vandaag zijn we met Daan en Floor naar de grotten van Han gereden, in Daanpappa's Rover. Het was als vanouds weer een arglistig hitsige bedoening. Onderweg speelden we een door de meisjes bedacht gezelschapsspelletje dat eruit bestond via snelle associaties van ieder willekeurig begrip naar het begrip 'neuken' te komen. Riep Floor: 'CD-speler,' dan zei Thijm: 'Speeltuin,' Monk: 'Wip,' en Daan: 'Ja.' (Ja stond voor neuken.) Scheurend over de heuvels van de Ardennen raakten we vrij vlug bedreven in het spel. Zei iemand: 'Dakraam,' dan was het: 'Schoorsteen,' 'Pijp,' 'Ja.' Of: 'Vermogensaanwasdeling,' 'Celde-

ling,' 'Reageerbuis,' 'Zwangerschap,' 'Ja.' Of: 'Lantaarnpaal,' 'Ja.' Of: 'Koelkast,' 'Frigide,' 'Nee.' Of: 'Kut,' 'Eh... eh..' De sfeer zat er goed in. Het was de hele dag door eigenlijk helemaal een beetje voer voor baltsethologen. Vanmorgen, bij de washokken, vond Thijm het al nodig om in conclaaf te gaan.

'There are two girls out there with our names written on their foreheads,' zei hij, 'jammer is alleen dat ze niet met z'n drieën zijn. Laten we ons daardoor afschrikken, of gaan we ervoor?'

Monk antwoordde: 'We gaan ervoor.'

Ik zei cool: 'You heard what the man said.'

'Goed,' zei Thijm, 'maar dan zitten we met een probleempje.'

Monk bedacht het plan dat we voor een eerlijke verdeling van de meisjes een match zouden tennissen, maar dat vond ik geen goed voorstel. Thijm zei: 'Waarom gaan we niet ieder voor zich, we zien wel wie er wint, en de verliezer krijgt van de twee anderen een fles Chiv?'

'Goh, leuk voor de kinderen die Daan of Floor en ik later krijgen,' zei Monk, 'leuk voor hen te weten dat ze ontstaan zijn uit een soort weddenschap.'

'Doen jullie mee?' vroeg Thijm. Monk en ik knikten, we legden gedrieën onze handen op elkaar en daarmee was de afspraak beklonken. Vanaf dat moment was het Open Belgisch Kampioenschap Hormoonbal een feit. Thijm ging meteen na de aftrap in de aanval en hij plaatste een mooie demarrage door Daan erg verdedigend achter het D-vlak te spelen, Monk op zijn beurt voerde een paar stevige tackles uit om mij de Floor te ontnemen, die ik met handig kappen en een slimme slag naar het verre achterveld toch wist te behouden. Na de Floor helaas twee keer met slightly te veel topspin over het net te hebben gespeeld, ging mijn servicebeurt verloren. Monk stond hierdoor op pole position, die hij later echter weer verloor toen een handsbal van Thijm werd afgefloten en een lastig colletje vlak voor de grotten van Han het peloton weer hergroepeerde. De wedstrijd duurde verder de hele dag en vooralsnog is de eindstreep nog lang niet in zicht. In het klassement zijn ook nog geen overtuigende gaten geslagen, al is de strijd hevig geweest.

De grotten van Han zelf hebben we overigens nooit bereikt, want de wachttijd van het treintje ernaar toe was maar drieëneenhalf uur. In plaats van naar de mieten en de tieten zijn we naar een erg grappig gehuchtje gegaan met de naam Église de Saint Erectes of iets dergelijks, Sint Piellekenskerk, op z'n Vlaams. Daar hebben we op een terras gezeten en cijfers gegeven aan voorbijgangers. Op het ogenblik zijn we gelukkig weer terug in Houffalize, Monk is douchen, Thijm sprokkelt hout, en Daan en Floor zijn naar het dorp om inkopen te doen voor de enorme barbecue die we voor vanavond hebben gepland. Het is leuk dat het zo leuk is met Daan en Floor, dat het onverwachts toch weer een Turbulente Vakantie is geworden. Desondanks raak ik mijn zwaarmoedigheid niet helemaal kwijt, want steeds maar blijf ik denken aan en ineenkrimpen om Freanne en Noëlle.

Noëlle stond huilend in de deuropening van Freannes studeerkamer. Freanne snelde ogenblikkelijk naar haar toe, en ze omhelsden elkaar. Uiteraard huilde Freanne nu ook weer. Het grappige was dat ze allebei op dezelfde manier huilden, met dezelfde uithalen en snikjes. Ik hoorde Noëlle jammeren dat het haar zo speet van daarnet bij de garage en dat ze zich zo rot voelde. Freanne jammerde hetzelfde. Ze zoenden de scène af, dat was mooi. Gearmd kwamen ze de kamer in, allebei nasnotterend, Noëlle voorzichtig giechelend. Freanne zette Noëlle naast mij op de bank, en uit de dressoirkast pakte ze een fles wijn en drie glazen.

'We gaan er niet meer moeilijk over doen,' zei ze, de glazen inschenkend en verdelend. We toostten. Niet meer moeilijk doen, dat werd het credo. Noëlle zei: 'Het is toch maar een rare situatie,' en weer toostten we. Een rare situatie, dat vonden we het. Ik zei dat het me soms toch wel verwonderde: bijna elf jaar jonger te zijn dan Freanne, en bijna negen jaar ouder dan Noëlle. Freanne en Noëlle knikten bedachtzaam.

'Waarom hebben we er nooit met z'n drieën over gepraat?' vroeg Noëlle. Noëlle speelde nu de rol van klein meisje. 'Of hebben jullie het er onderling wel over gehad?'

Ik zei: 'Bijna nooit.'

'Ik ben blij dat we er nu tenminste eindelijk eens over

kunnen praten,' zei Freanne. Dat was een beetje een dooddoener, want nu moest er gepraat worden en zei niemand meer iets. Er hing een gespannen stilte. Noëlle vulde de glazen bij (we dronken alle drie in snel tempo) en we keken alleen maar een beetje naar elkaar.

'Eigenlijk zou het ontzettend mooi zijn als we wél openhartig met elkaar konden praten,' zei Noëlle na een tijdje, 'ik bedoel gewoon heel eerlijk, hoe het gaat en zo, hoe het zo gekomen is, wat we van bepaalde dingen denken, van elkaar of zo, Freanne en ik over jou bij voorbeeld, dat soort dingen...'

Freanne begon te grinniken. Terwijl ik een nieuwe fles wijn openmaakte, zei ze tegen Noëlle: 'Nou, er is wel één dingetje waar ik het wel eens met jou over zou willen hebben, waar we wel eens een goed gesprek over zouden moeten voeren.'

Noëlle vroeg wat dan, maar Freanne zei dat ze het nu niet kon zeggen en dat dat nog wel zou komen.

Noëlle zei: 'Nee, nu.'

'Ik fluister het wel in je oor,' zei Freanne, die nu de rol van klein meisje speelde. Freanne boog zich naar Noëlle en hoewel ze fluisterde, verstond ik het natuurlijk toch. Freanne fluisterde: 'Zijn lul.'

Noëlle en Freanne schaterden het uit. Mijn lul: het ijs was gebroken. Brullend van de lach legden ze mijn geknakte trots onder de loep. Na een tijdje verzuchtte Noëlle: 'Wie had ooit kunnen denken dat we ooit nog eens over dezelfde lul zouden praten,' waarop ze zelf bijna de slappe lach kreeg.

'Wat een lul,' hinnikte ze almaar, 'wat een lul.'

Vooravond, overal kampvuurrook

Onze barbecue is een uur of wat uitgesteld, want Floor en Daan vonden het water zo lekker hoog, waarop Thijm en Monk onmiddellijk met twee geleende canadezen (tweepersoonskano's) aan kwamen zetten voor een korte tocht. Hoewel ik weet dat dit me een paar bogeys scheelt, ben ik niet meegegaan. Ik wil nu schrijven over de allerlaatste episode van mijn liefde met Noëlle en Freanne.

De wijn steeg naar mijn hoofd en ook Freanne en Noëlle werden steeds dronkener. Het feest interesseerde ons alras geen zier meer, met z'n drieën was het veel gezelliger. Noëlle en Freanne schaterden voortdurend. Ik wil niet zweverig of vaag worden, maar op een bepaalde manier was het een perfect moment. In de tuin was het feest in hevige gang, de funkband speelde onophoudelijk 'I wish' van Stevie Wonder, de maan stond aan de hemel – en wij zaten afgezonderd met z'n drieën op een kamer vrolijk, ongeremd en op een vreemde manier verliefd te zijn. Het was het uur van de openhartigheid, het uur van de meedogenloze vragen. Dit was raar maar niet onaangenaam (en vooral heel spannend). Freanne zette een CD van Massive Attack op en Noëlle stak kaarsen aan. We hadden absoluut geen ruzie meer, het gesprek stokte totaal niet en het leek alsof deze vertrouwelijkheid er altijd al was geweest. Freanne vroeg naar onze boottocht over het IJsselmeer en het luilakken, Noëlle wilde weten van de roze Laura-Ashleykamer en die keer dat Freanne en ik het gedaan zouden hebben op het toilet van die Antwerpse galerie.

Het begon toen Freanne naar de wc ging. Noëlle boog zich prompt naar me toe om me te kussen. Daarna keek ze me aan. Freanne kwam terug en Noëlle liet me schielijk los. Freanne lachte en besteedde er geen aandacht aan. Toen Noëlle zelf naar de wc ging, pakte Freanne me bij mijn zalmzwarte feestblazer en trok me naar zich toe.

'En nu ik,' zei ze, en ze stak haar tong in mijn mond. Het ging een beetje wild, maar daar merkte Noëlle niets van, want op het moment dat zij weer de kamer binnenkwam, schonk Freanne de glazen weer vol en bladerde ik quasi-geïnteresseerd in een boekje met Oudfranse erotische prenten.

'Hebben jullie gezoend?' vroeg Noëlle achteloos, waarop wij al even achteloos knikten. Het deerde allemaal niet. We toostten weer, en ik vermoed dat we toch echt bezopen begonnen te raken. Nu moest ik naar de plee, tegen de spiegel van het toilet trok ik rare gezichten. Ik zei: 'Dat gaat verkeerd,' en ik weet nog dat ik dat ernstig knikkend bevestigde. Weer in de kamer lagen Freanne en Noëlle haast over de grond te rollen van het lachen. Het ging over scheten laten in bed, begreep ik.

'Eerst zegt-ie: "Ojee, verschrikkelijk," en dan begint-ie als een soort zwaan met het dekbed te wapperen,' gilde Noëlle. Seks en poep, de twee leukste zaken op aarde. Freanne riep: 'Ik kan het bijna niet meer houden,' en ze waggelde naar de deur. Voordat ze verdween keek ze ons eerst even aan en knikte ons bemoedigend toe. Meteen nadat ze weg was, klampte Noëlle zich aan me vast. Strak keek ze me aan.

'Ik ben geil,' fluisterde ze hard, 'ik wou dat ik je broek open kon ritsen en je stijf kon maken.'

Ze kneep met haar handen in mijn spijkerbroek.

'Jezus, ik ben geil,' zei ze nog een keer, terwijl ze met de palm van haar hand tegen mijn rits stond te draaien. Ik legde mijn armen om haar heen, en ik drukte mijn vingers op haar rug. Ze zuchtte, gooide haar hoofd achterover en ik zoende haar hals. Eigenlijk verwachtte ik dat ieder moment de deur open gegooid zou worden en Freanne zou schreeuwen of we nu helemaal gék waren geworden, maar toen Freanne binnenkwam leek het haar niets te kunnen schelen dat Noëlle en ik in een omhelzing stonden. Ze liep naar de stereo en zette een andere CD op (*The Rebirth of Cool*). Daarna kwam ze naar ons toe.

Misschien dat dit wel het meest zinderende moment van mijn leven is geweest. Noëlle liet me los en Freanne nam me over. Op dat moment was alles mooi, heel natuurlijk, lief, eerlijk, ongedwongen enzovoort. Freanne en ik kusten elkaar zacht, terwijl Noëlle zich afzijdig hield. Toen spreidden wij onze armen en kwam Noëlle bij ons staan. Ik zoende Noëlle, Freanne mij en Noëlle Freanne. Het ging vanzelf.

'We hadden dit veel eerder moeten doen,' fluisterde Noëlle kleine-meisjesachtig en giechelend, waarop we elkaar stevig omarmden. Ik probeerde ze allebei tegelijk van de vloer te tillen, geloof ik, wat natuurlijk niet lukte, maar waardoor we elkaar wel vrolijk begonnen te stompen en kietelen. Plotseling werden we alle drie hevig verliefd. We pakten elkaar nog steviger vast, ik beet ze alle twee uitgelaten in hun hals en zij beten in de mijne. Aaj, het was onafwendbaar. Noëlle moest weer piesen, en nadat ze weg was begonnen Freanne en ik heel verliefd te vrijen op de bank. Ik ging met mijn hand onder haar glitterbaltopje om haar borsten te pakken. Freanne gromde een paar onafgemaakte woorden en drukte mijn hand tussen haar benen. Toen Noëlle weer binnenkwam, lag ik Freanne langs haar slip te vingeren. Hoewel ze 'belachelijk' zei, aarzelde Noëlle niet en kwam ze onmiddellijk bij ons liggen om mij te tongzoenen. Het was een orgasme van spanning dat we daar nu met z'n drieën lagen te vrijen. Ik vingerde Freanne, Noëlle ging op haar knieën voor me staan, knoopte langzaam haar feestoverhemd los en stak haar borstjes naar me toe, waar ik gedreven aan begon te zuigen. Dit ging zo door tot Freanne zich oprichtte en zelf haar slip uittrok. Daarna begeleidden ze me beiden naar het midden van de bank, en allebei aan één kant gezeten streelden ze mijn feestspijkerbroek. We zoenden met z'n drieën. Ik geloof dat het Freanne was die mijn rits opentrok, en Noëlle die meteen maar mijn hele broek haar beneden wilde trekken.

'Wacht even,' zei ik, 'dit is natuurlijk wel een heel mooi moment.'

Freanne rekte zich uit en pakte onze glazen. Daarna trokken Noëlle en zij samen heel langzaam, heel plechtig mijn spijkerbroek uit. Mijn boxershort werd door de spijkerbroek mee uitgetrokken en zowaar dat hij daar toch nog onverwachts abrupt omhoogveerde: mijn lul. Noëlle en Freanne keken er vertederd naar.

'Zullen we hem samen zoenen?' zei Noëlle, waarop ze zich naar hem toe bogen en grappig begonnen te likken. Ik woelde hun haren en streelde waar ik kon. Ik moet zeggen dat ze de tijd eerlijk verdeelden. Dan weer mocht Noëlle hem zuigen en dronk Freanne haar wijn, dan weer andersom. Helaas kwam er een einde aan, want ik moest weer naar het toilet.

'Doe het in de plant,' zei Noëlle. Freanne vond alles best. Ik waterde tegen de plant voor het raam, terwijl ik van boven af naar het feest en de swingende en seksende mensen keek. Toen ik me omdraaide waren Freanne en Noëlle allebei naakt. Zachtjes klapte ik in mijn handen, daarna liep ik met m'n pik vooruit naar de bank. Freanne pakte me beet en begon me wild te zoenen. Ze hield me stevig in haar mond, ook toen ik me naar beneden liet zakken tot ik met mijn tong bij Noëlles gespreide benen kon. Even maar likte ik Noëlle, voordat ze zich op haar buik liet zakken en zich in een paar seconden klaarvingerde. Ze had een mooi hoogtepunt. Freanne fluisterde: 'Jij komt snel klaar, zeg.'

Noëlle hijgde uit: 'Ik vind het altijd zo lekker om geneukt te worden als ik net ben klaargekomen, mag dat? Ah, mag ik neuken?' Ze vroeg het eigenlijk heel lief.

'Natuurlijk,' zei Freanne, 'natuurlijk.'

Noëlle ging op haar rug liggen, ik boog me over haar heen. Freanne begeleidde mijn pik naar Noëlle, en ik begon langzaam en regelmatig in en uit haar te bewegen. Noëlle kraaide. Eerst keek Freanne alleen maar toe, maar na een paar minuten ging ze met gebogen benen over Noëlle heen staan. Ik richtte me op en nam haar kittelaar in mijn mond. Ik moest me inhouden om niet zelf klaar te komen. Noëlle drukte zich van me af.

'Nu Freanne,' zei ze. Freanne kwam op haar knieën voor me staan, boog voorover en leunde op de bank. Ik keek een beetje lodderig om me heen, ondere andere naar Noëlle (die strak terugkeek). Freanne begon steeds heftiger te grommen en steunen. Wild met haar vuist cirkelend kwam ze klaar. Het grappige was (dat viel me nu pas op) dat Noëlle en Freanne hetzelfde klaarkwamen, met dezelfde uithalen en snikjes. Freanne liet me stoppen en gleed onder me vandaan. Ze plofte naast Noëlle op de bank. Noëlle vroeg of ik bij haar wilde komen. Er ontstond een spelletje: om de beurt gaf ik ze allebei tien stootjes en dan ging ik weer naar de ander. Jezus, het was echte seks dit, echte gore vieze seks. Toen kwam het moment dat ik me echt niet meer kon inhouden.

'Ik móet,' zei ik, 'ik móet.'

Freanne riep echter dat ik me nog één keer in moest houden. Zij en Noëlle trokken me samen op de bank, waar ze me heel zorgvuldig en devoot gingen likken. Mijn kop tolde van de alcohol, mijn lichaam schokte en het zaad leek uit mijn tenen te komen. Schreeuwend spoot ik het eruit. Terwijl ik lag uit te hijgen, veegden Noëlle en Freanne samen obsceen lachend vocht van hun gezichten en de bank. Daarna kropen we dicht bij elkaar, dronken we wijn uit één glas, giechelden we de hele tijd, en rookten we van één sigaret. Buiten begon het zo langzamerhand al te dagen. Het feest was afgelopen, we hoorden alleen af en toe geschreeuw. Het grappige was dat Noëlle en Freanne, toen we een paar minuten op de bank lagen, allebei in slaap vielen. In een diepe slaap. We waren alle drie naakt en dus trok ik met mijn dronken kop mijn boxershort aan om in Noëlles kamer een dekbed te halen. Op de gang kwam ik Nic tegen.

Hij vroeg: 'Waar is Freanne?'

Ik zei: 'In haar studeerkamer.'

Nic knikte.

'Heb jij gezien waar Noëlle naartoe is?'

'Noëlle is ook op Freannes kamer,' zei ik.

Heel even zag ik een geschrokken en verwonderde blik in Nics ogen, maar hij herstelde zich snel. Hij zei: 'O,' daarna: 'Weltrusten,' en liep naar z'n eigen kamer. Op de wc heb ik mezelf vervolgens staan uitlachen en langdurig schouderophalend aangekeken. Weer bij Noëlle en Freanne heb ik het dekbed over ons uitgespreid en er even over gedacht ze in hun slaap allebei stiekem nog een keer te pakken, maar ik weet vrijwel zeker dat ik direct in slaap gevallen ben.

Tien uur inmiddels

Verlaten ben ik, verloren heb ik. Het is al tien uur, en zie ginds komen er nog almaar geen kano's, geen Danen en Floren, geen Monks en Thijms. Welcome to the world of the ultimate losers, hallo. Laten we ervan uitgaan dat ik gekelderd ben op de hormoonbal-ranglijst, laten we ervan uitgaan dat het zo gezellig was op het water dat ze ongemerkt tijd en plaats helemaal uit het oog verloren, laten we ervan uitgaan dat Monk en Thijm in één groot monsterverbond de Danen en Floren toen maar hebben verleid om onderweg bij een intiem restaurantje de honger alvast even te stillen, laten we ervan uitgaan dat ze na vioolmuziek en liters gekoelde wijn weer in de kano's zijn gestapt en dat ze na een tijdje peddelen op een punt kwamen waar de schemerrode zon zo mooi weerspiegelde in het bronsgetinte water, laten we ervan uitgaan dat er naast die plek toevallig een frisgroen weitje lag waar ze zijn aangemeerd en waar ze elkaar mooie en lieve verhalen hebben verteld, bloemen voor elkaar hebben geplukt, en waar ze elkaar nu beestachtig liggen af te lebberen. Laten we daar eens vanuit gaan. Verloren heb ik, verlaten ben ik.

Bij kampvuurlicht,
Om het verhaal van Freanne en Noëlle definitief af te ronden. Ooit eens (tot nog toe heb ik dit alleen aan Monk en Thijm verteld) (en God weet dat ik dat heb geweten), ooit eens, jaren geleden ben ik na afloop van een enorme slemppartij verdwaald geraakt en door een vermoedelijk Puertoricaanse prostituée in haar peeskamertje getikt. Ik was zo bezopen dat ik zonder er zelf erg in te hebben in de Hardebollenstraat terecht kwam, het Utrechtse redlight-districtje (*Hardebollen*: sommige namen verzin je gewoon niet). De Puertoricaanse, uiterst zachtbebolde vrouw droeg een doorzichtige bodystocking, en ze wenkte me naar haar toe. Ik (dat zweer ik!) had in het begin niet eens door wat haar beroep was. Bij de deur vroeg de vrouw: 'Paipi? Neuki?' Aanvankelijk begreep ik niet wat ze bedoelde, maar toen ik in een hoek van de etalage een dildo zag liggen, begon het me te dagen.

'Paipi? Neuki?' vroeg de vrouw nog een keer.

'Waarom niet paipi én neuki?' vroeg ik met een strontlazerusvervelende overmoed. Het kostte vijfenzeventig gulden. Binnen in het kamertje stond een enorm cognacglas bij het bed, gevuld met condooms, dat weet ik nog. Ik weet ook nog dat ik me zo min mogelijk dronken gedroeg, want anders zou een pooier komen, vreesde ik, die me in elkaar zou slaan, naakt de straat op zou sturen, en me af zou persen. Ik dacht ook: Hé man, dit is een ervaring, weet je, dit maak ik mee, dit is *goed*. Ik zal je maar niet vertellen wat ik in dat kamertje verder allemaal met die vrouw gedaan heb, domweg omdat ik dat niet meer weet. Zowel het paipi als het neuki is volledig uit mijn herinnering verdwenen. Wat ik nog wel weet is de minuut dat ik de cour d'amour verliet: ik was op slag weer nuchter. Vroeger zou ik dat onzin hebben gevonden als iemand zoiets zei, 'op slag weer nuchter', maar het was gewoon zo. Vanaf het moment dat ik het kamertje van de vrouw verliet, zij mij lachend nazwaaide en ik mijn fiets pakte, vanaf dat moment dus, was er alleen nog maar onophoudelijk wroeging, ongeloof, weerzin. Ik fietste naar huis en ik kwam bij een bankje een groepje meisjes tegen van wie ik er een paar kende. Ze groetten me, en ik groette terug, terwijl ik dacht: 'Beseffen jullie wel, meisjes, beseffen jullie wel dat jullie zojuist een vieze vuile gore hoerenloper hebben gegroet?' Jankend kwam ik op mijn kamer, echt waar, en het is me een raadsel dat ik die dag, die week, die maand, niet doodgegaan ben van *walging*. (Misschien schrijf ik er ooit nog wel eens een roman over, over prostitutie.)

De middag na de nacht met Freanne en Noëlle ervoor, werd ik wakker in een lege kamer. Mijn oren suisden, het binnenste van mijn hoofd leek te trillen onder mijn hersenpan en voortdurend had ik de drang over te geven. Alles stonk. Onmiddellijk kromp ik ineen van een allesoverheersende *afschuw*. Paipi, neuki, echte vieze gore grotemensenseks, gaddamme. Wat is het toch verschrikkelijk hoe mensen zich verliezen in hun bezopenheid.

Op de gang was niemand, in de logeerhal vond ik noch Monk noch Thijm en Noëlle was niet op haar kamer. Kokhalzend trok ik mijn vieze feestkleren aan. Beneden zat Freanne in de keuken een sigaret te roken en verder niets te doen.

Het Grote Weerzien. Freanne keek me aan met angstige ogen en het leek of ze op het punt stond te huilen.

Aarzelend zei ze: 'Hoi...?'

Ik zei niets, en Freanne zei ook niets.

Ze keek me almaar vragend aan. Toen pakte ze nog een sigaret en ging heel theatraal voor het open raam in onbestemde richting staan kijken. Het leek wel Pinter.

'Waar is Noëlle?' vroeg ik ten slotte geïrriteerd.

'Met Monk en Thijm naar Utrecht. Ze moet werken in De Wingerd,' zei Freanne.

Weer een lange stilte. Ik voelde me vies en rook mijn kleren. Seks stinkt, dat blijkt iedere keer maar weer. Ik móest wat drinken en schonk een glas water in (waar ik bijna van over moest geven).

'Ze zei dat ze niet meer, nooit meer, iets met mij, met ons, te maken wilde hebben,' zei Freanne en ze draaide zich naar me om. 'Dat zei ze: nooit meer. Met *ons*.'

Op de keukentafel lag een vork die ik met kracht tegen de koelkast smeet.

'Jezus, ben jij nu ook al boos?' vroeg Freanne, bijna ontredderd. Ik was niet boos, echt niet, ik kreeg alleen maar een plotselinge aanval van haat tegen alles. Ik keek naar Freanne, naar die smekende ogen, en ik haatte haar, Noëlle, drank, seks, paipi, neuki, alles. Ik rilde van walging en voelde een fysieke afkeer. Freanne begon te huilen, schrijnend, door merg trekkend.

'Ik begrijp het niet,' jammerde ze, 'ik begrijp het niet.'

Ik begreep het zelf ook niet, maar ik vond het verschrikkelijk.

'Ik ga weg,' zei ik en door de keukendeur liep ik de feesttuin in. Freanne kwam me achterna.

'Wat doe je nou toch?' riep ze, 'stel je nou niet zo aan.'

Ik zei niets en liep door.

'Blijf nou toch hier. Ik begrijp er niets van.'

Ik bleef niet.

'Als je godverredomme maar niet denkt dat je hier ooit nog hoeft terug te komen,' gilde ze helemaal wanhopig vanaf de veranda, 'ík hoef jóu nooit meer te zien, hoor je dat? Jóu hoef ik niet meer te zien. Vuile onvolwassen rótpuber.'

Luid huilend bleef ze staan.

Goddomme! Alsof zij er iets aan doen kon dat ik haar plotseling zo weerzinwekkend vond. Ik wílde lief zijn, en teruglopen, en haar troosten, en haar gewoon een beetje vasthouden, en samen nadenken over Noëlle en de nacht ervoor, en daarna weer gezellig praten over alle dingen waar we altijd gezellig over hadden gepraat: die rare jaren zeventig, dat geleuk-zijn-zolang-het-leuk-is, geKousbroek versus Brouwers, die interessante dertigerproblemen, Freannes periodiek systeem der minnaars, en weet ik veel, maar ik kon het niet. Ik liep naar de uitgang bij de tuin, en verder. Einde. Noëlle heb ik sindsdien ook niet meer gezien. Einde.

Volgende middag, laatste dag, 21 augustus

Laat ik deze brief afmaken. Over de laatste avond van onze vakantie in Houffalize.

Waar ik vannacht over heb liggen nadenken: het is een wijdverbreid misverstand te denken dat familieleden kennissen zijn die je niet zelf gekozen hebt. De bewering is op zich niet onwaar, maar de implicatie dat je kennissen die geen familie zijn dus wel gekozen hebt, is onzin. Kennissen, vrienden, kies je niet: kennissen kom je tegen door louter onvoorspelbare gebeurtenissen en beslissingen. Dat vrienden vrienden blijven, heeft ook niets te maken met kiezen, maar met eenkennigheid, gewenning, berusting en lafheid. Vrienden zijn familieleden zonder bloedverwantschap. (Zo, die zit.)

Gisterennacht kwamen ze om half een terug van hun 'uurtje kanoën', mijn vrienden en vriendinnen. Om half een, kun je je dat voorstellen? Monk zat in het bootje bij Daan, Thijm bij Floor. Anderhalf uur voor deze deceptie was ik uit arren moede en uitputting helemaal alleen en helemaal alleen voor mezelf maar alvast een paar stukken (natuurlijk al bedorven) vlees gaan barbecuen, want 'een mens moet toch eten'. De smoes van mijn vrienden voor hun vertraging was dat het onverwacht vrij hard was gaan waaien en dat ze moeite hadden gehad tegen de stroom in terug naar de camping te varen. Gohgoh. Hadden ze geen honger? vroeg ik me hardop af, waarop Thijm overdreven enthousiast de nog resterende hoeveelheid vlees ging inspecteren, totdat gauw bleek dat ze inderdaad onderweg al ergens hadden gegeten. Hoewel ik probleemloos, erg meegaand en wonderbaarlijk gemakkelijk ben, is een behoorlijke mate van kleinzieligheid mij ook niet vreemd. Lekker met z'n viertjes ergens gegeten, terwijl ik op een vijandige lelijke-mensencamping me in bange afwachting zorgen had zitten maken. Nee, ik werd er niet vrolijker van. Uiteraard was het feest nog niet afgelopen. Terwijl Thijm uitgelaten het kampvuur ging oppoken en Monk een paar Morten Subiets uit het water viste, kwamen Daan en Floor naast mij zitten.

'En wat heb jij vanavond gedaan?' vroeg Floor (ze was nauwelijks nog bij stem, wat natuurlijk kwam van al het schreeuwen tijdens het neuken).

'Eenzaam en verlaten op de uitkijk gestaan,' merkte Thijm op, uitermate grappig. De afzeiktijden van weleer, zij komen immer weer.

'Begin ik nu een beetje de Fritsjof van de groep te worden?' vroeg ik met een 'heb ik het nou gedaan?'-intonatie.

Thijm lachte hard.

'Maar wat heb je nou gedaan?' kuchte Floor nogmaals.

'Me gewoon een beetje de hele avond in m'n tent zielig liggen aftrekken,' zei ik, bedoeld als ontwapende opmerking.

Het was geen ontwapende opmerking.

Floor keek naar Daan, en ik zag haar denken: die jongen is of gek, of gefrustreerd, of allebei. Ik dacht: Nee, meisjes die na tien minuten al beginnen te zingen over vingers, die in reten gestoken moeten worden omdat ze dan zo lekker kláááááár komen, die zijn normaal.

Om het goed te maken, zei ik plechtig: 'Ik heb vanavond geschreven.'

Daan en Floor keken mij aan met een blik die interesse, verveeldheid, verwondering, ongeloof en onbegrip in zich verenigde.

'Geschreven?' vroeg Daan, met een trek rond haar mond. Iemand mag ongestraft taugé kweken, wc-brillen ontwerpen of in een laboratorium poep onderzoeken, en klakkeloos wordt dit geaccepteerd; iemand zegt voor zijn plezier te schrijven, en ogenblikkelijk dient hij dit te verantwoorden.

'Schrijven doet Giph wel vaker...' zei Monk, zijn afkomst, zijn doel, zijn belofte en zijn bestemming verloochenend.

'Goh, ga je nu ook over ons schrijven?' vroeg Daan, een kleine variant op Clichévragen Aan Schrijvers No. 7: ga je nu ook over míj schrijven.

'Alleen als een van jullie mij vanavond helemaal kapotneukt, helemaal de grond in neukt, een strakke natte kut over mijn harde pik wringt en me echt helemaal maar dan ook helemaal van de wereld neukt,' zei ik, 'jullie mogen dit ook met z'n tweeën doen.'

Daan keek naar Floor keek naar Thijm keek naar Monk. Jemig, alweer geen ontwapenende opmerking. Vervelende stilte. Monk verdeelde het bier. We gingen zitten rond het vuur, Floor naar mijn mening veel te dicht bij Thijm en Daan te dicht bij Monk. Het was duidelijk dat ik een bijna onoverbrugbare achterstand had opgelopen in deze Belgium Open. Nog even en ik mocht plaatsnemen in de bezemwagen. Ik dacht na over de beschaafdste manier van terugtrekken. Ik zou naar de tent kunnen gaan omdat ik 'heel erg moe' zou zijn, maar punt was dat ik helemaal niet 'heel erg moe' was, en als ik in de tent zou liggen zou ik toch alleen maar luisteren naar de gesprekken en – erger nog – de hiaten in de gesprekken. Ik zou het initiatief ook aan Monk of Thijm kunnen laten, die zouden kunnen vragen wie er 'zin had in een avondwandelingetje', waarop ik dat beleefd zou kunnen weigeren, en zij zouden vertrekken.

Terwijl wij zaten te praten en drinken, begon er twee tenten verderop een stel luidruchtig te seksen. Het trieste is dat op een camping alles wat een mens voorstaat wordt teruggebracht tot dierlijke proporties: men vreet, slaapt, kakt en neukt. Een fenomeen waar ik nog nooit iets over heb gelezen: de zogenaamde *campingviezeriken*, mensen die erop geilen een leefgemeenschap à la een camping te verblijden met de geluiden van hun eigen gemeenschap. Daan maande ons stil te zijn. We hoorden een man hijgen, twee bierbuiken op elkaar klappen en een vrouw kreunen.

'Het is toch gek om je voor te stellen dat er binnen vijf meter van ons vandaan nu twee mensen met elkaar naar bed gaan,' zei Floor hees.

'Windt jou dat op?' vroeg ik, ook hees.

Eerst schudde ze haar hoofd, toen zei ze: 'Ja, heel erg. Je kunt zelfs wel zeggen dat het vocht in straaltjes langs mijn benen stroomt. Merk je dat niet?'

Ik besloot dat er toch wat is met nymfomanie. Uitdrukkingsloos keek ik naar Thijm. Hij zei: 'Maak je geen zorgen, Giph, dit soort opmerkingen maakt Floor al de hele avond.'

'Wat dat betreft is ze aardig aan jou gewaagd,' zei mijn vriend Monk tegen mij.

'Hoezo?' vroeg Daan, 'praat jij ook altijd over seks?'

Floor zei: 'Jij lijkt mij typisch iemand die altijd over seks praat.'

Op dat moment leek er vijf meter verderop iemand klaar te komen.

'Bemoei je er niet mee!' riep ik over het veld, een Heel Erg Grappige Opmerking, geef toe, waar desondanks niemand om lachte. Monk en Thijm dronken bier, Daan en

Floor keken elkaar aan. Ik kreeg het gevoel alsof ik te veel was.

Na een tijdje zei Daan: 'Zullen we nog een spelletje spelen?' De nadruk lag op het woord *nog*. Aha, er waren dus al spelletjes gespeeld. Ik vroeg wat voor spelletjes ze zoal gespeeld hadden.

'We hebben getruth-or-dared,' hijgde Floor. *Truth or dare*, in mijn tijd, vroeger, jaren geleden, heette dat nog gewoon het 'gevaarlijke vragen'-spelletje, waarmee maar weer eens blijkt dat nooit iets kan blijven zoals het was, alles verandert, en niets enige waarde heeft (schrijf dáár dan een roman over, zeikerd).

Voordat het spel gespeeld werd, verdwenen Daan en Floor naar hun tent om truien te halen. Ik bleef achter met Monk en Thijm.

'En hoe zit het?' vroeg ik, 'hoe zit het met m'n fles whisky?'

Monk en Thijm zwegen.

'Jongens, laat me niet langer in onwetendheid. Wat is er allemaal gebeurd op het water? Ik neem aan dat jullie het woord *varen* een nieuwe betekenis hebben gegeven?'

'Ik krijg toch de indruk dat Giph niet zo goed tegen zijn verlies kan,' zei Thijm.

'Ja, ik denk het ook,' zei Monk, 'ik hoor althans een toon van ongerief in zijn stem trillen.'

'Van frustratie zelfs, zou ik bijna willen zeggen,' zei Thijm helemaal niet bijna.

'Jongejonge, want zijn jullie uitgelaten saampjes, zeker geneukt dat jullie zo vrolijk zijn?' zei ik.

'Hiii,' zei Monk, 'het lijkt wel of Giph jaloers is, hoor je dat?'

Thijm zat maar wat te lachen. Ik lachte ook. Toen kwamen de meisjes weer terug met allebei een gestreepte rugbytrui aan. Floor schraapte: 'Oké, truth or dare...'

'Leg het me nog één keer uit,' zei ik, 'want ik heb het net even gemist, geloof ik.'

'Iemand wijst een ander aan,' zei Daan, 'die ander zegt dan *truth* of *dare*. Bij *truth* verplicht hij zich de waarheid te antwoorden op wat voor soort vraag dan ook, bij *dare* moet hij iedere opdracht vervullen die hem wordt gegeven. Wie een vraag niet beantwoordt, dan wel een vraag niet uitvoert, is een enorme verliezer en mag niet meer meedoen.'

Ik knikte. Monk opende nog een paar Morten en het spel begon. Floor moest vertellen met hoeveel jongens ze het had gedaan (met *waarschijnlijk* meer dan dertig), Thijm moest een stuk verderop over een heel laag eenpersoonstentje springen (er lagen mensen in te slapen), Daan moest een fles Mort Subiet in één teug opdrinken ('En ik ben al zo bezopen!' riep ze – waarvan in godsnaam, vroeg ik me af), Monk mocht over zijn ontmaagding vertellen. Ik werd niet echt in het spel betrokken. Ze wilden weten of ik het wel eens met een jongen had gedaan, en natuurlijk kreeg ik het geheide onderwerp (masturbatie). Mijn *dare*-opdracht was dat ik een nieuw rondje Mort Subiet uit de Ourthe moest halen.

Langzaam aan werd de aard van de vragen intiemer, de sfeer gemoedelijker, de temperatuur lager en het geluid van de stemmen zachter. Floor en Daan waren nauwelijks meer te verstaan, maar ze lachten constant hees en hijgerig. Monk en Daan schoven steeds dichter naar elkaar toe, ik zag het wel, Thijm zat al dicht bij Floor.

Toen kwam er, vanuit het niets, zomaar, ineens, De Meest Vernederende *Dare*-vraag Ter Wereld Ooit Gesteld. Thijm was aan de beurt, en hij, mijn vriend, noemde mijn naam, en ik, zijn vriend, koos nietsvermoedend voor een opdracht.

'*Dare* dus,' zei Thijm. Daarna zweeg hij. Het duurde lang voordat hij doorging, zo lang dat het opviel. Het zwijgen van Thijm werd dreigend, er ontstond een spanning. Wat stond me in godsnaam te gebeuren? Als het maar geen voyeurisme was!

'Ik heb een opdracht voor je,' zei Thijm, maar nog altijd wachtte hij die te ontvouwen.

'Nou, kommop ermee,' zei ik.

'Mijn opdracht is dat je naar onze tent gaat, de tent dicht doet, in je slaapzak gaat liggen, en in slaap valt.'

Lange, lange stilte.

Eerst dacht ik hem niet goed verstaan te hebben, maar Thijm, mijn dependance, had dit werkelijk gezegd. Naar de tent moest ik, en gaan slapen. Hen met rust laten, daar kwam het op neer. Oprotten, dat bedoelde Thijm.

Thijm keek mij strak aan, Daan en Floor zaten elkaar met pretoogjes toe te knikken en Monk staarde naar de grond.

'Meen je dat?' vroeg ik.

'Natuurlijk meent hij dat, een opdracht is een opdracht,' bemoeide Floor zich ermee.

Ik wist niet of ik me verontwaardigd, geamuseerd, op mijn ziel getrapt, verveeld, trots of vernederd moest voelen. Drie dingen kon ik doen (een waar literair trilemma): a) ik kon de opdracht groots accepteren en gaan slapen, 2) ik kon de opdracht kleinzielig niet accepteren, het spel verliezen, niet meer mee mogen doen en dus maar gaan slapen, en ten derde ik kon ze allemaal in elkaar slaan, de Rover van Daans vader stelen, naar Brussel rijden, het parlement bezetten en België tot aan mijn dood dictatoriaal regeren. Over deze laatste mogelijkheid dacht ik lang na.

'Nou, ga je de opdracht aan of niet?' vroeg Floor mij iets te hoopvol.

'Rustig, rustig.'

Ik keek van Monk naar Thijm. 'Als in een film' zag ik zes jaar vriendschap voor mijn ogen voorbij trekken. Zes jaar vriendschap. Wat moest ik doen? Wat zou jij gedaan hebben? Ik besloot de eer aan mijzelf te houden. Ik gaapte luidruchtig en zei alleroverdrevendst: 'Ooh, ooh, wat ben ik moe. Ik ga maar slapen, denk ik. Ooh, wat ben ik moe. Weltrusten, jongens.'

Ik liep naar de tent, en draaide me nog eenmaal om. Ze zeiden alle vier weltrusten terug. Weltrusten, Giph. Weltrusten, ultieme verliezer.

Zal ik je vertellen hoe ik me in die tent voelde? Ik voelde me uitgesproken goddamnedfuckin'sonoffabitchheelerggodverdegodvergetenkrijgtochallemaaldegoremerdestinkin'gonnaripyourballsoffuiterstkoleireviezeafgeliktesl ijmerigehondegoreassholeberoerdevuigondergeschetendebielekarpatensmerigepleuriskankertiefusvinketeringklote. En ongemakkelijk. Ik ging in mijn slaapzak liggen (even naar de gesammtwasbakken om mijn tanden te poetsen, kon nu natuurlijk ook niet meer) en gelukkig vond ik nog een paar volle Mort Subites.

Ik probeerde me krampachtig te concentreren op 'leuke dingen', maar onmiddellijk was er Het Grote Luisteren. Truth or dare was volgens mij afgelopen, want er werd buiten nauwelijks nog gepraat. Wel hoorde ik veel gestommel en schor gelach. Ik voelde me een kleuter, een kind. Hier lag ik als volwassen man, in een tent, alleen en verlaten, omdat mijn vrienden zonodig wilden campingviezeriken.

Verbeten trachtte ik in slaap te vallen, maar als een uil een paar kilometer verderop opsteeg van een tak en met zijn pootjes kraste op het hout schrok ik al wakker, laat staan als er vlak voor mijn tent iemand schreeuwde: 'JA! DAAR! JA!'

Ik dacht: Laat ze dan tenminste het fatsoen hebben om een nachtwandeling te maken en het door hormonen aangezwengelde chemische procesje dat liefde heet een stuk verderop voort te zetten. Maar nee, ik hoorde alleen nog maar geseks, gefrunnik, gevuns, de geluiden van die Kutmonk die met zijn kutmond aan die Kutdaan haar kutvagina lag te likken, of iets van dien aard.

En daarna begon het tot overmaat van ramp ook nog eens te regenen en te stormen. Ook dat nog. Eerst vielen er als voorspel een paar grote druppels, maar meteen daarop brak er een erorm noodweer uit. Keihard roffelde het water op de tent, buiten hoorde ik het gegil van Daan en een wanhopig heen en weer geren. Hoewel ik met mijn praktische aard aanvankelijk dacht dat Monk en Thijm in onze hele ruime tent zouden schuilen en uithuilen, begreep ik al vlug dat ze zich met z'n vieren in Daan en Floors tent hadden gewrongen. Die tent van Daan en Floor was echt niet groter dan een onderbroek, ik zweer het, en toch lagen ze er met z'n allen in.

En toen de regen maar doortimmerde op mijn tentzeil, toen de storm voortraasde langs mijn tent, toen het luidruchtig uitgelaten feest in de onderbroek naast mij zelfs dat lawaai overstemde, toen dus, ben ik de wereld gaan vervloeken, ben ik vooral Monk en Thijm gaan vervloeken, die schorre nymfomanen gaan vervloeken, überhaupt alle vrouwen, alle campings, alle jagers, alle vissers, alle regen, alle domme dingen die ik in mijn leven heb gedaan, alles, en toen ik nog weer later, soppend in mijn waterslaapzak en mijn Persoonlijke Megalomanie, na alle Mort Subites plotseling mijn muze voor ogen kreeg – je weet wel: *zij*, die mooi was, *zij*, die een doorzichtig gewaad droeg, *zij* die lachte bij het afscheid, *zij* kortom – begrijp je wie ik bedoel? – toen dus, ben ik heel even heel ernstig geworden. Met haar – met *U*, muze, met U in gedachten ben ik in het wilde weg Plechtige Geloften gaan afleggen: speciaal voor U, besloot ik nu eindelijk, dan maar alleen en dan maar alleen voor mezelf, een goed briervenboek over lieterbuatuur te gaan schrijven, want het moet er ten slotte nu eindelijk maar eens van komen, speciaal voor U een goed briervenboek, en lok met vel humroe enzo, want huorlr vind ik alitj heel erzj belangrijk, laat iedereen in de wereld verrekken, laat iedereen zelfmoordpilletjes slikken, verliezen, het maakt niet uit van nu af aan is het U en ik samen, muze, U en ik, hurmor en lietradauur.

'IK BEN DE VERHALEN DIE IK VERTEL'

epiloog

Utrecht, het begin van de nazomer 1991
Als ik ooit in mijn leven pathetisch mocht worden, en aandoenlijk; als ik mezelf ga herhalen; als ik dingen over mezelf ga geloven die feitelijk niet waar zijn; als er alleen nog maar om laakbare redenen vrouwen op me vallen (bij voorbeeld omdat ze gek, nymfomane of heel erg oud zijn, of omdat ik geld en een beroemde naam heb); als ik vadsig word, lui; als ik leugens over anderen ga verspreiden; als ik de schijn op ga houden dat het goed met me gaat wanneer het helemaal niet goed gaat; als ik al tijden geen plezier en voldoening meer heb in wat ik doe en als ik daarover ga zeiken; als ik waarde ga hechten aan hoe er over me gedacht wordt; als ik vereenzaam en contact ga zoeken met onbenullen; als ik mezelf ga herhalen; als ik om de boot maar niet te missen jonge mensen ga roemen; als ik een drankzuchtige, uitgeschreven oude man word, kortom, zou je dan op mijn kosten (denk aan een BTW-bon) een pistool willen kopen en me door m'n hoofd willen schieten? Ik vraag dit aan jou, omdat jij de enige bent die mij dat ook zou kunnen vragen. Zullen we afspreken dat wij elkaar helpen? Wij saampjes? Gegroet, mijn jongen, scripturi te salutant.

Laten we het erop houden dat we ons dit wat ik je nu ga vertellen later schaterend zullen herinneren, dit feest in Utrecht bedoel ik, dit feest bij uitgeverij Sub Rosa, dit feest met misschien wel de allerbeste, meest nagevolgde, geroemde, maar voornamelijk uitgekotste Grootstilist der Nederlandse Letteren J.B. (of nee, laat ik niet meedoen aan dat schijthuizerige gedrag namen te verhaspelen tot initialen of asterisken, of ze opzichtig te veranderen in sleutelnamen): Jeroen Brouwers.

Zoals in de (Engelstalige) wereldliteratuur voor veel (jonge) schrijvers J.D. Salinger het grote voorbeeld is geweest, zo zullen er in de Nederlandse literatuur weinig jonge schrijvers niet door Jeroen Brouwers zijn beïnvloed. De jonge groenteboer Atte Jongstra debuteerde zelfs met een roman waarin hij in het eerste hoofdstuk probeerde af te rekenen met de invloed van Brouwers' stijl. Die invloed van Brouwers (en trouwens ook van Gerard Reve) lijkt mij vrij logisch. Voor een generatie die nog nooit iets heeft meegemaakt, is literatuur uitsluitend stijl, en zo hoort het ook, want alles is altijd alleen maar stijl. Geloof me!

Ik heb je al eens eerder geschreven over Jeroen Brouwers. Als ik in iemand geloofd heb, dan is het wel in hem. Iedereen heeft sooner or later, one way or another, for better or for worse een geloof nodig, en ik heb mij indertijd met overgave bekeerd tot het door Monk, Thijm en mij geïnitieerde Brouwersdom. Daar schaam ik me geenszins voor, er zijn ergere dingen om je toe te bekeren (de gereformeerde kerk, Arabische clitorissnijders, *de Volkskrant*).

Waar de jonge, zeer zeker door Brouwers beïnvloede, schrijver Joost Zwagerman tot zijn Persoonlijk Literair Thema heeft uitgeroepen het onvervulbare verlangen zijn geliefde niet alleen te beminnen maar ook te zíjn, heb ik een paar jaar lang krampachtig geprobeerd te leven zoals ik dacht dat Jeroen Brouwers leefde: leven uitsluitend en alleen voor en met literatuur. Of zoals Brouwers zelf – helaas nogal krukkig – schrijft in 'De Exelse testamenten' (*Kladboek*, pagina 163): 'Ik ben een eenkennig asociaal persoon, geheel verliteratuurd, alles wat hij meemaakt, denkt en voelt in verband brengend met literatuur en literatuur vervaardigend van alles waarmee hij te maken krijgt en vooral van hemzelf.' Zo en precies zo wilden Monk, Thijm en ik leven. Brouwers schreef (in *Winterlicht*, pagina 116): 'Schrijven is een levensopdracht en heel wat anders dan de hobby van de schrijfamateur, zo iemand die zegt "schrijven fijn te vinden om te doen", maar er daarnaast een veilige baan of een hem zekerheid verschaffende broodwinning op na blijft houden. Wie wil schrijven moet uitsluitend schrijven, en vierentwintig uur per etmaal voor zijn schrijverij, en voor niets anders, beschikbaar zijn, dag en nacht, alles wat hij doet of meemaakt in het teken stellend van het œuvre dat hij maakt, zijn hele leven lang, en het beschouwen als zijn lot dat hij niet kan ontlopen en overigens tot in de uiterste consequentie ook niet wil ontlopen, – dát is een schrijver.' Wauw! Dat was nog eens wat anders dan dat slappe geouwehoer van leraren Nederlands. Toen ik dit eenmaal las, wist ik: ik ben een schrijver, ik ben altijd al een schrijver geweest. Monk, Thijm en ik, wij waren alle drie schrijver, en we zijn ons in die tijd over ons schrijverschap echt kapot gaan fantaseren (met de nadruk op fanta). Het grappige is dat we daarbij op het maniakale af zo ernstig zijn geweest. Bijna bezeten dachten we na over van alles, onze stroming, ons leven als schrijver, onze polemieken, ons tijdschrift, onze latere interne conflicten, de interviews die we zouden geven aan Barend en Van Dis, en niet te vergeten het moment dat we Brouwers 'toevallig' zouden ontmoeten. De ene keer stonden we naast hem in Athenaeum Boekhandel (waar we ons bescheurden om zijn werk), de andere keer stapte hij nietsvermoedend De Wingerd binnen om met zijn vrouw 'een kroes kof en een toostebroodje met chocoladen hageltjes' te gebruiken. Ik had van te voren al uitgedacht wat ik zo'n geval zou doen. Ik zou onmiddellijk naar de dichtstbijzijnde groenteboer rennen om een zak druifjes te kopen, rijpe zachte perziken, pruimpjes en sappige peertjes, en deze Brouwers zonder iets te zeggen aanbieden. Als (en alleen áls) Brouwers mij vragend aan zou kijken (hetgeen mij onmogelijk leek want in *Het verzonkene* had hij zijn trouwe lezers om dit fruit verzocht) dan zou ik daar rustig en vriendelijk aan toevoegen: 'Meneer Brouwers, U bent mijn Harry Mulisch.'

Je moet namelijk weten dat wat Brouwers voor ons was, Mulisch voor Brouwers heeft betekend. 'Toen ik achttien was werd ook mijn bestaan vervuld van de werken van een schrijver voor wie ik welhaast afgodische verering had,' schreef Brouwers in 'Es ergo sum' (*Bzzlletin* 98, pagina 63), 'dat ik schrijf, komt door Mulisch. Dat ik sommige dingen schrijf zoals ik ze schrijf, komt ook door Mulisch. ' Nee maar, wij herkenden dit, besloten we plechtig. Dat wij schreven kwam door Brouwers. Dat wij sommige dingen schreven zoals we ze schreven, kwam ook door Brouwers. Dat we daarbij helemaal niet schreven, deed niet ter zake.

Aanleiding voor het protocol 'Es ergo sum' was het bezoek dat Brouwers kreeg van een enigszins verhitte achttienjarige jongeman die uit pure bewondering voor het werk van de schrijver op zijn motor was gestapt om Brouwers aan te raken en zijn stem te horen. Monk, Thijm en ik, wij reden geen van allen motor en we hebben Brouwers dan ook nooit bezocht. Bevreesd voor zijn toorn en gram hebben we zelfs nooit het lef gehad Brouwers te schrijven, bang als we waren dat onze brief niet *goed* geschreven zou zijn. Dat was namelijk ook een tic die we van de malle Brouwersmolen hadden gekregen, dat we het per definitie ontzettend slecht vonden wat we schreven. Het kon niet zo zijn dat pubers, jongetjes, iets goeds presteerden. In *Winterlicht* noemt Brouwers jongenswerk 'masturbantenproza', en 'het pretentieuze Niets: – met het als kunst omschreven maar daarmee niets te maken hebbende, nergens toe leidende knutselwerk waarvan ik de overbodigheid meteen doorzag'. Achteraf lijkt het wel masochisme, maar wij waren het met Brouwers eens dat schooljongens en studenten niet konden schrijven, en dus schreven we maar helemaal niets meer. Veel schrijvers (ook weer een Brouwersstokpaardje) hadden zich niet voor niets van hun jeugdwerk afgekeerd. Mulisch zou hebben verkondigd *archibald strohalm* niet te hebben geschreven, Brouwers schaamde zich voor *Het mes op de keel*, en op onze beurt besloten wij ons jeugdwerk maar geheel over te slaan, om ons te concentreren op 'ons latere werk'. Als er iets is waarmee ik me in mijn leven heb beziggehouden, dan is het wel 'mijn latere werk'. Brouwers schrijven of bezoeken was derhalve helemaal niet nodig, want als hij 'ons latere werk' eenmaal zou lezen, zou hij ogenblikkelijk beseffen dat wij de zijnen waren, ofwel 'gelijkgestemd', ofwel 'hetzelfde maar anders'.

Op het 'AKO-Prostitutie-Prijs'-overwinningsfeest van Geerten Meijsing na (dat was in de *Indian summer* van onze verering voor Brouwers), heb ik Jeroen Brouwers nooit gezien of gesproken, en dit zou zo gebleven zijn als ik mij niet door mijn voormalige vrienden Monk en Thijm had laten overhalen om naar een borrel bij uitgeverij Sub Rosa te gaan. Verstoten door Freanne, in een vernietigende zwijgoorlog met Noëlle en gebrouilleerd met vrijwel mijn gehele vriendenkring, leek het me een gotspe naar dat feest te komen, maar uiteindelijk liet ik me toch overhalen, omdat Thijm van Freanne had gehoord dat Jeroen Brouwers de laatste tijd vaak gesignaleerd was in de straat voor de uitgeverij. Freanne had zelfs met hem gesproken en hem uitgenodigd voor de receptie. Het idee dat Jeroen Brouwers op een borrel zou zijn met Monk en Thijm maar zonder mij (terwijl ik er had kunnen zijn) was ondraaglijk. Ik besloot (hoewel niet uitgenodigd en beloften brekend) mijn hand over mijn hart te strijken.

Aanvankelijk was de borrel bij Sub Rosa maar een benepen bedoening. Toen ik met Thijm de grote redactiekamer binnenstapte (die meteen aan de straat ligt), was het al behoorlijk druk, maar Jeroen Brouwers zagen we nergens. (Monk was er al, want Monk werkt sinds kort hele dagen voor Sub Rosa.) De borrel werd gegeven omdat Sub Rosa tien jaar bestond en er die week vijf boeken tegelijk verschenen. Het valt me op dat uitgeverijen bij voortduring proberen te beknibbelen op voorschotten, royalties, achterflapfoto's en advertentiekosten, maar als er iets onbenulligs te vieren valt, ze plotseling de geldbuidel ongegeneerd opentrekken. Er waren drie flessen rode wijn, twee flessen wit, twee kratjes Brandbier, een paar frisjes en een zak pinda's. Nic hield een toespraak, de Grote Geldschieter hield een toespraak en het bacchanaal kon losbarsten.

Voor mij was het een vreemde namiddag. Ik werd ontlopen. In de eerste plaats was de halve Wingerd en, op Fritsjof na, mijn hele huis op de borrel. Ik merkte direct dat ik eruit lag. Vaak genoeg heb ik het meegemaakt dat mensen al dan niet terecht plotseling uit de groepsgratie raakten, en nu was het klaarblijkelijk mijn beurt. Andrea ontweek me opzichtig, maar ook Merel en de anderen negeerden me. Zelfs Pierhier bracht me geen bierhier. Waarom dit zo was, begreep ik niet, maar ik kon ermee leven. In een groep kun je soms om onbegrijpelijke redenen een sociale besmetting oplopen, waar je nauwelijks meer vanaf komt. Het zij zo. (Wie is de man die ouder wordt en zijn vrienden behoudt?)

Waar ik wel oprecht van baalde, was dat Noëlle en Freanne me ook nog steeds allebei ontliepen. Ik vrees dat het na onze bezopen seksnacht, en mijn kinderachtige reactie daarop, echt voorbij is. Freanne keek glashard langs me heen toen ik binnenkwam, Noëlle glimlachte schamper. Ze zeiden beiden de hele middag niets. Eerder vorige week had ik ze allebei geprobeerd een vage afscheidsbrief te schrijven, maar ik wist niet wat te zeggen, anders dan dat het voor mij bijna symptomatisch is dat relaties op deze manier eindigen (ik bedoel niet met een trio, maar met zo'n abrupte non-ontknoping). Op de receptie was Freannes schaterlach boven alles uit te horen. Freanne discussieerde een verwaten vertaler onder tafel en ze was als vanouds een stralend middelpunt. Noëlle versierde voor mijn ogen een jongen, dat was ook leuk om eens te mogen volgen. Jeroen Brouwers was er nog steeds niet. Ik begon er al een beetje spijt van te krijgen dat ik naar die verdomde borrel was gekomen. Tegen zessen werd Monk als jongste bediende erop uitgestuurd om vlug nog extra drank te halen. Tegen zevenen begon het gezelschap langzaam aan in een alcoholische roes te raken. Brouwers was er nog almaar niet, en er begonnen al mensen te vertrekken. Monk, Thijm en ik stonden bij de ingang. Ook Andrea, Merel en Dop maakten aanstalten weg te gaan. Mijn outlaw-status werd bevestigd: iedereen kusten ze gedag, behalleve... Toen ze buiten bij hun fietsen stonden, liep ik ze achterna.

'Heb ik misschien iets verkeerd gedaan?' vroeg ik geïrriteerd en misschien nogal pathetisch.

Andrea haalde minachtend haar schouders op.

'Jij bent gewoon zoals je bent,' zei ze.

Ik bleef erbij staan terwijl ze op hun fietsen stapten en zonder nog iets te zeggen wegreden. In de verte zag ik Jeroen Brouwers.

'Brouwers!'

Monk, Thijm en ik posteerden ons onmiddellijk bij het raam. We zagen Brouwers lopen aan de overkant van de weg, samen met een vrouw. Iedere stap die hij zette volgden we. Hij maakte geen aantalten om over te steken, en het leek of hij Sub Rosa voorbijliep.

'Hij loopt ons voorbij,' zei Thijm.

Hij liep ons inderdaad voorbij. Spoedberaad. Thijm (de dronkenste van ons drieën) stapte naar buiten en liep Brouwers achterna. Gespannen keken Monk en ik naar het tafereel. Thijm stak over, sprak Brouwers aan, wees naar Sub Rosa en praatte en praatte. Brouwers liet zich overreden. Toen hij binnenkwam werd hij uitbundig begroet door Freanne en Nic. Er werd een stoel vrijgemaakt in het midden van de kamer. Jeroen Brouwers beliefde een glas cola.

Wij bleven staan bij de ingang en we probeerden als volwassen mensen niet ieder woord van Brouwers te volgen. Gewoon, we waren op een feest met Jeroen Brouwers, niets bijzonders. Een beetje beschaamd zagen we hoe een waar peloton dorpsgekken en minkukels in gesprek met hem raakte, en dus hielden wij ons afzijdig. De vrouw die bij Brouwers hoorde, stond maar wat verlaten tegen een tafel geleund. Thijm sprak haar aan, en kwam ons vijf minuten later zijn bevindingen vertellen. De vrouw heette Coco, ze was kunstenares en een vriendin van 'Jeroen'. Onmiddellijk hielden we alle drie heel veel van Coco.

Toen het gezelschap kleiner en kleiner werd, ontstond er een soort groepsgesprek. Nog steeds hielden wij ons afzijdig. Brouwers was de vriendelijkheid zelve. Dat was nogal verwonderlijk. Als een milde oudere man zat hij in een welwillend gesprek met Nic en oliedomme redactieassistenten. Ze praatten over oude tijden, de jaren zeventig, de vele leuke projectjes. Hoe aardiger Brouwers zich presenteerde, hoe cynischer en recalcitranter wij werden. We stonden nog steeds bij de ingang naar het gesprek te luisteren, af en toe iets tegen elkaar te fluisteren. Dat fluisteren werd al vlug mompelen, en zelfs begonnen we na een tijdje ondermijnende opmerkingen door het gesprek te roepen. Toen Nic heel gewichtig Proust 'toch altijd al' een betere schrijver vond dan Joyce (of andersom, of andere namen, ik weet het echt niet meer) riep ik er doorheen: 'Dáár word ik altijd zo moe van, van die mensen die literatuur constant zien als een wedstrijd, een kinderachtige competitie zaklopen. Dat topveertigachtige gedrag de literatuur terug te brengen tot rangen en klasseringen...'

Nadat ik dit geroepen had, keek Brouwers mij lang aan. Hij wenkte mij onverwachts bij zich, waarop er een scheut van angst door me heen trok. Brouwers wees mij op de lege kruk naast zijn fauteuil. Toen ik erop zat, boog Brouwers zich naar me toe, en vroeg hoe ik heette. Mijn naam nam hij langdurig in zich op. Ook Monk en Thijm kwamen bij ons zitten. Ik overdrijf niet als ik zeg dat het gesprek van toen af aan alleen nog ging tussen Brouwers, ons en Nic (en deze dan nog in mindere mate, want Nic werd almaar bezopener; ik moet overigens wel eerlijk zeggen dat Freanne nog steeds stond te praten met de verwaten vertaler). We hadden het over literatuur, natuurlijk. Wederom wil ik niet overdrijven, maar als het over Nederlandse literatuur gaat, spreken we een aardig woordje mee. 'Wij kennen ons literatuurtje,' zeg ik wel eens tegen argeloze meisjes. Uiteraard is er in Nederland nauwelijks iemand te vinden die meer van de Nederlandse literatuur weet dan Jeroen Brouwers (lees: *Zachtjes knetteren de letteren*), maar je merkte aan Brouwers dat hij aangenaam zat te converseren. Wij gedroegen ons als jonge honden en Brouwers was een wijzere, maar gecharmeerde oom. Hij moest lachen om dingen als 'Monika van Paemela Koevoets' of 'uitgeverij Neukh & Van Dattum' en dan vroeg hij zacht: 'Is die van jullie?'

Het werd later en later, er gingen mensen weg (Noëlle onder anderen, met die ene gozer, exit Noëlle, exit Noëlle voor altijd, voor eeuwig, exit het meisje de la meisjes, ik kan wel janken) en er werden mensen compleet aangeschoten (niet alleen Nic, maar ook Thijm begon aardig te raaskallen). Brouwers bleef alleen maar cola drinken, en het was door die verdomde rotcola dat het einde van de borrel in zicht kwam: de cola was op. Brouwers beliefde niets anders.

We waren toen nog met z'n dertienen. Omdat Brouwers niets meer wilde drinken, begon Nic in zijn beneveldheid het hele, nee, het hele! gezelschap mee naar een restaurant te noden. Freanne kondigde aan dat zij niet mee zou gaan, maar Brouwers en Coco deden niet moeilijk. Monk, Thijm en ik stonden elkaar jubelend aan te kijken bij de ingang. Onze dag kon eigenlijk al niet meer stuk. We hadden met Brouwers gepraat, en we waren leuk geweest.

Voordat we naar de Oude Gracht liepen namen we afscheid van Freanne, die eerst nog even samen met haar verwaten vertaler bleef ouwehoeren, en toen met hem in een andere richting verdween. Monk zag hoe ik ze nakeek en zei: 'Nou, je hoeft geen mensenkenner te zijn om te zien dat dit neuken wordt.' Ik antwoordde niets, maar ik had de neiging Freanne (veel subtieler) achterna te roepen: 'Nieuw binnengekomen op tien.' Tot zover Freanne.

We bleven met acht man over, Brouwers, Coco, Nic, wij en een geldklopboekjessamensteller (door Brouwers Zonnebrand genoemd) en zijn Amewikaanse vwiendin (dit meisje droeg een hoedje, en wij noemden haar dan ook Hoedje, waar ze zelf het hardst om moest lachen). Het restaurant (zo'n typische vrijbankgriek) heette Olympus. Monk, Thijm en ik kwamen tegenover Brouwers te zitten. Een ober bracht ons allemaal een welkomstouzo. Toen de man weg was, vroeg Brouwers aan mij, wijzend op zijn glaasje: 'Is dit lekker?'

'Probeert u het,' zei ik.

Brouwers trok een vies gezicht.

'Maar dat is *drank,*' zei hij, 'en ik heb al drie weken niets gedronken.'

'Gaat Jeroen drinken?' vroeg Coco, die het verst van Brouwers vandaan zat.

'Eén glaasje,' riep Brouwers.

'Ja, ik ken dat,' zei Coco.

'Maar deze jongeman hier zegt dat het heel lekker is,' zei Brouwers, wijzend op mij, 'het is een presentje van de zaak. Zoiets mag je niet weigeren. Daar doen die Grieken altijd heel moeilijk over.'

Brouwers zat afwachtend om zich heen te kijken. Nic dronk zijn ouzo in één slok op. Brouwers vroeg: 'En?'

'Heerlijk drankje,' zei Nic emotieloos.

'Cooc,' vroeg Brouwers over tafel, 'ga ik drinken?'

Coco haalde haar schouders op. Brouwers tuurde weer naar zijn glaasje. Monk en ik keken elkaar aan. Ik begreep alle ophef niet.

Brouwers zei: 'Welaan,' en pakte zijn ouzo.

Brouwers ging drinken.

Misschien dat ik de fout maakte, Amerikaanse lezers, door aan Hoedje (fluisterend) te vragen of zij wist met wie ze aan een tafel zat (Hoedje studeerde namelijk Nederlandse Cultuur voor Buitenlanders, of zoiets, en ik vond dat dit haar wel moest interesseren). Brouwers zat op dit moment met Zonnebrand en Nic te praten.

'Die man daar,' zei ik zacht, 'is dus een van de grootste schrijvers van het land.'

'Warkelijk?' vroeg Hoedje.

'Sterker nog: die man was vroeger mijn idool. Ik ben gek geweest op de boeken van die man. Monk en Thijm ook, we waren idolaat.'

Ik vertelde over het œuvre van Brouwers en onze adoratie. Hoedje zei: 'Jai moet proberen te spreken met hem.'

Ik fluisterde: 'Néé.'

'Jawal, écht. Dit is jouw kahns. Het zou toch zonde zijn als jai niet zou prahten met hem.'

Misschien had ze gelijk. Ik ging me een gang lang zitten voorbereiden op een goede inleidende zin. Toen het gesprek aan de overkant even stil viel, moedigde Hoedje me aan.

'Meneer Brouwers,' begon ik, 'we zitten hier nu aan tafel, maar wat u ongetwijfeld niet meer weet is dat wij elkaar al eens eerder hebben gesproken...'

'Dat weet ik nog heel goed,' zei Brouwers onmiddellijk, 'dat was bij Geerten Meijsing, u vroeg toen of ik "mijn speelpakje" aan had. Ik heb u nog een hand gegeven.'

Ik stond perplex. Hoe kon Brouwers nog weten wat ik toen zei, als ik dat zelf niet meer wist? Waarom had hij dat onthouden? Brouwers haalde zijn schouders op en zei dat hij dat soort dingen altijd onthield. We kwamen te praten over de achttienjarige jongen uit 'Es ergo sum', er bleken wel meer jongens bij Brouwers langs te zijn geweest. De tijd werd rijp te vertellen van onze verering. Monk, Thijm en ik pakten behoorlijk uit, we verzwegen niets en debiteerden om de beurt markante brouweriana. Brouwers zat hoofdschuddend te luisteren, af en toe naar Coco kijkend.

Monk besloot met: 'U was echt ons idool.'

'Wás?' vroeg Brouwers.

'Natuurlijk wás. Natuurlijk bent u al lang niet meer ons idool, wat denkt u nu eigenlijk? Ik vind: als je op je vijfentwintigste nog idolen hebt, ben je niet wijs. U schreef over

Mulisch: "Ik was toen [zesendertig jaar en] wel al genezen van mijn dweepzucht jegens hem, – ook ik heb moeten leren relativeren, het leven heeft mij niet onaangeraakt gelaten [...], maar gebleven is: een groot respect voor hem." En zo is het, een groot respect. Ik verdedig en herlees uw werk, als ik daar zin in heb, en that's it. Ik verdedig en herlees wel meer schrijvers.

Relati... (dat woord krijg ik mijn pen niet uit). Ik kan u tegenwoordig niet meer lezen, zonder soms te moeten grinniken om de stelligheid waarmee u uw schrijfdogma's verkondigt. Als u zegt dat schrijven een "levensopdracht" is, anders dan een hobby, dat een échte schrijver vierentwintig uur per dag met schrijven bezig moet zijn, dan is dat aanwijsbaar onjuist. Het doet er namelijk niet toe of iemand volkomen verliteratuurd is en alles doet of laat in het teken van het œuvre dat hij schrijft, het doet er alleen maar toe of een literair werk *goed* geschreven is. Zo simpel is het. In uw ogen zijn hobbyisten als Nescio, Bordewijk, Krol, Slauerhoff, Elsschot, noem maar op, geen échte schrijvers. Tegenwoordig haal ik mijn schouders op over dit soort doctrines, een paar jaar geleden geloofde ik erin.

Een van uw andere rare regeltjes is dat schrijven vooral niet "fijn" is om te doen. Jarenlang hebben Monk, Thijm en ik dat ook tegen elkaar volgehouden. Schrijven (net als toevallig leven) is een strijd, een lange weg, een martelgang, een verloren missie, een droevige zoektocht die gedoemd is te mislukken. En vooral een zaak voor "meneren en mevrouwen". Uw onnavolgbare krachttocht tegen het jongensachtige en de jongetjes in de literatuur (lees: "De Nieuwe Revisor"), maakte zo'n diepe indruk, dat we zelfs geen medelijden hadden met de slachtoffers (nog steeds niet, overigens). Dat wij ooit tot die slachtoffers zouden kunnen behoren, leek ons uitgesloten, want ook wij zworen het jongensachtige af en besloten dat schrijven een strijd was, een lange weg, een martelgang et cetera. We zeiden het als we 's avonds op elkaars kamers kwamen, bijna trots: "Het lukt weer niet." – "Nee." – "Bij mij ook niet."

Mijn grote probleem is echter van meet af aan dat ik, in tegenspraak met wat ik altijd zei, schrijven helemaal geen strijd vind, integendeel. Ik ga zitten achter mijn bureau, ik pak een vel papier en een pen, en ik schrijf. Die pen kan overigens ook een potlood zijn, of een vulpen, of een PC, of een typemachine, ik hoef niet achter mijn bureau te zitten, schrijven kan ook in een luie stoel, of in bed, of bij iemand anders, en het papier kan wit zijn, gestreept, geel, blauw, noem maar op, het maakt allemaal niets uit. Als ik zo langzamerhand ergens een hekel aan heb gekregen dan is het wel aan dat spuuginteressante *geposeer* van al die schrijvers, als zou schrijven niet gewoon schrijven zijn, maar iets hogers, iets mysterieuzers, iets waar je zes bureaus voor nodig hebt (zoals Afth), iets waarvoor je een papierkleur moet uitzoeken die aansluit bij het thema van het werk (zoals Zwagerman), of iets wat je vierentwintig uur per dag zou moeten doen (zoals u). Nou goed, ik schrijf dus gemakkelijk, en als ik een stuk af heb, herlees ik het meestal volkomen tevreden en soms schaterend. Goddomme, ik ben erachter gekomen dat schrijven wél fijn is om te doen, *voornamelijk* fijn is om te doen. Ik geniet van schrijven, eerlijk. Je bent toch *gek*, vergeef me de uitdrukking, als je iets tot je "levensopdracht" bombardeert dat je niet fijn vindt om te doen? Als ik dat niet begrijp, en ik daarom geen échte schrijver ben, ben ik geen echte schrijver. Daar haal ik mijn schouders over op...'

'Bént,' herstelde Monk.

Brouwers knikte.

Ook Thijm en ik knikten.

'En toch is dit de eerste keer dat ik dit soort dingen hoor,' zei Brouwers, 'Cooc, hoor je dat? Dat er jongensclubjes zijn die gesprekken voeren in Brouwerscitaten? Het is me wat. Daar heb je gewoon geen weet van.'

Inmiddels had de serveerster 'een paar emmertjes' Retzina gebracht, die Brouwers begon te verdelen.

'Wat doe jij eigenlijk?' vroeg Brouwers aan mij, 'studeert u?'

Coco riep over tafel: 'Giph schrijft. Hij is met een roman bezig.' (Dit had ik haar namelijk verteld onderweg van Sub Rosa naar de Olympus.)

'Nee maar,' zei Brouwers, 'dan zijn wij dus collega's.'

Monk en Thijm schaterden. En ik ook.

'Nouh, *collega's,*' zei ik.

'Neenee, als u, als jij een boek aan het schrijven bent, zijn wij collega's. Zo simpel is dat.'

Hoedje keek me lachend aan.

Brouwers haalde een pen uit zijn binnenzak en schoof deze met een servet over tafel naar me toe. Hij wilde dat ik mijn naam opschreef, en ook mijn adres.

'Waarom geef jij hem eigenlijk niet uit?' vroeg hij aan Nic, die inmiddels het stadium van lallen had bereikt.

'Ik? Hem uitgeven? Hehehe. Ik wist niet eens dat hij schreef. Hehehe. Maar dat is tuig, die jongen, hoor. Dat is een rrrrat. Die jongen? Die doet hele enge dingen met vrouwen, wist je dat niet? Gadderverdamme, dat is nou een viezerik, die Giph. Bah.'

Aha, ik was blij dat die frustraties er ook eens uit kwamen. Brouwers keek naar Nic, en toen naar mij en Monk met een blik van verstandhouding. Zoals ik al zei was Nic niet de enige die zat raakte; ook Thijm begon overtuigend te brallen. Wat bedoeld was als een van de mooiste avonden van zijn leven, vergalde hij door het enorm op een zuipen te zetten.

Nog voor het nagerecht (even boekstaven: Brouwers wilde een ijsje met chocoladesaus én slagroom) maakte ik nog een blunder. Dat had te maken met mijn vader. Mijn vader kan ik misschien het beste typeren als een *carmiggeltiaan.* In de tijd dat ik nog thuis woonde, probeerde ik mijn vader er voortdurend van te overtuigen dat Carmiggelt niets was, en Jeroen Brouwers alles. Nadat ik mijn vader uren aan zijn kop had gezeurd, stemde hij erin toe dat ik hem één (1) boek van Brouwers zou geven waarvan ik dacht dat dit hem zou overtuigen. Ik besloot mijn vader *Het verzonkene* te laten lezen (de 4e druk), vooral vanwege de (in latere drukken door Brouwers geschrapte) scheldpassages. Mijn vader bladerde het boek door, stopte bij een bladzijde, las eens wat, en gaf het boek terug zonder iets te zeggen. Toen ik vroeg: 'En?' zei mijn vader, bijna achteloos: 'Bladzijde 63, regel 14, *ik wordt,* met dt.' Dat was zijn hele commentaar. Onmiddellijk pakte ik het boek. Het stond er: *ik wordt,* met dt. Begrijp je wat een pijn ik voelde? Ouderdom versus jeugd: 1-0. Bezeten heb ik later de hele Carmiggelt-bibliotheek van mijn vader uitgespeld. Nergens *ik wordt* met dt. Gevolg: Schampere opmerkingen van mijn vader. Generatie-conflict. Nooit meer goed gekomen. Studie niet afgemaakt. 'Dat wordt nooit meer wat met jou. Met dt.'

Aanvankelijk kon Brouwers wel lachen om dit verhaal, maar toen ging hij er heel serieus op in: 'Als jouw vader nog nooit iets van mij gelezen heeft, en hij krijgt een boek waarin hij *ik wordt* met dt leest, en vervolgens concludeert dat de rest van het boek dus ook niets zal zijn, dan heeft jouw vader daarin gelijk. Ik zou precies hetzelfde denken als jouw vader.'

'Punt is alleen,' ging Brouwers geërgerd verder, 'dat ik niet zo goed begrijp wat het nut zou kunnen zijn *mij* dit verhaal te vertellen.'

Gelukkig was Brouwers niet echt boos, en omdat Monk en ik wat slimme opmerkingen over *Winterlicht* maakten, vergaf hij mij mijn misstap. De sfeer werd, mede dank zij koffie en vele ouzo's, weer optimaal gezellig. Alleen Thijm was behoorlijk vervelend, Monk en ik schaamden ons kapot. Hij kon het gesprek niet volgen, haalde discussiepunten aan die al lang afgesloten waren en als hij merkte dat wij hem daarom uitlachten, draaide hij zich naar Brouwers en giechelde hij pesterig: 'Ik wordt, met dt.' Nadat Thijm dit een keer of tien gezegd had, werd het Brouwers te veel. Hij boog zich rustig over de tafel naar Thijm en zei met indrukwekkende, zowel dreigende als medelijdende stem: 'Hè toe, word nu niet onaangenaam.'

Thijm hield onmiddellijk zijn mond, sterker nog, hij heeft die nacht niets meer gezegd. Ik bewonderde Brouwers erom hoe hij (zo oud als hij was) een vervelende zatlap als Thijm met één opmerking stil kreeg.

Nadat Nic had afgerekend (hij moest meer betalen aan drank dan aan voedsel) stonden we voor het restaurant te besluiten wat we zouden doen. Ik stelde voor naar België te gaan, maar Brouwers beet mij toe dat als ik soms werkelijk dacht dat hij nu naar België zou gaan, ik zijn werk klaarblijkelijk in het geheel toch niet kende. Ik zei dat ik zijn werk wél kende, en dat België de naam was van het café aan de overkant.

'Desalniettemin wil ik er niet naartoe, meneer Giphangel,' zei Brouwers, 'en dat u mijn werk zo goed kent valt nog te bezien.'

Het was Nic die voorstelde naar Sub Rosa te gaan, om cadeau gekregen flessen drank aan te breken. Hoedje en Zonnebrand hielden het voor gezien en namen afscheid. Toen we in de richting van Sub Rosa liepen, draaide Thijm zich plotseling om, hij groette en verdween zomaar. Thijm weg. Ik riep zijn naam, maar Thijm reageerde niet. Monk en ik keken elkaar aan. Monk riep ook Thijms naam. In normale omstandigheden zou er een van ons achteraan zijn gegaan, een soort vriendencode. Brouwers, Coco en Nic liepen echter door. Monk en ik keken elkaar nog een keer aan. Monk en ik liepen ook door. Dan maar exit Thijm. Hij zei toch al geen zinnig woord meer (en zijn wij soms onze broeders hoeder?). Weer bij Sub Rosa gaf Nic meteen over op de wc. Op aandringen van Brouwers bestelde Monk voor Nic een taxi. Nic verdween waggelend. Exit Nic. We waren nog maar met z'n vieren over; Coco, Brouwers, Monk en ik.

Het feest kon eindelijk beginnen.

Nu iedereen was opgerot, ging het er plotseling veel gemoedelijker aan toe. We zaten in het uitgeleefde, rokerige redactielokaal, het was alsof het ons feestje was geweest en we wat zaten na te praten. Monk had een fles Ketel 1 opengemaakt, die Brouwers zich toeëigende. Hij doopte Monk 'uitgeefjoch' en mij 'schrijfjoch' (waarop hij Monk uitgeef- en mij schrijfadviezen gaf; hij vond bij voorbeeld dat ik mijn boek 'bij ons' moest uitgeven. Met ons bedoelde hij De Arbeiderspers). Terwijl Monk met Coco praatte over zijn liefdesproblemen (Monk voelt namelijk sinds kort een heftige, bijna niet te stelpen verliefdheid voor onze schuchtere huisgenote Debby, die een keer tv-kijkend op zijn bed in slaap viel, waarna ze met halfontbloot bovenlijf en tegen hem aanliggend de nacht bij hem heeft doorgebracht), hadden Brouwers en ik het over schrijven en literatuur. Over Brouwers' invloed. Over jonge schrijvers. Over Zwagerman, die Brouwers 'de Mulisch van de toekomst' noemde. Brouwers vulde almaar onze glazen bij. Hij zei: 'Er hebben wel meer jongens gezegd dat ze mijn werk kenden. Dat hebben er wel meer gezegd. Ik dacht dan altijd: Dat zullen we nog wel eens zien. Er hebben er niet veel de test doorstaan. Niet veel.'

Ik haalde mijn schouders op.

Brouwers zei: 'Ik herken wel wat van mij in jou. Dat herken ik. Je moet wel doordrinken. Ik wil dat je doordrinkt. En je moet me Jeroen noemen, niet meer meneer Brouwers.'

Hij schonk zijn glas weer vol en vroeg: 'Waar hebben zij het over?' Hij wees op Monk en Coco.

'Ik geloof over liefde,' zei ik.

'Aha, over liefde. Dat is mooi.'

Hij zweeg en speelde met een aansteker en een sigaret, die hij in zijn mond hield, maar net niet aanstak. Hij zei: 'Ik ben gestopt.'

Plotseling zei hij dat hij weg wilde. Wild stond hij op. Dat het hier veel te rokerig was, veel te rokerig. Onmiddellijk liep hij naar de ingang.

'Of we besluiten hier de zitting, of we gaan door. Maar als we doorgaan, gaan we ook écht door,' riep hij. 'Uitgeefjoch, hoeveel drank is er nog?'

Monk telde nog een halve Ketel 1, een fles wijn en twee flessen Chivas. Coco reageerde uitgelaten.

'Dan gaan we door,' besloot Brouwers. Hij wees op mij: 'Schrijfjoch gaat ook door.'

We zouden naar het huis van Coco gaan, maar onderweg kwamen we langs De Rat, een nachtcafé. Het was niet druk, en het barmeisje tapte slecht. Ik ging tegenover Brouwers zitten. Monk en Coco praatten verder over de 'vormcrisis' van Monk, en Brouwers wilde dat ik hem vertelde over mijn liefde. Mijn verliefde verledens met Freanne en Noëlle vond hij maar niets, Noëlle was te jong, Freanne te oud en bovendien was ik niet volledig verliefd geweest, dat zag hij onmiddellijk. Hij zei: 'Jij moet hen definitief uit je hoofd zetten.'

'Zoals je ook je studie moet afmaken,' ging hij verder. Dit meende hij serieus. Hij zei het te berouwen niet te hebben gestudeerd, geen titel te hebben.

'Dat heeft mijn leven verpest,' zei hij, 'alles zou anders zijn gelopen als ik wel een titel had gehad.'

'Maar je zegt zelf dat een schrijver vierentwintig uur met schrijven bezig moet zijn, waarom zou ik dan gestudeerd moeten hebben?'

'Omdat je dan voor vol wordt aangezien. Ik, bij voorbeeld, word niet voor vol aangezien. Mijn zelfmoordboek wordt niet voor vol aangezien. Ik heb niet gestudeerd, had ik maar gestudeerd. Ik ben te oud om dat alsnog te gaan doen. Ik ben te oud. Jij bent jong. Jij moet je studie afmaken. Dat is het enige wat ik van je vraag.'

Hierna deed hij weer zijn sigaret-act.

'Ik vind jou helemaal niet oud,' zei ik. 'Je hebt de leeftijd van mijn vader, en toch zie ik me niet met hem tot vijf uur in de kroeg hangen om over liefde en literatuur te ouwehoeren.'

Brouwers zei: 'Allez.'

'Ik vind het überhaupt ontzettend wezenloos dat ik hier met jou zit, dat ik zelfs *jou* zeg, tegen u. Ik had echt nooit gedacht dat ik dat zou meemaken.'

'Misschien is het iets voor mijn biograaf om dit moment op te tekenen,' zei Brouwers, 'dat de oude schrijver Brouwers hier op de zoveelste van de zoveelste 1991 op zijn leeftijd toch nog met de jonge schrijver Giphsbeen tot diep in de nacht over schrijven heeft gepraat.'

'Ja!' zei ik.

Brouwers ging nog een rondje bestellen. Toen hij terugkwam van de tap zei ik: 'Wat een domme opmerking eigenlijk, sinds wanneer heeft Brouwers een biograaf? Wat is dit voor onzin? Hoe kun je dat nu zeggen, Jeroen? De boeken van Jeroen Brouwers, dát is zijn biografie! Tenminste, dat schrijft de schrijver zelf.'

Brouwers riep: 'Zo is het. Zo is het inderdaad.'

'Brouwers boekstaaft zijn eigen leven,' zei ik, 'dat hoeft een ander niet voor hem te doen. *Raak mij niet aan. Ikzelf zal de mythes ontkluwen.*'

Brouwers knikte, keek me strak aan en legde zijn hand op mijn hand.

'Weet je waarin je dit het mooist zegt?' zei ik, 'het mooist zeg je dit in een zo verpletterend eenvoudige zin, een zin die misschien wel het meest pakkend uw hele œuvre samenvat, een zin waar – voor mij dan – zoveel inzit dat ik ervan moet zuchten, een zin die een "hogere wijsheid" heeft, een voor iedereen geldende waarheid, een zin waar ik schaamteloos jaloers op ben, en die ik het liefst zelf had geschreven...'

Brouwers haalde vragend zijn schouders op.
'U schreef: "*Ik ben de verhalen die ik vertel.*"'
Brouwers zweeg, speelde een tijdje met zijn sigaret, en ademde luid snuivend door zijn neus. Toen zei hij: 'Ja, die zin heb ik geschreven, ja.'

Later wees hij me op Coco en Monk.
'Zie je die twee?' fluisterde hij.
Ik knikte.
'Die gaan straks neuken, let maar eens op.'
Het woord *neuken* uit de mond van Jeroen Brouwers.
'Stel je niet zo aan, zeg,' zei ik.
Brouwers zei: 'O, pardon.'

Zonder dat ik echt hoogdravend wil worden, kwam toen het moment dat ik later, in de beschermende koestering van mijn toilet, gedoopt heb: Mijn Allergrootste Keerpunt. In de middeleeuwen stonden er langs kruispunten crucifixen om de voorbijgangers erop te attenderen dat de duivel op de loer lag, dat de keuze welke weg ze zouden inslaan, beslissend zou zijn voor hun verdere leven, wist je dat? Ik had naar huis moeten gaan, op het kruispunt voor De Rat. Dan had ik een tot de verbeelding sprekende avond met een Voormalig Voetstuk gehad, en 'gebleven was: een groot respect voor hem'. Brouwers riep echter met veel aplomb: 'We gaan naar het huis van Cooc, en we gaan *door*. We gaan door tot we eieren moeten bakken!' Monk riep: 'Giph, mee!' en hij en Brouwers sloegen hun arm om me heen om me mee te tronen (eigenlijk heb ik er geen moment over gedacht om echt naar huis te gaan).

In de woonkamer van Coco hielden we plotseling alle vier heel veel van mekaar. Monk en ik maakten cocktails, Coco begon met zakken zoutjes en Bifiworstjes te gooien, Brouwers zat vrolijk op de grond in kleermakerszit, ook met Bifiworstjes te gooien, ook te schaterlachen. We roddelden over schrijvers, wat wij wisten over wie en Jeroen niet en andersom, we imiteerden de stemmen en de mimiek van schrijvers, we zaten gearmd, Monk en ik, dan weer Monk en Brouwers, ik en Coco, Brouwers en ik, Brouwers en Coco, en het was mooi, warmmenselijk, diepvriendschappelijk. Coco vond dat wat er in haar huiskamer gebeurde voor het nageslacht moest beklijven, ze rende de trap op om een fototoestel te halen. We zaten net met z'n drieën bij elkaar rare gezichten te trekken (Brouwers omarmde ons), maar helaas weigerde het toestel, waarop Coco weer naar boven rende om een ander te halen. Toen ze terugkwam richtte ze weer op ons. Brouwers schudde nu echter zijn hoofd en zijn hand.

'Ik wil niet op de foto,' zei hij. Hij stond op. Coco teemde dat hij moest blijven zitten.

'Ik wil niet op de foto, dat weet je toch?' zei hij. Terwijl hij op het toilet zat, maakte Coco foto's van Monk en mij. Met een zwarte zakkam in een vuist geklemd en een geknakt Bifiworstje deden we onze Hitler/Stalin (Schopenhauer/Nietzsche)-imitatie.

Brouwers kwam terug van de wc, ik ging naast hem zitten op het kleed, terwijl Coco foto's van Monk ging maken. Brouwers stak een sigaret op, nam een trek, maar drukte de sigaret meteen weer uit.

'Ik heb niet gerookt,' zei hij. 'Heb ik gerookt?'

Ik schudde van niet. Ik dacht: Wat een kinderachtige wereld. Brouwers zat zwaar te hijgen en dronk zijn jenever met grote slokken. Hij wilde steeds mijn glas bijschenken, maar zijn tempo hield ik niet bij. We toostten.

Brouwers zei: 'Zo, meneer Giphslang.'

Ik zei: 'Zo, Sjeroem Brouwers.'

Brouwers keek me heel lang aan, begon te hinniken, en toen kregen we goddomme nog zowaar ruzie ook. Brouwers zei namelijk dat ik 'Sjeroem Brouwers' uit dat en dat boek citeerde, maar ik wist zeker dat het uit *Mijn Vlaamse jaren* kwam. Brouwers zei: 'Ik weet toch zeker zelf wel waar ik wat geschreven heb?'

Ik zei: 'Blijkbaar niet,' waarop Brouwers begon te roepen dat ik niets van zijn werk wist, en dat *alles* wat ik zei en had gezegd dus gelogen was. Coco stelde voor om *Mijn Vlaamse jaren* er even bij te pakken, ze rende de trap weer op. Monk wist het antwoord ook niet. Ik zei: 'Jeroen, wat doen we nou als ik gelijk heb? Als ik nu al jouw beledigingen slik en gelijk blijk te hebben?'

'Het is inderdaad niet onredelijk als daar iets tegenover staat,' zei Brouwers, 'als jij gelijk hebt, maar alleen als jij gelijk hebt, mag je mijn biograaf worden. En dan word je ook echt mijn biograaf. Dan zal ik je wat dingen laten zien, die nog niemand heeft gezien. Dat beloof ik je.'

Ik reageerde uitgelaten, want ik wíst dat ik gelijk had. Vanaf dat moment was ik de officiële biograaf van Jeroen Brouwers.

'Dat wil ik zwart op wit!' riep ik.

'Contract!' riep Brouwers.

Coco kwam terug en Brouwers beliefde papier. Op een schuimplastic-achtig wit velletje (het enige beschrijfbare dat te vinden was) begon Brouwers een contract op te stellen. Dat contract heb ik hier thuis liggen, dat mag je komen bekijken. Brouwers schreef: 'Bij winst van Giph mag Giph de biograaf van Brouwers worden.' Coco vroeg wat we zouden doen bij verlies van Giph.

'Dan wordt Jeroen Brouwers míjn biograaf!' riep ik. Brouwers schaterde.

'Dat nemen we op in het contract,' zei hij. Na het contract te hebben geschreven, gaf Brouwers mij diep zuchtend *Mijn Vlaamse jaren* en hij voegde eraan toe dat ik het daarin toch nooit zou vinden. Binnen één minuut had ik de passage, in het verhaal 'Overal stilte'. Brouwers was verwonderd.

'Het is me wat,' zei hij, 'het is me wat. Je zat er toch dichterbij dan ik. Je hebt gewonnen, dat geef ik toe. Het is me wat. Daar heb je gewoon geen weet van. Er zijn dus mensen die op sommige punten meer weten van je werk dan jijzelf.'

Op dat moment zaten Coco en Monk op de bank weer over liefde te praten. Brouwers keek mij aan, zijn hand lag op mijn been. Hij 'piepte amechtig'. Plotseling werd hij door emoties overmand en begon hij te huilen. Shit, wat overkwam me nou? Een huilende Jeroen Brouwers. Ik legde onmiddellijk mijn arm om hem heen.

'Heeh, Jeroen, wat is dat nou? Heeh?' zei ik zacht. Ook Coco en Monk kwamen geschrokken bij ons zitten om Brouwers te troosten. Snotterend maakte hij zijn excuses.

'Ik heb het ook nooit geweten, echt nooit, dat er jongensclubjes zijn die mijn werk citeerden. En willen "leven zoals ik leef". Daar sta je toch niet bij stil? Daar heb ik toch helemaal niet om gevraagd? Dat moet je toch ook helemaal niet weten?' De tranen sprongen weer in zijn ogen. We zaten met z'n vieren dicht bij elkaar. Brouwers zei: 'Mijn werk is niets. Ik heb niets geschreven. Het is allemaal nutteloos geweest,' waarop Monk en ik schreeuwden dat dat niet waar was, dat als we zijn werk niets vonden, we nu toch niet bij hem zaten. We kregen Brouwers weer opgelapt, en eigenlijk was het een mooi maar vreemd moment. We toostten op de boeken die Brouwers nog zou schrijven, en de boeken die ik nog zou schrijven, en Monk zou ons gaan uitgeven, en ook daar toostten we op, en er zou een foto komen van ons hele literaire gezin, onze vriendjesmafia, met Opa Mulisch, en Brouwers en met onze literaire ooms en tantes, uitgezonderd Maarten 't Hart want over hem ging Brouwers nog wel eens even een vernietigend manifest schrijven ('Volgende week begin ik!' riep Brouwers, 'Cooc, help het me herinneren, volgende week begin ik!'), met Zwagerman natuurlijk weer wel op die foto, skol!, die ook, en wij natuurlijk, ik zou mijn werk opsturen, dat beloofde ik, proost!, en Brouwers wilde mijn werk heel graag lezen, en ik moest bij ons komen, bij onze uitgeverij, en we toostten weer, en ik vertelde van mijn boek, en Brouwers riep dat ik 'de eerste Giph uit de Nederlandstalige letteren' zou zijn, wat hij zelfs voor mij opschreef in zijn Bijenkorfgeldklopboekje *Anaïs Anaïs* (waar Monk en ik beiden een gesigneerd exemplaar van kregen), en we toostten weer, en nog eens, en nog eens, en Brouwers zei: 'Jullie zijn de enige vrienden die ik nog heb, de enige vrienden die ik nog heb.'

'Jullie zullen me verraden!'

Plotseling was Brouwers onbenoembaar treurig. Monk en ik bezwoeren hem van niet, écht niet. We zouden hem niet verraden. Ik moest denken aan een zin uit 'Es ergo sum', waarin Brouwers over Mulisch schreef: 'De horzel die hem ooit zou steken, was ik...'

'Jullie zullen me verraden.'

'Nee,' riep ik.

'Echt niet!' riep Monk.

'Schrijf het op!' riep Brouwers, en hij wees ons op een

schuimplastic vel. Hij wilde dat we een contract opstelden, waarin we beloofden zijn werk totterdood te verdedigen. Plechtig (bezopen) zetten we onze handtekeningen. Brouwers begon verdwaasd weer te roepen dat wij de enige vrienden waren die hij ooit had gehad. (Overigens: dat contract heeft Brouwers, dat mag je gaan bekijken.)

Hij wilde dat ik meer dronk. Ik was zijn vriend als ik meer dronk. Ik zei dat ik echt niets meer hoefde.

'Dan ben jij verdomme mijn vriend niet. Jij bent mijn vriend niet. Jij bent hier alleen maar om mij dronken te zien worden. Jij bent hier alleen maar om later aan je vrienden te kunnen vertellen hoe dronken die rare Brouwers is geweest.'

Ik zei niets meer. Brouwers zweeg ook. Ik pakte *Groetjes uit Brussel* en ik zocht de passage die ik altijd zoek. Met zachte stem begon ik die voor te lezen. Toen ik naar Brouwers keek zat hij aandoenlijk te huilen.

'Hou alsjeblieft op,' zei hij.

Niets is zo erg, of er is iets nog ergers. Monk begon ook te huilen. Godallemachtig. Coco troostte hem liefdevol. Monk jammerde dat hij het niet kon aanzien. Brouwers richtte zich op en waggelde naar de bank. Monk en hij vielen elkaar als twee olifantjes in de armen, luid huilend. Ik zei tegen Coco: 'En ik kan dit niet aanzien.' Coco werd bijna hysterisch. Het leek goddomme wel een babykamer. Ik zei dat ze een beetje rustig moesten blijven.

'Hè toe, word nu niet onaangenaam,' zei ik.

'Rot jij op naar buiten, Giphsafdruk!' riep Brouwers, 'naar buiten jij, weg! En jij erbij, vrouw. Mens, opsodemieteren. Jullie begrijpen dit niet.'

Ik begreep het inderdaad niet. Coco reageerde furieus, ik trok haar mee door de schuifdeur de tuin in. Stond ik dan in de buitenlucht met Coco voor haar piepkleine tuintje. Het begon al te dagen. Hoe aardig ik haar ook vond, ik had eerlijk gezegd nog geen zinnig woord met Coco gewisseld. En gelukkig bleef dit ook zo. We hadden het over wijken in Utrecht, en plantenbakken, en de reparatie van de uitlaat van een 2CV, geloof ik.

Na vijf minuten stormde Brouwers plotseling als een gek de tuin in.

'Ik zag het wel!' schreeuwde hij, 'jullie waren aan het vozen. Jullie waren aan het vozen.'

Hij rende naar ons toe, maar het lage metalen hekje dat Coco's tuin markeerde zag hij niet. FLAPS! Languit (als zijn officiële biograaf moet ik dit wel optekenen), languit vloog de oude schrijver op de grond. Maar gebleven was: een groot respect voor hem. Vliegensvlug en schaterlachend stond hij weer op, geholpen door Coco en mij.

'Raak me niet aan,' zei hij, 'niets aan de hand, niets aan de hand, ik zag dat hekje wel, ik zag het wel. Ik had gewoon even zin om te vallen, OM VAN MIJN VOETSTUK TE VALLEN, MENEER GIPHBEKER!'

'Kom,' ging hij verder, 'we gaan weer naar binnen. Hup, de gezelligheid in. We laten dat uitgeefjoch toch niet alleen?'

Dit was het moment waarop ik besloot naar huis te gaan. Binnen begon Brouwers ineens te schreeuwen dat ik zijn beste vriend was, en dat ik hem had verraden, en dat ik hem nooit had gelezen, genen enen letter, en hij beloofde dat ik zou worden uitgegeven, bij ons, bij ons, et cetera. Hij wilde weer proosten, begon te zeuren over een of ander contract dat ik moest ondertekenen. Ik zei dat ik naar huis ging. Brouwers riep: 'Er gaat hier niemand naar huis. Coco, we gaan eieren bakken. Ga eieren bakken.'

Ik zei tegen Coco dat ik me zo enorm dronken voelde, en naar huis wilde.

'Ga eieren bakken, mens.'

'Zal ik koffie zetten?' vroeg Coco zacht.

Ik knikte. Brouwers plofte neer naast Monk.

'Waarin zit hem de eer, te worden geprezen door een onbenul?' vroeg Brouwers. 'Vind je niet, Monky?'

Monky zei ja. Monky was bezopen.

'Jij bent helemaal geen schrijver, Giph. Jij hebt mij allemaal dingen op de mouw zitten spelden, allemaal dingen. Maar je hebt het lef niet me te verraden, hoor je? Ik kom je in elkaar slaan. Ik kom je in elkaar slaan, dat zeg ik je. Nee, ik heb je adres, hier heb ik het, dat adres dat je me zo graag wilde geven. Ik dacht: Er klopt iets niet. Die jongen achtervolgt mij. Die stapt bij Meijsing naar me toe of ik m'n "speelpakje" aan heb. Ik kom naar je toe, hoor je dat? Dan zul je nog eens een heel andere Brouwers leren kennen.'

Om van dit volslagen paranoïde gelul af te zijn, ging ik bij Coco in de open keuken staan. Ik hoorde Brouwers aan Monk vertellen: 'Zij hebben met elkaar geneukt. Ik heb het zelf gezien.'

Coco riep dat dit niet waar was en dat Jeroen niet zo dom moest doen.

'Waarom drinkt Giph zo weinig? Hij was niet zo dronken als ik. Giph heeft alles gezien. Hij heeft alles gezien,' zei Brouwers met een halfmongoloïde blik. Monk zei niets.

'Giph heeft alles gezien,' zei Brouwers nog een keer.

Ja, Giph had inderdaad alles gezien. Voor mij was de lol er definitief af. Ik werd trouwens allergisch voor Coco's poes, mijn hoofd tolde van de drank en ik had slaap. Ik dronk mijn koffie op en zei dat ik ging. Brouwers draaide honderdtachtig graden om en werd enorm aardig. Hij wilde dat ik nog langer bleef, en dat ik bleef slapen, en Monk en ik moesten allebei blijven slapen, en het zou een feest worden, en Monk begon volslagen bezopen te lallen dat ik moest blij-ven, niet zo moest zeu-ren, moest blij-ven, et cetera.

'Als Giph weg wil, gaat Giph weg,' zei Coco.

'Méns,' hijgde Brouwers, 'méns, bemoei je er niet mee.'

'Ik ga, tot ziens,' riep ik, en ik liep de achtertuin in. Monk hoorde ik nog wat napruttelen, Coco zei me gedag. Buiten was het al helemaal licht. Ik stapte over het tuinhekje. Achter me hoorde ik Brouwers mijn naam roepen. Ik draaide me om, en Brouwers rende naar me toe.

'Pas op het hekje,' wees ik. Brouwers sprong er met een gracieuze balletpas overheen.

'Ga je echt weg?' vroeg hij. Ik knikte. Brouwers zei een stuk of vijf keer dat hij dat respecteerde. Hij liep een eindje met me op tot we bij een kruispunt kwamen.

'Ga terug, Brouwers,' zei ik, 'je loopt op je blote voeten.'

'Vond je het gezellig?' vroeg hij. 'Het was een gezellige avond, niet? Vond je het geen verpeste avond?'

Ik schudde van niet.

'Jij bent de enige vriend die ik nog heb, weet je dat?' zei hij. 'Ga je me je werk sturen, beloof je het? Ik geloof in je. Ik geloof in je werk. Beloof je me dat je me je werk stuurt?'

Ik beloofde het.

Brouwers wilde meer zeggen, maar hij kon zijn emoties niet meer de baas. Hij begon weer te huilen.

'Je gaat me verraden, ik voel het.'

Ik pakte hem bij zijn schouder.

'Geef me een hand,' zei hij en hij pakte me beet. Heel indringend keek hij me aan. Zijn hand trilde.

'Ik ben zo moe, Giph, ik ben zo *moe*. Ik ben uitgeschreven. Ik heb alles gezegd wat ik wilde zeggen. Ik ben moe. Het is voorbij.'

Zijn hand begon harder te trillen.

Moeizaam ademend fluisterde hij: 'Voel de energie van mijn schrijvershand in jouw schrijvershand stromen, Giph, voel het.'

Zijn hand trilde hevig. Na een paar seconden liet hij me los en hij wilde dat ik hem omhelsde. Ik omhelsde hem, bijna lachend, verdomme.

Hij zei: 'Kus me.'

Ik zei: 'Brouwers...'

Hij zei: 'Nee, kus me.'

Ik kuste hem.

Hij zei: 'Giph, ik wil je iets belangrijks zeggen, iets belangrijks. Luister naar me.'

Hij zweeg een poos en zei toen hijgend en amechtig: 'Neem het van me over, Giph. Ik wil dat je het van me overneemt.'

Wat restte me dan een diep en onbedaarlijk zuchten? Door de verlaten, ontwakende binnenstad liep ik naar het Vredenburg. *Ik wil dat je het van me overneemt*, godallemachtig. Op het Vredenburg nam ik een lege bus richting Biltstraat. Dit had ik beter niet kunnen doen. De kinderachtige chauffeur scheurde door de stad, en door al het gedraai en gebuts werd ik nog dronkener en misselijker dan ik al was, niet zomaar misselijk, maar plotseling heel erg misselijk, en niet alleen fysiek misselijk maar ook, wat ik maar noem, *wezens*misselijk. Thuisgekomen rende ik onmiddellijk naar de wc. Schaterend heb ik daar vervolgens goddomme staan kotsen, walgend, nu eindelijk bijna zelf jankend, en me in hoge mate verbazend, en ook wanhopig, maar in ieder geval *beledigd*, vraag me niet waarom ('Waarom?') voornamelijk om de droevigheid van alle dingen, en de overbodigheid van zo'n beetje alles. Wat ik bedoel is dat Jeroen Brouwers mijn eerste schrijver is, wat wil zeggen de eerste schrijver met wie ik langer heb gepraat dan fascinerende gesprekken als 'hallo' en 'tot ziens' ('En?'), de eerst echt publicerende *collega* - bulderlach -, de eerste tot in de uiterste consequentie vierentwintig uur per dag pennende, krabbelende, scheppende en klooiende medeschrijver met wie ik *actually* van gedachten heb gewisseld ('En?'), uitgelaten en onbevangen geouwehoerd heb over literatuur, en de nog veel belangrijker zaken, liefde!, Noëlle, Freanne, mijn intellectuele hoerisloeries, de studie, het leven ('En? En? En?') *en* wat ik me afvraag: Wie is deze Jeroen Brouwers dan in Godsnaam om *in mijn bijzijn* een beetje dronken te gaan zitten worden, het op een ongelooflijk zuipen te zetten en te veranderen in een verdwaasde volkomen paranoïde megalomaan, wie de hel is deze man die het waagde wat bedoeld was als een van de mooiste avonden van mijn leven te verpesten met een laveloze huilbui? ('Hoezo? Mag iemand dan niet dronken zijn? Mag iemand in zijn vrije tijd niet doen en laten wat hij wil?') Precies! Daar sla je de spijker op z'n kop. Jeroen Brouwers mag niet dronken zijn, Jeroen Brouwers mag niet doen en laten wat hij wil: niet waar ik bij ben niet, niet met mij in de kamer niet. Die man is koningin Beatrix, mijn ouders en zuster Theresa samen. Jeroen Brouwers mag mij niet uitschelden en me onzinpraat verkopen als *neem het van me over* of *voel mijn energie in jouw schrijvershand stromen*, mij niet, hij niet, iedereen mag hij wat mij betreft van de tafel vegen of belazeren, maar *mij* nu juist niet, dat snap je toch wel? Hé, dat snap je toch wel?

Ik riep dit tegen de jongen in de plee naast me. Hé, riep ik. Hé, riep de jongen gelijktijdig terug. Ik dacht: Wat een virtueel toilet! Wat een trillende, uit z'n voegen springende cabine! Ik begreep niet waar het vandaan kwam, maar ik was in enen zo dronken, zo misselijk dus dat ik ging zitten op de pot en als een kunstwerk een vloedgolf bevrijdend Grieks slachtafval op het bruinbemozaïekte glazuur schoot. Ik was zo onpasselijk dat ik mijn schoenen moest uitdoen, mijn sokken, mijn broek, onderbroek, om vervolgens ineengedoken te hijgen en te kokhalzen. Het tolde in mijn kop, het tolde Jeroen Brouwers vooral, maar buitensporig tolde het Mijn Eigen Schrijverschap (een schrijver is iemand die aan de diarree is en zich ondertussen afvraagt hoe hij dit op het papier kan krijgen). Ik dacht: Rot toch op met dat *gezeur* over schrijven altijd maar, walgelijke paternalist, allemachtig, wie wil groenteboeren moet uitsluitend groenteboeren, en vierentwintig uur per etmaal voor zijn groentezaak en voor niets anders, beschikbaar zijn, dag en nacht, alles wat hij doet of meemaakt in het teken stellen van het assortiment dat hij te bieden heeft, zijn hele leven lang, en het beschouwen als zijn lot dat hij niet kan ontlopen en overigens tot in de uiterste consequentie ook niet wil ontlopen, dát is een groenteboer. Ik dacht: oké, dóe dat dan, als je dat vindt, wees er vierentwintig uur per dag mee bezig, met schrijven, probeer het (en dan geen gezuip met jonge onbenullen, geen onzinreceptietjes et cetera) maar zeur er niet over, doe nou niet almaar of het zo'n vreselijke opoffering is om te schrijven, dat walgelijke ik-ben-hier-de-grote-martelaar-voor-de-literatuur-gelul, ga een ander vervelen met je dogma's, Brouwers, alsof ik niet zelf mijn eigen dogma's kan verzinnen, en ik heb er honderden, hoor, meneer Bralput, zo vind ik bij voorbeeld dat schrijven primo ten eerste en alleen maar *leuk* moet zijn, leuk om te doen, fijn om te vinden, schrijven is een solipsistische bezigheid die alleen en louter genot en zinnebevrediging moet verschaffen, voilà, een dogma, schrijven is masturbatie, meer niet, me schrijven is me aftrekken.

En dan maakt het mij (nu ik toch in een grote kots- en drukbui ben) genen enen moer uit of er een beknibbelende kruidenier is die mijn boek daadwerkelijk uit wil geven, want deze man mag wat mij betreft gevoeglijk in welke ondergepoepte emaille pot dan ook zakken, ongelogen, en zijn bureauredactie erbij, en zijn persdienst, en *al mijn lezers*, en welke criticus dan ook, net als iedereen eigenlijk, ik haat jullie allemaal, mijn voormalige vrienden, mijn kennissenkring, mijn vrouwen, *vooral* mijn vrouwen, als er toch iets is wat ik de periode *na* De Nacht Met De Grote-Gebarenmeneer ga afzweren dan zijn het wel vrouwen, voor mij geen kousbroekjes meer, geen seks. Seks? Geef mij maar een melkchocolade Bounty (lekkerder, goedkoper en je hoeft je niet rot te voelen als je een keer geen condoom hebt gebruikt).

Soms werd de walgingskramp in mijn buik zo waanzinnig groot dat ik niet meer kon blijven zitten maar moest gaan staan, of hurken, of wild over mijn buik wrijven, om, hups, maar weer eens een golfje klatergiros in de pot te spuwen en daarna hijgend tegen de muur geleund troosteloos om me heen te kijken, gewoon even een moment voor jezelf, gewoon even wachten op de zoveelste aanval kletterderrie, want die Olympus, Jezus!, die bleef maar stromen, suffe Grieken, ik háát Grieken, al was het alleen al (en dat is het alleen maar) omdat Freanne een keer op een eiland tijdens een vakantie met drie brutale balkonklimgrieken *tegelijk* een wilde seksnacht heeft beleefd, en ik háát wilde seksnachten, dezelfde Freanne overigens die aan mijn kop zeurde dat ik *te lief* was en dat soort dingen, ik wil niet *te lief* zijn, ik háát lief zijn, geef mij maar een enfant terrible in plaats van een belangrijk schrijver, geef mij maar snotjongens, horzels, jonge amokmakers, uitvreters, vervelende etterbakjes ('Het Etterbakje van Brouwers'), liever iemand die zichzelf vijftig keer achter elkaar ongemerkt tegenspreekt dan iemand die zichzelf hyperserieus neemt, zijn schrijverschap vooral, bewust een 'œuvre' bouwt, zich een leven lang wijdt aan het kanaliseren van de literatuur, zo iemand voor wie een boek geen boek is, maar een voetstap, een afdruk bedoeld om de schrijver te laten 'voortleven', alsof niet alle mensen bij wie je 'voortleeft' zelf ook dood gaan, godallemachtig, ik begon de wereld plotseling door te krijgen, daar op dat toilet. Waarom zouden wij in pijn en zweet de lasten dragen van een onfortuinlijk leven, vroeg ik me af (met mijn hoofd in mijn handen), naar een einde dat ons duister is? Ik geloof dat ik toen al waggelend en deinend op het punt stond om beslissingen te nemen, beslissingen over mijn leven en zo, en hoe het nou verder moet met mij, dat mag soms best, vind ik, dat je af en toe heus wel eens een beslissing mag nemen. Ik moest bij mijn beslissing rekening houden met mijn de wereld in juichstemming brengende *chagrin*, mijn onvermurwbare tederheid na het vrijen ('Giph, niet altijd zo *téder*!'), mijn hilarisch-onvermoeibare humor, mijn onvoorwaardelijke trouw aan het socialisme, mijn onvermogen tot normaal menselijk contact, het gegarandeerde overspel van al mijn vriendinnen, én het enige talent dat ik bezit: dat ik namelijk nogal behoorlijk tevreden ben met mezelf als ik achter mijn schrijftafel zit te schrijven. Zoals een chocoladehoer zich niet voor de poen maar voor het plezier prostitueert, zo ben ik een *chocoladeschrijver*. Het probleem is alleen dat ik me in het geheel niet thuisvoel in deze Nederlandse literatuur, tussen mijn medeschrijvers, beroepszeikerds, probleemanalisten, metaforenbrouwers, huilebalken, filosofen, alleen maar in *hypes* geïnteresseerde uitgevers, gecorrumpeerde critici, jaloerse huisgenoten, afgunstige medestudenten, mislukte dichters, verwaten vertalers en voortdurend decreten uitvaardigende literatuurpuristen. Weg met hen! Ik walg van alle toegevoegde nonsens rondom het schrijven, van Het Protocol Van Heilig Ontzag. En zo nam ik zwalkend op de pot eindelijk een beslissing. Geen interviews, geen lezingen, geen literaire cafés, geen literaire zelfportretten, geen stukkies in de krant, geen columns, geen geldklopboekies, geen meninkjes op de prolevisie, geen retourbrieven aan fans, geen presentaties, geen forums, geen literaire lunches, geen signeersessies, geen boekenballen, geen relletjes, geen wederhoor, geen polemiek, geen dronkemansreceptietjes, geen *onzin*, geen onzin meer. Dit was mijn kunstzinnige boodschap, die ook een grote boodschap was. (Een boodschap die ik met mijn flatulentiemitrailleur in de pot kond heb gedaan, en heb doorgetrokken.)

Uitgekotst en leeggescheten stond ik vervolgens narochelend en sluitspierknijpend allerminst voldaan me nog steeds af te vragen hoe dat nou verder moest met mij, welke beslissingen ik nog meer moest nemen ter vervolmaking van mijn levensgeluk. Ik bedoel: ik heb geen vriendjes meer, geen kennisjes, geen liefjes, ik ben niet geschikt om wetenschapper te worden en op kosten van de hardwerkende samenleving als een kruidenvrouwtje theerestjesliteratuur te interpreteren, ik heb te veel taalliefde voor de journalistiek, ik ben te weinig proleet voor de reclame, en niet debiel en potentieel kampbeul genoeg om bij een boekenkruidenier klanten af te snauwen, kortom, hoe moet dat nou? Ik dacht aan die collega van mijn vader, die met zijn halfmongoloïde zoon een keer bij ons thuiskwam, juist toen ik me er met wat vrienden op aan het voorbereiden was naar een Enorm Feest te gaan. De zoon van de man kwam bij ons staan, terwijl wij in de achterkamer uitgelaten en hard zingend een feestbandje aan het opnemen waren. Toen ik even naar mijn vader en zijn collega ging (waarschijnlijk om geld te bedelen, wat beter werkte als er een vreemde bijstond) praatten ze over ons. De collega van mijn vader zei: 'Ja, leuk hoor, ze worden ouder, hè? Zo gaat dat. Straks studeren. Dat hou je toch niet tegen. Leuk hoor. Feestje zeker? Leuk. Nee, laat die jongens maar schuiven, dat gaat toch altijd maar door. Het is alleen, als ik ze zo zie, die vrolijkheid, die onbezorgdheid, en dan kijk ik naar die zoon van me, die ook ziet dat ze naar een feest toegaan, die best doorheeft dat 'ie iets mist, dan denk ik: hoe moet dat nou, hoe moet dat nou met *mijn jongen*?'

Allejemig, *mijn jongen*. Daar werd ik toch echt even niet goed van. Die droevige opeenstapeling van onvervulbare verlangens en gemiste kansen. Dat *mijn jongen* is misschien wel het treurigste wat ik ooit heb gehoord, in ieder geval eenzelfde *tearjerker* als *Giph, neem het van me over*. Niet dat ik daar in het bijzijn van mijn vader een potje om ben gaan janken, dat niet natuurlijk, hoewel ik het er in de baarmoederlijke koestering van mijn toilet toch wel even moeilijk mee had. Ik zat naakt op de bril over mijn buik te wrijven en zo godvergeten mede te lijden (echt waar) dat ik bijna een erectie kreeg. Kijk eens, daar groeide hij al, mijn bolknak, mijn scheve toren, mijn lul, 'mijn jongen'. Ja, laten we het daar eens over hebben. Als officiële biograaf van Jeroen Brouwers moet ik hier wel gewag maken van het feit dat de officiële biograaf van Jeroen Brouwers na een avond met de oude schrijver om half acht 's ochtends op zijn eigen toilet tussen een kontvlaai en een maaghoop een Poging Tot Stijve heeft gehad. Ik keek ernaar, naar die lul van me.

'Ik wil je iets belangrijks zeggen,' fluisterde ik tegen hem. 'Voel de energie van mijn aftrekhand in je stromen,' ging ik verder, maar er gebeurde weinig. Ik dacht: Stel je voor dat op dit moment, nu, onverwachts, de Vesuvius een enorme uitbarsting heeft en heel Europa overstroomt met lava, en dat ik dan gepreserveerd word zoals ik er nu bijzit, waarna Amerikaanse onderzoekers me over eeuwen zullen vinden en uithakken, en ze me in een archeologisch museum zullen zetten, in een achterafkamertje, waarna ik zal 'voortleven' met het ondeugende bordje: 'Desperately Masturbating Adolescent'. Mooi zo. Laat dat de afdruk zijn die ik in de geschiedenis achterlaat. Laat mij maar lekker trekken.

Nadat mijn lul het nutteloze van zijn poging echter had ingezien, ging hij weer hangen, nogal aandoenlijk als je het mij vraagt. Beroerd stond ik op van de pot. Ik leunde tegen de muur en draaide me om naar de wc naast me. Recht in z'n ogen keek ik hem, die gozer. Ik stelde vast dat hij een raar gezicht trok. Nu zag ik ook eindelijk wie hij was. Ik heb het gezien. Giph heeft alles gezien. Hij had rooddoorlopen ogen, een bevuild gezicht, op zijn voorhoofd plakkende haren. Hij hijgde niet alleen apatisch, maar hij was ook zo *lelijk*. Dat was het erge, dat hij zo lelijk was. Zuchtend stonden we elkaar aan te kijken, minutenlang. Hoe moet dat nou, dachten we samen. Hoe moet dat nou met ons, mijn jongen.

THE END